MARÉE SINISTRE

ESCOUADE SEVER

TOME 5

A.R. KNIGHT

MONDE AQUATIQUE

Les grands serpents bleus se tortillaient à travers le cockpit du vaisseau, la production colossale d'eau de Gillane Quatre offrant un spectacle fascinant depuis l'orbite. Aurora, sirotant son café du matin à travers une paille en acier, observait le monde façonné par les entreprises vaquer à ses occupations. Une vue bien plus agréable que le néant obscur de l'espace profond, qui avait été le seul spectacle étoilé pendant des semaines alors que le *Prisa* accélérait jusqu'à atteindre et dépasser la vitesse de la lumière pour accomplir son voyage.

En tant que commandante de Sever, capitaine... Aurora laissa échapper un rire à peine audible, qui ne fit même pas se retourner Eponi. Quelle importance avait le grade ? Sever ne faisait plus partie de la hiérarchie de Defense-Corp. Chacun dans l'escouade avait ses compétences : Aurora alliait discipline rigoureuse et réflexion stratégique, Eponi pilotait tout ce qui lui tombait sous la main, Gregor maniait un énorme marteau, Sai faisait sauter les choses, et Rovo s'occupait des pourparlers.

Ce sourire s'effaça rapidement en pensant à Rovo. L'ancienne recrue avait été enlevée par deux traîtres, des agents de DefenseCorp déterminés à utiliser les connaissances de Rovo pour améliorer de nouvelles armes. Il avait été arraché du *Nautilus* par Renard et Vana, utilisé comme otage pour empêcher Aurora de faire exploser ces salauds. Maintenant, Sever avait traqué le trio et leurs forces jusqu'à Gillane Quatre et son nid aquatique.

— Magnifique, dit Gregor en se glissant dans le siège derrière Aurora. Un des quatre du cockpit du *Prisa*, les deux arrière étant destinés à apprécier les talents du pilote. Les planètes bleues sont les meilleures.

— Celle-ci n'est pas bleue par choix, dit Eponi. Avant, toute cette eau était sous la glace. J'ai vu des vidéos des courses de kart qu'ils faisaient ici. Puis Salinity en a décidé autrement.

Une autre mégacorporation, bâtie sur le besoin de la plupart des espèces de boire de l'eau pour survivre. Aurora ne savait pas grand-chose de Salinity, si ce n'est que son logo H_2O semblait être sur chaque distributeur de liquide de la galaxie. Ça, et qu'ils croyaient que les planètes devaient être ajustées à leur degré d'utilité maximal.

Ce qui, soit. Ce n'était pas le problème d'Aurora si Gillane Quatre passait d'une planète polaire à une planète aux geysers d'eau sans fin.

— Où allons-nous atterrir ? demanda Gregor. Les avons-nous trouvés ?

Les signifiait Renard et Vana, et avec eux, espérons-le, Rovo. Gregor avait fait un travail costaud sur deux agents capturés avant que Sever ne quitte le *Nautilus* pour venir ici, brisant les deux captifs avec des menaces non pas de violence physique, ni de torture mentale, mais avec un geste très « Gregor ».

— Il y a le bien, avait dit Gregor au duo, encore dans

leurs lits de l'infirmerie, rapprochés dans la même pièce pour la rencontre. Et il y a le mal. Votre ami, Zaydi, est mort pour le mal. Maintenant, vous pouvez faire le bien.

Il avait poursuivi ce début banal avec une série d'enregistrements. Des captures vidéo de Renard et Vana déchiquetant des membres de l'escouade avec leurs nouvelles combinaisons. Les corps carbonisés laissés dans un hangar d'amarrage du *Nautilus* quand les agents en fuite s'étaient échappés avec leur transport volé. Les deux espions avaient changé d'avis en voyant ce que leur camp avait provoqué.

Il est facile de poursuivre un rêve quand on n'en voit pas le coût.

— Ils ne nous rendent pas la tâche difficile, dit Aurora, répondant à la question de Gregor. Le transport est toujours en orbite. Suspendu à distance. Ils ont envoyé des navettes à la surface, directement vers la capitale.

— Juste là où se trouve le siège de Salinity, ajouta Eponi.

Renard et Vana étaient venus sur Gillane Quatre pour trouver une fille nommée Kaia et le trésor enfoui dans son sang. Une jeune enfant dont le père était spécialisé en biologie moléculaire. Rovo, avant d'être capturé, avait reçu un message de Kaia disant qu'elle et son père étaient venus sur la planète, et Aurora ne voyait qu'une seule raison pour laquelle un scientifique désespérément en quête d'argent viendrait ici.

Les emplois chez Salinity devaient bien payer, et Kashmal pourrait peut-être y décrocher un bon poste. Du moins, c'était l'hypothèse sur laquelle Aurora allait travailler jusqu'à ce que quelque chose prouve le contraire.

— Donc on atterrit, on va chez Salinity, et j'écrase Renard avec mon marteau ? demanda Gregor.

— Presque, répondit Aurora. Sai va chez Salinity avec Eponi. Toi et moi, on part à la chasse.

— Ah. Bon plan.

À l'extérieur, Eponi manœuvra le *Prisa* dans une file de vaisseaux en attente d'atterrissage. Des cargos, des croiseurs de passagers et des engins plus petits comme le leur.

— Tu penses qu'il y aura une piste ? demanda Eponi. Genre, Renard nous attendra en bas avec des drapeaux, nous dira où aller ?

Gregor ne répondit pas, et Aurora pouvait dire que l'homme attendait de voir ce qu'elle allait faire. Par le passé, adresser ce genre de sarcasme à Aurora aurait été un motif de réprimande sévère. Un rappel factuel sur les enjeux de la mission, pour offrir quelque chose d'utile, pas une blague.

Mais les derniers mois, de Dynas et ses enfers maréca-geux à Wexer et les couloirs mortels du *Nautilus*, avaient poncé ces aspérités. La blague n'agaçait plus Aurora. Elle ne faisait rien d'autre que susciter un peu de bonheur que Sever puisse encore plaisanter après toutes les épreuves qu'ils avaient traversées.

— Ce sont des agents, dit Aurora. Renard contactera l'avant-poste local pour obtenir une base d'opération sur la planète. Nous commencerons par là, voir ce que nous pouvons trouver.

— Et tu veux que Sai et moi nous nous promenions dans les bureaux de Salinity et disions quoi, avez-vous vu cet homme ?

— Tu peux utiliser tes propres mots, si tu veux.

Eponi esquissa un sourire et Aurora le lui rendit. — J'ap-précie cette nouvelle version de toi, commandant. Tu me laisses de la marge pour voler.

— Assure-toi juste de ne pas t'écraser.

Quitter le *Prisa* pour entrer dans l'atmosphère lumi-neuse de Gillane Quatre provoqua une folle ruée biolo-gique. Aurora, comme elle le faisait chaque fois qu'elle découvrait une nouvelle planète, prit une profonde inspiration pour saisir l'essence de l'endroit où elle avait posé son corps. Gillane Quatre l'accueillit avec un air léger et sec mêlé d'un parfum citronné, comme si Aurora s'était égarée dans un jardin d'agrumes. L'atmosphère correspondait au design, Salinity ayant orné son monde de flouritures fluides.

Les zones d'amarrage reposaient sur des plateformes ouvertes bleu glacier suspendues, comme tout sur Gillane Quatre, au-dessus de l'océan infini qui recouvrait la surface de la planète. Des barrières vert menthe brillaient, translucides, autour des bords des plateformes, servant à la fois de signal et de légère décharge électrique pour quiconque envisagerait de plonger d'un kilomètre dans la mer agitée.

Aurora ne se souvenait pas de la dernière fois qu'elle avait vu des nuages si blancs et cotonneux, une situation due au contrôle précis de Salinity sur le cycle de l'eau de la planète. Pas de mauvais temps ici, juste des conditions optimales pour la récolte de l'eau.

Deepak avait transmis le dossier de DefenseCorp sur la planète, un document détaillé décrivant comment Salinity faisait fonctionner Gillane Quatre. Aurora l'avait dévoré et avait suggéré aux autres d'en faire autant, Gregor devant porter une attention particulière au travail de Salinity pour capturer et faire s'écraser des astéroïdes glacés sur le côté éloigné de la planète afin de maintenir son gigantesque réservoir à niveau.

Les preuves de ce travail s'étalaient autour d'Aurora alors qu'elle partait avec Gregor, tous deux vêtus de tenues civiles adaptées. Une veste blanche ample aidait à dissimuler un holster d'épaule et le pistolet à l'intérieur, tandis qu'Aurora avait glissé un couteau le long de sa cuisse. Ce n'était guère l'équipement nécessaire pour s'introduire et sauver un otage, mais s'ils trouvaient Rovo, cinq nouvelles armures motorisées les attendaient à bord du *Prisa*.

Deepak n'avait pas beaucoup résisté quand Aurora avait fait cette demande. Elle avait souligné que l'amiral était redevable à Sever pour ses efforts dans l'élimination des agents du *Nautilus*, et que Deepak avait causé la perte de leurs combinaisons originales à travers l'effort voué à l'échec sur Dynas, couplé aux tactiques agressives sur Wexer.

Et, bien qu'Aurora n'en ait parlé à personne d'autre dans Sever, elle avait promis à Deepak que l'escouade reviendrait après le sauvetage.

Ce que cela signifiait, eh bien, Aurora le découvrirait plus tard. Pour l'instant, ils avaient des armes, ils avaient des cibles. Il était temps d'y aller.

Le dossier contenait également l'emplacement du bureau de DefenseCorp. La base officielle ne serait probablement pas l'endroit où les agents traînaient — la branche clandestine avait tendance à suivre sa propre voie — mais les gratte-papiers pourraient savoir où chercher.

— Comment y allons-nous ? demanda Gregor alors qu'ils s'éloignaient de la plateforme.

Une bonne question. L'accent mis par Salinity sur le liquide se retrouvait dans tout sur la planète, y compris les plateformes bleues et leur plateforme centrale, un design en forme de goutte canalisant les foules débarquées vers un point. Ce point semblait être relié à plusieurs tubes géants et transparents, tous se précipitant vers la montée en forme de tige du cœur de la ville.

Une fleur, avec la ville au centre et chaque plateforme d'amarrage formant un pétale.

— À la nage ? dit Aurora alors qu'ils rejoignaient une foule hétéroclite se dirigeant vers les tubes.

Gillane Quatre restait fidèle à son éthique axée sur l'argent, et comme partout ailleurs dans la galaxie, les marchands se faisaient connaître des nouveaux arrivants. Cette première respiration paisible s'évanouit sous un déluge publicitaire, avec des cris provenant de stands offrant de la nourriture et, oui, de l'eau souvenir « directement de la source ». Leurs cibles n'étaient pas des vagabonds encapuchonnés comme sur Wexer, mais un ensemble fonctionnel dont les revenus évidents et la direction mettaient Aurora dans un état étrange.

Peut-être avait-elle passé trop de temps à chasser l'argent dans les bas-fonds de la galaxie si la vraie civilisation la mettait aussi mal à l'aise.

— Je crois que j'ai besoin de vacances, dit Aurora, tous deux maintenant coincés dans la file. Plus d'espèces qu'elle n'en avait jamais vu en un seul endroit se pressaient autour d'elle, leurs langages rivalisaient pour sa non-compréhension. Après avoir récupéré Rovo, peut-être.

— Hah. Une belle idée, dit Gregor. Mais trop ennuyeuse pour moi.

— Il n'y a nulle part où tu voudrais aller ?

— Sur une planète avec moins de paix que celle-ci, peut-être.

D'une certaine façon, Aurora pensait que Gillane Quatre ne connaîtrait peut-être pas cette paix très longtemps, mais avant qu'elle ne puisse en parler, les dernières personnes devant eux se précipitèrent vers un tube, laissant le duo de Sever en tête. Deux épais poteaux se dressaient à plusieurs mètres l'un de l'autre, des anneaux rouges brillant près de leurs sommets. Entre eux, une autre douce barrière verte luisait. Une voix artificielle agréable demanda à toute personne transportant des marchandises de se déclarer, et quand personne ne le fit, les poteaux émirent un trille d'affirmation.

Devant, les trois tubes transparents se terminaient par leurs propres baies. Des capsules, chacune de la taille du *Prisa*, arrivaient en douceur avant de se charger et de repartir. L'une d'elles avait une tranche orange à travers son milieu argenté, avec des lettres bleues la désignant comme réservée au fret. Juste devant, une capsule entrante trouva son repos tandis que l'autre capsule de passagers s'éloignait avec le familier vrombissement sifflant de la technologie.

Les anneaux au sommet des deux poteaux devinrent bleus, et la barrière verte changea, orientant l'approche vers la capsule du milieu, offrant un chemin à Aurora et Gregor.

— Je crois que je préfère Wexer, dit Aurora alors qu'ils entraient dans la capsule, où des sièges soignés et rembourrés attendaient leur arrivée. Ça semble un peu trop contrôlé ici.

— Profites-en, dit Gregor. Je ne doute pas que le chaos nous trouvera bientôt.

— Ou nous le trouverons.

— Y a-t-il une différence ?

— Je préfère que ce soit nous qui créions le chaos, plutôt que quelqu'un d'autre le fasse.

— Ah, Gregor s'assit à côté d'Aurora, sa corpulence la poussant vers les fenêtres ovales de la capsule. Fais-moi signe, et je créerai ton chaos.

Aurora rit, et la capsule s'élança. Quelle que soit la technologie qui propulsait l'engin, elle ne donnait pas à Aurora beaucoup de sensation de mouvement. Comme être dans un vaisseau spatial quand les moteurs s'allument, traverser le tunnel vers la ville ressemblait à regarder un film. Et ce film adorait l'eau.

En approchant de l'énorme tige de la ville, Aurora vit les diverses pompes grimpant le long de l'unique pilier de la cité, les tubes remontant de l'océan et s'étendant à travers lui. Le vaste réseau expliquait sans doute cette sensation pulsante que Sever avait observée en orbite, les tunnels vitreux acheminant l'eau partout sur la planète pour quelque traitement nécessaire avant d'être chargée et expédiée. Des vagues s'insinuaient entre les tubes, comme des prisonniers tendant les bras à travers les barreaux.

— Prêt pour un sauvetage ? dit Aurora. Comme sur Dynas ?

— Rien ne sera comme Dynas, répondit Gregor. Mais je suis prêt pour un sauvetage. Et je suis prêt pour une revanche.

Gregor avait détaillé la trahison de Vana, une révélation qui n'avait pas beaucoup ébranlé l'opinion d'Aurora sur l'étrange agent. Vana avait bien équipé Aurora sur le *Nautilus*, puis avait emmené Gregor dans une quête pour trouver Renard. Le vieil agent avait apparemment surpris Vana avec une nouvelle armure assistée, des versions plus légères qui étaient presque invisibles à l'œil humain. Tentée par ce trésor, Vana avait retourné sa veste pour rejoindre Renard, enfilé une combinaison, et avait failli envoyer Gregor dans l'au-delà.

Aurora avait accueilli la nouvelle avec un haussement d'épaules et la promesse d'abattre Vana avec un laser la prochaine fois qu'elle la verrait.

— D'abord, cependant, je veux des réponses, poursuivit Gregor. Elle aurait dû me tuer, mais elle ne l'a pas fait. Je voudrais savoir pourquoi.

— Parce qu'elle n'avait pas le temps ? Aurora se souvenait que Vana s'était lancée dans une tuerie lorsque quelques malheureux soldats avaient interrompu son éviscération de Gregor. Vana avait laissé Gregor derrière elle, haletant dans une armure assistée endommagée, un coup de chance que Gregor refusait de voir comme tel. C'est difficile de réfléchir clairement quand on se fait attaquer.

— Elle a réfléchi clairement.

Gregor semblait troublé, un froncement de sourcils sur son visage géant, et il sombra dans un silence maussade qu'Aurora décida de ne pas perturber.

La capsule approchait de sa destination, ce qui signifiait qu'elle devait affronter le prochain défi : faire parler quelques larbins de DefenseCorp pour qu'ils balancent leurs amis agents.

Rien qu'un peu d'argent ou le canon d'un pistolet ne puisse résoudre.

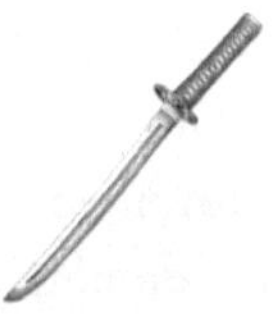

PROMENADE EN VILLE

—Je n'arrive pas à croire que tu aies pris l'épée, dit Eponi à Sai alors qu'ils descendaient de la capsule pour entrer dans la ville.

La foule s'écartait largement de Sai et Eponi, leurs regards s'attardant sur le katana de Sai, rangé dans son fourreau sur son épaule, avec une poignée qui dépassait suffisamment pour se dresser dans son dos comme un animal. Les deux membres de l'Escouade Sever portaient des vêtements d'affaires amples, des tenues qui pouvaient passer pour appropriées au bureau tout en conservant suffisamment de flexibilité pour se battre si le besoin s'en faisait sentir.

Et Sai s'attendait à ce que ce besoin se fasse sentir.

Tout comme Dynas, l'Escouade Sever était venue sur Gillane Quatre pour une mission particulière, de sauvetage et de vengeance. Ce genre de choses avait tendance à se terminer dans la violence, et après ce que Renard et Vana avaient fait subir à Sai sur le *Nautilus*, le démolisseur ne dirait pas non à une confrontation avec ces deux-là.

Surtout après quelques semaines passées à se soigner

pendant le long voyage. Les pommades et les exercices avaient ramené les brûlures et les muscles meurtris de Sai à un état opérationnel, bien qu'avec de nouvelles cicatrices et des taches décolorées sur la peau sous ses vêtements. Tous ceux qui servaient dans DefenseCorp depuis plus d'une minute en avaient, cependant.

Des signes d'une vie durement vécue.

— Tu sais où on va ? demanda Eponi, entraînant Sai dans la cour bondée où la capsule déchargeait les nouveaux arrivants sur la planète.

Salinity avait conçu leur monde comme un parc d'attractions. La zone de débarquement regorgeait de panneaux publicitaires pour diverses destinations et services. Vous voulez immigrer sur Gillane Quatre ? Par ici. Vous cherchez à livrer du fret ? Par là. Vous prévoyez de visiter le monde aquatique ? Tout droit, s'il vous plaît.

Des robots flottaient parmi la foule, répondant aux questions et incitant les gens à continuer d'avancer : la prochaine capsule et ses passagers allaient bientôt arriver.

— Euh, non, dit Sai. Je n'étais jamais venu ici avant.

— Vraiment. Ça a pourtant l'air d'être ton genre d'endroit.

— Pourquoi tu dis ça ?

— Homme de famille. Les enfants doivent adorer tout ça, non ?

— Les foules ? Le chaos ? Sai haussa les épaules. Tu as peut-être raison.

Ils optèrent pour aller tout droit, marchant vers un grand panneau affichant le nom officiel de la ville, Kaiyo. Les cinq lettres avaient été stylisées comme des vagues, leurs sommets écumants de blanc tandis que le reste s'écoulait d'un bleu profond dans un cadre doré. Sous l'arche, la large allée de pierre argentée s'ouvrait sur une place animée.

La plupart des zones urbaines modernes s'appuyaient sur des taxis aériens, avec des stations d'accueil partout, ou sur des transports en commun souterrains, laissant les espaces de surface libres pour la marche, le shopping et les besoins spéciaux. Kaiyo jouait le même jeu, sauf qu'au lieu du mélange varié de karts et d'engins volants dans les airs, ces tubes de verre et leurs capsules tourbillonnaient comme des veines au-dessus de leurs têtes. Des combinaisons d'ascenseurs et d'escaliers permettaient d'accéder aux stations, et les longues files d'attente visibles montraient peu de réticence à embarquer dans ces lanceurs.

Les tubes gagnaient leurs courbes en contournant de grands bâtiments, tous conçus dans un schéma de couleurs bleu ou vert océan, et tous apparemment sans une seule ligne droite à l'extérieur. Les structures s'arquaient au-dessus et autour d'eux, sans doute pour donner l'impression d'être perdu dans les profondeurs de l'océan. Au lieu de cela, Sai trouvait cela vaguement perturbant, le mal des transports jouant légèrement sur son estomac.

— On dirait qu'ils sont vraiment investis dans leur thème, dit Eponi.

— C'est leur planète, répondit Sai. Leur choix. Laisse-moi voir ce que je peux trouver.

Après la mésaventure du *Nautilus*, l'Escouade Sever s'était équipée de nouveaux bracelets. Les petits ordinateurs servaient de bases de données mobiles, d'appareils de communication et de tout ce dont l'Escouade Sever avait besoin de l'univers numérique. Après avoir perdu le sien sur Wexer, Sai s'était senti à la fois libéré et figé, incapable d'accéder aux connaissances qu'il avait eues à portée de main toute sa vie et, en même temps, détaché de la galaxie au sens large.

Néanmoins, Sai aurait sacrifié cette liberté pour une

bonne carte de la ville, et celle de Kaiyo apparut immédiatement comme demandé lorsqu'il interrogea le petit ordinateur attaché à son poignet gauche. Il s'avéra que le pilier
central de Kaiyo avait de nombreux niveaux sous celui où ils
se trouvaient, et l'estimation du bracelet montrait la dispa-
rité de revenus habituelle de la galaxie en action : ceux qui
avaient de l'argent occupaient les niveaux supérieurs et
leurs ciels bleus. Ceux qui n'en avaient pas descendaient de
plus en plus bas vers les mers agitées.

— D'accord, dit Sai en levant les yeux de sa carte, droit
devant. On aurait dû le deviner.

— Ah bon ?

— Le siège de Salinity est juste devant. C'est le centre
de la ville.

— C'est évident, dit Eponi. Triste.

— Pourquoi c'est triste ?

— Parce que je continue d'espérer que ces grandes
entreprises seront plus créatives qu'elles ne le sont
réellement.

— Eh bien, ils ne t'ont pas engagée.

— Je sais. Si seulement.

Sai rit alors qu'ils se mettaient en route. Il n'arrivait pas
à imaginer une étincelle comme Eponi passer ses journées à
analyser des chiffres et des documents, à jouer les diplo-
mates auprès des investisseurs et des clients. D'ailleurs, Sai
ne s'imaginait pas non plus faire ça. Après une heure debout
au même endroit, à écouter un briefing, il ressentirait cette
démangeaison agaçante de faire quelque chose, de plonger
son esprit dans un casse-tête comme quel composé
chimique pourrait le mieux faire fondre la coque d'un vaisseau spatial. Passer des journées à éplucher des présenta-
tions et à observer des jeux de pouvoir ?

Non merci.

Voulant mieux sentir l'ambiance du monde, Sai et Eponi se mirent à marcher. Ils s'arrêtèrent même dans un petit café, décoré de motifs de créatures marines, et commandèrent un petit-déjeuner frais et du café pour l'accompagner. Après des semaines à grignoter des packs de protéines synthétiques et des jus de vitamines réhydratés, avoir quelque chose de frais semblait, eh bien, révolutionnaire.

Sai paya la tournée, tapotant son bracelet. Le coût en espèces n'était pas élevé, mais la déduction fit apparaître une question sur la provenance de son prochain dépôt. Sauver Rovo, aussi important que cela puisse être pour l'Escouade Sever, ne s'accompagnait pas d'une récompense. Deepak les avait gavés de provisions et d'équipement pour les avoir aidés avec le *Nautilus*, mais l'argent liquide n'en faisait pas partie.

Ils avaient pris la décision en orbite autour de Dynas de courir après l'argent plutôt que leurs carrières, d'abandonner DefenseCorp et ses fichues missions pour un profit plus pur. Pourtant, malgré tous ces discours, Sai n'avait pas vu la moindre somme arriver sur son compte.

Et sa famille n'avait pas vu d'amélioration depuis longtemps maintenant.

— Tu penses à la même chose que moi, dit Eponi alors qu'ils déambulaient vers le centre-ville, entre ces bâtiments ondulants et ces foules bavardes, le fracas des vagues de la planète océanique imprégnant l'arrière-plan depuis les profondeurs lointaines. On va être fauchés si on continue comme ça.

— De mon point de vue, dit Sai, on récupère Rovo, on élimine Renard, et ensuite on demande une récompense convenable à Deepak. Arrêter un coup d'État de Defense-Corp devrait bien valoir quelque chose.

— Ouais, une tape dans le dos et un départ rapide, dit Eponi. Quel est le raisonnement ? On a quand même déserté. Ils peuvent dire que notre paiement, c'est un nom blanchi et une chance de retourner, je ne sais pas, sur ce foutu Wexer pour sucer la poussière en échange de miettes.

— Ravi de voir que tu es si encourageante.

— Il faut bien un réaliste dans cette escouade.

Le siège de Salinity jaillissait du centre de Kaiyo comme une éclaboussure gelée. L'anneau extérieur du bâtiment s'élevait vers l'extérieur, culminant en un niveau supérieur incurvé avec des pics périodiques. Le centre, décoré d'un bleu-vert glacé, s'étirait vers le haut jusqu'à un point qui se rétrécissait, gâché à son extrémité absolue par une aire d'atterrissage. Devant l'entrée s'étendait une cour de verre, sous laquelle l'eau coulait en tourbillons ondulants, occasionnellement aspirée dans l'une des six fontaines.

Sai aurait qualifié cela d'impressionnant, sauf qu'une fois qu'on a vu une nébuleuse depuis le cœur sombre de l'espace, plus grand-chose ne l'est. Rien n'approchait cette splendeur interstellaire.

— Alors, quel est notre plan ? dit Eponi. Tu commences à bavarder avec la réceptionniste pendant que je me faufile et que je traque Kashmal ?

— Et si tu suivais plutôt mon exemple, et qu'on essayait de ne pas créer de scène ?

— La méthode ennuyeuse, donc.

— Tout ne doit pas forcément se terminer par nous qui nous faisons tirer dessus.

— Tu sais que ça finira comme ça de toute façon, dit Eponi alors qu'ils atteignaient les portes principales, des rideaux d'eau en cascade qui s'écartèrent à leur approche. Peu importe ce que toi et moi faisons, on va se prendre des lasers dans la figure.

— La prochaine fois, je demanderai Gregor.

— Ne tire pas sur le messager, mon vieux.

Le hall de Salinity se séparait en deux moitiés, entrante et sortante, marquées par des allées vitrées et de l'eau coulant dans les directions requises. À gauche, le courant se dirigeait vers Sai et Eponi, sous une douce barrière de scanner cherchant des identifiants à ouvrir. À droite, le courant se dirigeait vers l'intérieur, passant devant un bureau où bot et humain transformaient les demandes en réponses. Au-delà, une seconde arche de barrière de scanner attendait.

Après tout ce remue-ménage, l'espace s'ouvrait sur un atrium avec un ascenseur en cascade au centre. Des lumières en forme de gouttes pendaient partout, prouvant l'engagement extrême de Salinity envers son thème. Tout ce liquide poussa Sai à chercher des toilettes, et à regretter, juste un peu, le sable noir de Wexer.

Rafraîchis et prêts, Eponi et Sai se retrouvèrent au bureau d'accueil, où des amabilités artificielles sur un visage humain accueillirent leur approche.

— Bonjour, oui, commença Sai, nous sommes en fait ici pour rencontrer quelqu'un ?

— Le nom ? La réceptionniste, les yeux glissant vers le katana de Sai, avait déjà ses doigts sur la console, perchée sur le bureau vert océan.

La question évidente ne fut pas posée. Apparemment, la formation en service client de Salinity l'emportait sur toutes les interrogations concernant les étranges lames entrant dans le bureau.

— Kashmal, hésita Sai, ne se souvenant pas du nom de famille de l'homme. Je ne me souviens de rien d'autre. Désolé, longue matinée.

Techniquement, la matinée avait commencé dans l'espace. Sai était passé de l'orbite à la surface d'une planète, tout ça avant l'heure locale du déjeuner. Ça pouvait définitivement être qualifié de long.

La réceptionniste n'avait pas l'air très impressionnée par le trou de mémoire de Sai, mais Salinity ne la payait probablement pas pour interroger les visiteurs, alors elle tapa quand même. Puis, retournant l'écran, la réceptionniste invita Sai à choisir laquelle des photos d'employés correspondait à son Kashmal particulier.

Trois options locales, et la première, la plus récente, correspondait à ce dont Sai se souvenait. Cheveux noirs, barbe de trois jours. Il avait l'air plus soigné que l'apparence de réfugié en évacuation que Kashmal avait arborée en fuyant Dynas.

— C'est lui, dit Sai. Nous devons lui parler.

— À quel sujet ? demanda la réceptionniste, ses doigts en suspens au-dessus du bouton d'appel de la console.

— Des affaires de famille, répondit Sai. Il comprendra.

Cela valut à Sai un sourcil levé. Eponi, pour sa part, se tenait un peu en retrait, ses yeux parcourant la pièce. Procédure standard quand un membre avait un engagement actif, l'autre surveillait tout ce qui était bizarre. Elle donnerait à Sai un coup sur l'épaule si Eponi repérait quelque chose, mais jusqu'à présent, Salinity gardait les choses standard.

Pas de Renard, pas de Vana, pas d'agents évidents.

Peut-être que Sever avait réussi à les devancer, ou peut-être que Rovo n'avait pas vendu la mèche. Si c'était le cas, alors Sai devait plus de respect à la recrue. Être un otage n'était jamais amusant — se faire injecter sur Dynas lui revenait à l'esprit — et Renard ne semblait pas être un geôlier doux.

— D'accord, dit la réceptionniste. Il descend. Vous avez

de la chance d'être venus tôt, il part dans une heure pour une semaine.

— Pour quoi ?

— Formation d'intégration de Salinity. Ils vous envoient faire le tour de la planète, voir toutes les installations de traitement.

— Ça a l'air fascinant, essaya Sai, échouant à paraître fasciné. Devons-nous attendre ici, ou de l'autre côté de la barrière ?

— Vous ne passerez pas de l'autre côté avec cette épée, dit la réceptionniste. Alors je vous conseille d'attendre ici.

— C'est juste.

Sai recula, rejoignit Eponi, qui fit remarquer que chaque garde de sécurité de Salinity dans le hall, peut-être quatre, avait les yeux rivés sur Sai et son katana. Quelques-uns avaient déjà parlé dans leurs bracelets.

— Tu dis que je suis populaire ? dit Sai.

— Je dis que tu pourrais nous faire tuer.

— Bienvenue dans l'Escouade Sever.

Eponi leva les yeux au ciel.

Sai, observant l'ascenseur, repéra Kashmal en premier. Le scientifique élancé, qui avait un penchant pour les verres en milieu de journée et suffisamment de génie pour s'en tirer, avait l'air confus en sortant de derrière les barrières. Il portait une blouse de laboratoire bleue Salinity, des lunettes, et un air qui suggérait qu'il ne devrait pas être dérangé.

Un air qui disparut dès que Kashmal vit Sai et Eponi qui l'attendaient. Sai n'avait vu qu'une seule fois un visage se décomposer comme celui de Kashmal, et c'était celui de son propre fils quand le match de football du gamin avait été annulé à cause de la météo. Un vrai désastre, ça.

— Je ne peux pas imaginer que ce soit quoi que ce soit

de bon, dit Kashmal, s'approchant d'eux les mains dans les poches. J'espérais ne jamais revoir votre misérable bande.

— Crois-moi, le sentiment était réciproque, dit Eponi.

— Ce n'est pas notre choix, acquiesça Sai, mais nous sommes là quand même. Des gens en ont après Kaia. Nous essayons de les attraper, mais nous voulons nous assurer que ta fille est en sécurité.

Kashmal cligna des yeux, pencha la tête, — En sécurité ? La dernière fois que vous êtes intervenus, elle a failli m'être enlevée. Maintenant vous êtes de nouveau là pour quoi, me la prendre ?

— Protégez-la, dit Sai. Faites-nous savoir où elle se trouve, et nous établirons un périmètre. Tenez à l'écart ceux qui la poursuivent pendant qu'Aurora et Gregor s'en occupent.

Kashmal regarda le sol, l'eau en dessous, pendant un long moment. En relevant la tête, il avait une expression différente, une que Sai avait déjà vue : celle de l'animal acculé.

— Je ne vous dirai rien du tout sur ma fille, dit Kashmal. J'ai un travail ici, Kaia se débrouille bien, et nous n'avons pas besoin que vous veniez tout gâcher. Laissez-nous tranquilles.

— Ça n'arrivera pas, dit Eponi. Pas parce qu'on veut avoir affaire à vous, mais parce qu'on ne peut pas prendre le risque que les méchants mettent la main sur votre fille.

— Ça, je crois que ce n'est pas à vous d'en décider. Kashmal recula d'un pas. Dernière chance. Partez et oubliez que vous nous avez trouvés.

Sai secoua la tête.

— C'est pour votre propre...

— À l'aide ! cria Kashmal, sortant ses mains de ses

poches et reculant. Ils essaient de me menacer, moi et ma famille ! Sécurité !

Sai aurait qualifié cette performance de ridicule, d'absurde et de pathétique, si ce n'était que la sécurité de Salinity semblait prendre les paroles de Kashmal pour argent comptant. Les quatre gardes se rapprochèrent, l'un d'eux parlant dans son bracelet pour demander des renforts.

— Tu vois ? dit Eponi en reculant avec Sai. Des lasers dans la figure. À chaque fois.

Sai ne pouvait pas la contredire sur ce point.

[3]

CONCLURE UN MARCHÉ

L'eau pétillante faisait vibrer ses lèvres avec quelque chose d'autre que la saveur citron, peut-être le picotement responsable du nom de l'eau : *Jolt*. Pas aussi fort que le café d'Aurora sur le vaisseau, mais pour un coup de boost à l'heure du déjeuner, ça ferait l'affaire.

Gregor et Aurora tenaient le haut du pavé à une table ronde en extérieur, observant les bureaux de DefenseCorp de l'autre côté de l'avenue piétonne. Aurora grignotait son sandwich, tandis que les miettes de Gregor s'envolaient dans la brise. Gillane Quatre avait suffisamment d'oiseaux, probablement importés d'autres mondes, pour nettoyer les restes. Quelque part à proximité, un artiste de rue exerçait son métier, la mélodie rauque rebondissant sur les bâtiments dans un écho agréable.

— C'est ennuyeux, dit Gregor. Nous sommes là depuis une heure.

— Les planques sont ennuyeuses. C'est le but.

Le plan d'Aurora avait changé, passant d'une demande fracassante de la localisation de Renard à une poursuite plus ciblée. Ils attendraient qu'une personne seule sorte du bureau, puis sauteraient sur le pauvre bougre pour obtenir les informations dont ils avaient besoin sans risquer de problèmes avec un plus grand nombre.

Jusqu'à présent, quelques âmes éparses étaient entrées et sorties du bureau, mais personne ne portait l'uniforme cramoisi indiquant qu'ils livraient réellement des données pour DefenseCorp. Aurora et Gregor avaient besoin d'une source, pas d'un civil au hasard, et...

— Là, dit Aurora. En voilà une.

La capitaine de Sever enfourna le reste de son sandwich dans sa bouche tandis que Gregor se retournait, repérant la dernière personne sortant des bureaux. Une femme violette vêtue de cet uniforme rouge profond et aux cheveux ébouriffés foulait le pavé. Loin du bureau, et loin des deux membres de l'escouade Sever.

— Allons-y.

Gregor se leva, se redressant avec un peu trop d'enthousiasme et rattrapant sa chaise avant qu'elle ne s'écrase sur les pierres crémeuses baignées de lumière.

Les deux se lancèrent à sa poursuite. Bien plus satisfaisant que de rester assis à attendre. Il lui manquait le poids dans son dos où son marteau reposait autrefois, attendant d'être dégainé pour une destruction massive. À la place, tandis qu'Aurora dissimulait un pistolet sous une veste, Gregor gardait son propre pistolet de poche dans un holster à la cheville, caché par un pantalon ample et évasé. Pas vraiment à la mode, mais Gregor répondait à chaque sourcil levé par un regard fixe, et bientôt, tous les critiques potentiels détournaient les yeux.

Il n'était pas nécessaire d'utiliser ses muscles pour tirer avantage d'en avoir.

La cible se dirigeait vers une intersection bondée, une place circulaire dominée par une autre statue liée à l'eau attirant l'attention sur le fondateur de Salinity, sa famille, ou une autre personne que Gregor n'avait ni l'intérêt ni le temps de connaître. Jusqu'à présent, la cible s'était maintenue autour de trop de monde pour permettre une prise facile.

— Elle tourne, dit Aurora. Sois prêt.

— Je suis toujours prêt.

— Bien sûr que tu l'es.

La capitaine avait raison, cependant. La femme s'écarta de la place et se dirigea vers un chemin plus calme menant à un ensemble résidentiel. Les condos empilés ici semblaient trop beaux pour ce que Gregor se souvenait de son salaire chez DefenseCorp, mais peut-être occupait-elle un rang plus élevé que son uniforme ne le laissait supposer, ou peut-être que Salinity payait au personnel de DC ici de généreuses primes pour garder les choses tranquilles.

Aucun monde ne voulait être connu comme un repaire de crime festoyant, tandis que DefenseCorp avait tout intérêt à faire connaître ses efforts réussis de maintien de la paix. Des équilibres tendaient à s'établir entre les intérêts dominants, l'argent allant dans les coffres de DC et les statistiques disparaissant. Une relation mutuellement bénéfique, et une que Gregor avait toujours acceptée sans trop de commentaires : tant qu'il avait l'occasion d'écraser les criminels, qui se souciait de la destination de l'argent ?

La foule qui s'éclaircissait autour de la cible força Gregor et Aurora à agir. Auparavant, ils avaient pu maintenir une certaine distance et compter sur la diversité des espèces, des tenues et leur bruit combiné pour garder Sever cachée. Maintenant, avec une personne ici et là, la filature serait évidente si la cible se retournait.

— Vas-y, dit doucement Aurora. Essaie de l'attirer sur le côté.

Le style de construction en bloc solide de Salinity supprimait les ruelles et les recoins, les endroits typiques que Gregor aurait pu utiliser pour un travail de prise et menace. Au lieu de cela, il devrait jouer la carte de la douceur. Essayer de ne pas faire de scène.

Laissant Aurora en arrière, Gregor allongea sa foulée, se rapprochant de la cible. La femme avait maintenant son bracelet levé, semblant balayer du doigt. Bon timing. Lire un message, regarder une vidéo, l'un ou l'autre servirait à détourner ses yeux et son attention de la main sur le point de se poser sur son épaule.

— Venez tranquillement, dit Gregor, sentant la cible se raidir sous sa main. Personne n'a besoin d'être blessé. J'ai juste une question.

Gregor dirigea la femme avec sa main posée, l'emmenant vers la droite et sous un auvent d'un bureau de location qui semblait, heureusement, fermé pour l'heure du déjeuner. De profondes vitres en verre montraient des présentoirs couverts d'images projetées de propriétés clinquantes à vendre, et Gregor utilisa l'écran pour se placer avec la cible face à cette vitre.

Juste en train de regarder des rêves qu'ils ne pourraient jamais s'offrir, c'est tout.

— Que voulez-vous ? dit la cible, un tremblement trahissant le ton de ténor dans sa voix. Pas habituée à être prise en otage, alors. Je n'ai pas beaucoup d'argent.

— Pas d'argent. Des informations. Gregor observait le monde à travers leurs reflets sur la vitre. Personne ne faisait attention. Aurora s'était positionnée en face de Gregor, sa silhouette visible. Avec ses signaux manuels, elle avertirait Gregor si quelque chose tournait mal. Les agents. Où sont-ils ?

Une fois de plus, la cible tressaillit, le sursaut remontant jusqu'à la main toujours posée de Gregor. De la surprise ?

— Quels agents ?

— DefenseCorp. Vos homologues. Où sont leurs bureaux ?

— Je ne sais pas ? En ont-ils ici ?

Il y avait des mensonges et il y avait des menteurs. N'importe qui pouvait tenter le premier, débiter quelques mots et espérer être cru. Les seconds pratiquaient un art, manipulant la réalité pour leur public. Cette pauvre employée de DefenseCorp appartenait à la première catégorie, et sa voix, sa stature, son manque de conviction la trahissaient de la même manière qu'un imposteur se trahit dès qu'il lance son premier coup.

Gregor resserra sa prise. Il enfonça ses doigts suffisamment pour transmettre le message : — Tu m'as entendu. Réponds.

Cette fois, une respiration saccadée. Dans le reflet, les yeux gris de la cible se détournèrent, attirés vers le sol. Un autre signe révélateur, un autre moment de rupture pour trouver une excuse.

— La vie d'une petite fille est en danger, coupa Gregor avant même qu'elle ne commence. Aide-nous à la sauver, ou vis avec la mort d'une enfant de quatre ans sur la conscience.

— Des tragédies arrivent tous les jours, dit la cible, mais sa voix avait perdu le peu de gravité qu'elle avait. Une faiblesse cherchant à s'accrocher. Ce n'est pas ma faute.

— Si, ça l'est. Donne-nous l'emplacement, et nous la sauverons.

La femme ferma les yeux. Elle avait mené le combat, fait le minimum attendu du personnel de DefenseCorp. Résister, puis céder. DefenseCorp préférait que ses employés de bas niveau ne soient pas assassinés. De plus, la gigantesque entreprise pouvait exercer toute la vengeance qu'elle souhaitait sur les auteurs. Pas besoin que la femme sacrifie plus qu'elle ne l'avait déjà fait.

— D'accord, dit la femme. Ce n'est pas loin. Je peux vous montrer, et ensuite vous me laisserez partir ?

— Oui.

La réponse simple déclencha une marche. La femme les conduisit loin du quartier résidentiel, à travers l'intersection, et vers un autre secteur commercial. Aurora resta bien en arrière tandis que Gregor marchait aux côtés de la cible, se tenant à l'écart.

La cible dirigea Gregor vers un magasin à l'aspect brillant qui se présentait comme un point de vente pour gadgets d'occasion, équipements et tout ce que les propriétaires pouvaient trouver lors de missions de récupération dans l'espace. Une couverture qui pourrait réellement servir d'activité secondaire solide pour DefenseCorp, car ils devaient récupérer beaucoup de déchets en affrontant les pirates et les vaisseaux voyous qui polluaient les étoiles.

— C'est là, dit la cible. Demandez le propriétaire. Ça leur indiquera ce que vous êtes vraiment venu chercher.

Cette fois, pas de tic. Pas de tremblement. La voix égale d'une personne qui dit la vérité.

— Merci, dit Gregor.

Il n'avait pas besoin d'ajouter quoi que ce soit d'autre.

Le grand homme laissa la femme debout dans la rue, se dirigeant droit vers le magasin de récupération. La femme n'irait pas loin. Aurora la surveillerait et, si la demande de Gregor pour ce propriétaire s'avérait infructueuse, le capitaine de Sever reprendrait la situation d'otage.

À l'intérieur du magasin de récupération, Gregor prit une seconde pour s'orienter. Des vitrines en verre parsemaient chaque surface, des scanners réglés pour s'ouvrir si le bracelet d'un employé s'approchait. En attendant, les marchandises mises en valeur scintillaient de leurs diverses possibilités. Certaines boîtes contenaient des armes, d'autres des pièces de vaisseaux spatiaux, tandis que d'autres encore renfermaient ce que les panneaux prétendaient être des reliques uniques provenant de mondes lointains à travers la galaxie. Des cristaux, des métaux, des éclats lumineux chargés d'énergie, tout cela partageait l'espace avec des bibelots aléatoires aussi, des jouets pour enfants à une chemise pour adulte entièrement tissée de perles de sable vert.

Deux employés, associés à un robot de caisse, tenaient le magasin. L'un semblait bricoler un nouveau tas de déchets récemment arrivé, fouillant derrière le comptoir en verre enveloppant du magasin et mettant les objets dans une pile ou une autre selon, Gregor supposait, leur valeur présumée. Le robot se tenait près de l'entrée, attendant que quelqu'un place un objet sur son plateau d'achat. Son monotone joyeux accueillit Gregor dans le magasin, tandis que le grand homme remarquait également un pistolet paralysant que le robot pointait directement sur la porte.

La prévention du vol poussée à l'extrême.

— Je peux vous aider ? dit le second employé, s'approchant dans un t-shirt pêche et un pantalon plissé blanc doux, son regard passant de l'ennui à la curiosité en prenant conscience de l'imposante stature de Gregor.

— J'aimerais parler au propriétaire, dit Gregor.

— Euh, le propriétaire ?

— Tu m'as entendu.

L'employé tourna son visage vers son partenaire, toujours en train de fouiller dans le tas. Pas de secours de ce côté-là. Avalant sa salive, l'homme revint vers Gregor et offrit un sourire maladroit.

— D'accord, donnez-moi juste une seconde, d'accord ?

— Bien.

Pêche-et-crème tourna les talons et se faufila par une porte réservée aux employés, laissant Gregor errer dans les allées pendant de longues minutes. Il gardait un œil sur le Trieur-de-pièces, qui semblait se moquer complètement du grand homme rôdant dans son magasin. L'autre œil de Gregor repéra un élégant bâton en acier à long manche, un support de marche robuste ou, au besoin, capable de maintenir une porte fermée contre les fuites de vide.

Gregor trouva le prix, grimaça face à la majoration que le coût de la vie sur toute la planète Salinité ajoutait à la valeur de l'article. Pourtant...

— Hé, dit Gregor en direction du Trieur-de-pièces. J'aimerais acheter ça.

Le Trieur-de-pièces suivit le hochement de tête de Gregor vers le bâton.

— Bien sûr, dit l'homme. J'arrive tout de suite.

Gregor se retourna vers le bâton, essayant de déterminer la meilleure façon de le manier pour administrer un bon coup ou trois. Les secondes s'écoulèrent, jusqu'à ce que les choses deviennent inconfortables, et Gregor se retourna vers le tas de pièces. Au lieu du trieur oisif, Gregor vit les deux employés debout derrière le comptoir, pistolets levés et fermement braqués.

— Il est temps de parler, mec, dit le Trieur-de-pièces. Tu n'es pas l'un des nôtres. Qu'est-ce que tu cherches ?

Des mains stables, pas de nervosité dans ces mots. Ces deux-là devaient être des agents, ou presque. Gregor ne pouvait pas compter sur un mouvement soudain pour perturber leur visée.

— Renard, dit Gregor. Il est ici. J'ai à faire avec lui.

— Merci, dit le Trieur-de-pièces. C'est ce qu'on avait besoin de savoir.

Leurs doigts se dirigèrent vers les gâchettes, et la vitrine du magasin vola en éclats.

Gregor profita de la distraction pour bouger, utilisant le chaos pour se mettre à l'abri derrière les vitrines empilées. Les lasers jaillirent alors que les agents reprenaient leurs esprits et tiraient sur lui, sur Aurora. La poubelle qu'Aurora avait utilisée pour briser la vitre roula sur le sol, venant s'arrêter près des pieds de Gregor. La capitaine de Sever, quant à elle, ripostait avec des tirs de suppression sur les deux agents.

Des cris, des hurlements venaient de la rue plus large alors que la bagarre devenait publique. La sécurité allait arriver rapidement. Pas le temps de jouer.

Gregor tendit le bras, saisit une vitrine contenant un modèle de bracelet spécial, se retourna et lança le conteneur vers les agents. Les lasers d'Aurora les faisaient se baisser et zigzaguer, mais une boîte volumineuse demandait plus d'efforts pour l'éviter. Le lancer de Gregor frôla l'épaule du Trieur-de-pièces, le projetant dans son propre tas de déchets.

Aurora arrosa de tirs de couverture dans le rythme ping-ping-ping du pistolet pendant que Gregor pivotait dans la direction opposée, faisant trois grands pas à travers le magasin, terminant par une charge fracassante dans le comptoir. Des éclats de verre mordirent l'épais pull de Gregor, quelques-uns laissant des égratignures, mais l'élan du grand homme le porta de l'autre côté.

Pêche-et-crème pivota, pointant son pistolet vers Gregor, et reçut un tir d'Aurora dans le crâne pour sa peine. L'homme s'effondra, et Gregor profita de l'espace pour plaquer au sol le Ramasseur-de-pièces qui se relevait à peine. Lui arrachant le pistolet, Gregor retourna le canon encore chaud contre son propriétaire, accompagnant son avertissement d'un murmure.

— Abandonne, ou meurs comme ton ami, dit Gregor.

— J'abandonne, j'abandonne, répondit le Ramasseur-de-pièces. Ne me tirez pas dessus, mec.

Gregor avait un autre otage, mais à en juger par les sirènes dehors, il ne lui restait plus beaucoup de temps. Aurora entra dans le magasin en écrasant les débris, ses cheveux ébouriffés par les exigences incessantes du combat. Sa veste blanche arborait de nouvelles taches et un unique trou noir fumant qui, heureusement, n'avait pas son équivalent sur le corps de la capitaine.

Le robot lui adressa un accueil chaleureux. Toujours sur le qui-vive, celui-là.

Remettant le Ramasseur-de-pièces sur ses pieds, Gregor examina le magasin dévasté, les marques d'explosion qui balafrait les murs, le sol recouvert de verre. Un petit feu brûlait là où un tir perdu avait touché quelque chose d'alimenté.

Maintenant, ça ressemblait à une mission de l'Escouade Sever.

4

AFFAIRES

Comment gagner un combat contre une force écrasante ?

En prouvant que cette force écrasante n'est qu'une bande de bons à rien surestimés, voilà comment.

— J'ai le prix, tu prends les coups, lança Eponi en se ruant vers Kashmal. Elle aurait pu dégainer son pistolet et commencer à tirer au laser, mais jusqu'à présent, les armes à énergie étaient restées à leur place. Faire basculer ce combat dans la catégorie mortelle semblait être une mauvaise idée quand Sever était en infériorité numérique.

— Quelle chance pour moi, répliqua Sai en s'avançant pour asséner un coup bas au garde le plus rapide à arriver.

Comme Eponi, il gardait son katana dans son fourreau. On jouait gentiment aujourd'hui.

Kashmal continuait de reculer alors que le coup de Sai atteignait le ventre du garde, le mettant à terre avec un simple *ouf*. Le scientifique et piètre père ne pouvait pas reculer plus vite qu'Eponi n'avançait, et elle attrapa le col de sa blouse de laboratoire avant que deux secondes ne se soient écoulées.

Le timing parfait pour projeter Kashmal sur un garde pataud qui se dirigeait vers elle. Le scientifique fit sa plus grande découverte à ce jour lorsque Kashmal trébucha sur le Mastodonte qui avançait, les envoyant tous deux au sol.

— Derrière ! cria Sai, et Eponi fit volte-face, passant de l'admiration de son œuvre à un coup de pied sans même voir qui l'attaquait par derrière.

Avec le délicieux son de carottes qui craquent, le coup de pied d'Eponi frappa une main tendue, provoquant un hurlement de la garde, qui serra ses phalanges brisées contre elle en reculant. Eponi fit de même, prenant ses distances tout en se rapprochant à nouveau de Kashmal qui se remettait debout.

— Tu viens avec nous, dit Eponi, attrapant à nouveau le bras de Kashmal et le tenant fermement. C'est de ta foutue fille dont on parle.

— Parler ? demanda Kashmal. Tu appelles ça parler ?

— Ce n'est pas nous qui avons appelé les gardes !

Eponi sentit des mains sur ses épaules, sentit la lourde prise alors que le Mastodonte l'arrachait à Kashmal et la jetait au sol. Son entraînement prit le dessus lorsqu'Eponi heurta le sol lisse, roulant le long du courant sous le verre et se relevant d'un bond.

Le Mastodonte avait une main qui se dirigeait vers un pistolet paralysant, quelque chose qu'Eponi ne voulait pas voir entrer dans la bagarre.

— Tirez-lui dessus, dit Eponi en direction de Kashmal, regardant par-dessus l'épaule du Mastodonte.

Le garde de sécurité sursauta, jeta un coup d'œil vers un Kashmal confus, et Eponi profita de cette diversion pour se précipiter en avant dans une charge d'épaule destinée à lui couper le souffle. Le Mastodonte encaissa le choc mieux qu'il n'avait supporté la bousculade de Kashmal quelques instants plus tôt, gardant son équilibre et son holster à la taille exactement là où Eponi en avait besoin.

Utilisant son élan, Eponi continua d'avancer, tournant autour de la masse du Mastodonte et utilisant sa main gauche pour tirer le pistolet paralysant. Elle le leva, désactivant la sécurité et tirant d'un seul mouvement de la main gauche. Le Mastodonte s'effondra, s'écroulant avec toute la respiration sifflante d'un ballon perdant son air.

Attrapant Kashmal, qui fixait le Mastodonte à terre avec une expression stupéfaite et brisée, Eponi vérifia comment se passait la matinée de Sai. L'homme faisait face à un seul garde, un qui avait sur le visage cet éclat charnu qui disait qu'un rêve de combat au corps à corps était en train de se réaliser. Derrière l'homme, une autre garde avait sorti son pistolet paralysant et le pointait, attendant apparemment que son partenaire finisse le jeu.

— Ne bougez pas, ou je vous paralyse aussi, dit Eponi, plaçant Kashmal comme bouclier humain, visant et tirant.

Son tir paralysant atteignit la deuxième garde, l'assommant alors que Sai délivrait une combinaison de trois coups à son propre adversaire. Le garde bloqua tous les coups sauf un sur ses avant-bras, encaissant le coup qui passa aux côtes et l'ignorant. Ripostant avec un lourd coup de poing, le garde effleura l'épaule de Sai alors que l'homme de Sever tentait de se rapprocher. Le coup écarta Sai, et le tir d'Eponi passa dans l'ouverture, ruinant les espoirs du garde et le faisant s'écrouler au sol avec ses amis.

— Je l'aurais eu, dit Sai alors qu'Eponi relevait Kashmal.

— Tu prenais trop de temps, répliqua Eponi. Sois plus rapide la prochaine fois.

— Vous êtes tous les deux des personnes horribles, vous savez ça ? intervint Kashmal.

— Tu ne peux pas le paralyser ? dit Sai alors qu'ils se

dirigeaient vers les portes de sortie de Salinity, les autres dans le hall s'étant cachés derrière leurs bureaux ou s'étant bien éloignés d'une bagarre qui ne les concernait pas.

— Tu veux porter ce type ?

— Je peux marcher, dit Kashmal. Je peux marcher.

— Alors marche plus vite, dit Eponi.

Sai atteignit les portes en premier. Elles auraient dû s'ouvrir en chuintant à l'approche de Sai, mais les barrières vitrées restèrent fermées. Sai poussa, utilisant la méthode ancestrale pour écarter les choses, et n'obtint strictement rien alors qu'Eponi et Kashmal le rattrapaient.

Parce que, bien sûr. Sever ne pouvait pas réussir à battre le double de leur nombre dans un combat au corps à corps et s'en tirer. Ça aurait été trop facile.

— Ne bougez pas, dit Eponi, puis elle fit volte-face, pointant le pistolet paralysant vers le chemin qu'ils avaient emprunté, en direction du hall et des ascenseurs en cascade derrière.

Il fallait reconnaître que Salinity pouvait se mobiliser. Deux gardes ramassaient le Mastodonte aux membres caoutchouteux, tandis que les autres blessés se repliaient derrière une véritable phalange d'entreprise, menée par une femme posée dont les bras croisés sur son uniforme gris-bleu Salinity ne laissaient place à aucune connerie.

Eponi aurait cru à cette posture, sauf que cette pose parfaite correspondait à un visage parfait, avec des cheveux ne portant aucune trace d'un séjour dans la nature. La femme ressemblait à une institutrice, ou peut-être à une cadre, quelqu'un qui pensait que sa présence, ses ordres seraient obéis parce que la société l'exigeait.

Bonne chance pour s'en sortir avec ces absurdités dans un échange de tirs.

— Posez ça, dit la femme, avec tout le mépris qu'un parent pourrait avoir envers un enfant désobéissant.

— Je vais vous faire une offre, dit Eponi. Vous voulez que je pose ce jouet ? Je le ferai, mais avant, vous allez ouvrir ces portes et nous laisser sortir. Je jette le pistolet paralysant en arrière, et on est tous contents.

— Cette partie n'est pas négociable, répondit la femme. Nous sommes dans une entreprise. Vous avez déjà assommé deux de mes hommes. Posez l'arme et nous pourrons parler.

Eponi vérifia et vit que Sai tenait fermement Kashmal. Les gardes de Salinity n'avaient pas encore sorti leurs armes, faisant confiance à leur chef pour désamorcer la situation. Eponi pourrait tirer deux, peut-être trois coups avant que quelqu'un ne riposte, mais assommer quelques gardes n'ouvrirait pas ces portes. Pas plus que de sortir son pistolet et d'ajouter un meurtre à son casier judiciaire en attente sur Gillane Quatre.

— Je te fais confiance, dit Sai, en pinçant Kashmal quand l'homme essaya de parler. Fais ton choix.

Mourir en se battant ou rester debout en parlant ? Pas vraiment le choix.

— Alors ? demanda la femme.

Eponi posa le pistolet paralysant à ses pieds, assez près pour le reprendre si les choses tournaient mal. Elle se leva et afficha le sourire arrogant d'une pilote de kart, — Tu voulais parler, parlons.

— Pouvons-nous nous mettre de côté et laisser ce hall reprendre ses activités ? dit la femme, en faisant un geste vers la gauche d'Eponi, où un petit stand de café vendait ses boissons chaudes aux visiteurs assoiffés. Plusieurs petites tables semblaient être le terrain de négociation proposé. Ou avez-vous besoin d'un spectacle ?

— Tout ce qu'on cherche, ce sont des résultats, dit

Eponi. Si vous faites quoi que ce soit de louche, mon gars ici brisera le cou de ce freluquet avant que vous n'ayez le temps de bouger. Je vous préviens, c'est tout.

— Eponi, grogna Sai. Ce n'est pas le moment.

— Hé, Eponi leva un doigt en direction de Sai. Je suis occupée à négocier. Reste tranquille.

La femme eut la grâce de paraître amusée, une fissure dans l'armure qui disait qu'elle n'était peut-être pas aussi froide qu'Eponi le pensait. Le premier round réglé, le groupe se dirigea vers la gauche, Sai et Kashmal avançant lentement. Dès que Sai eut dépassé la dernière porte, plaçant un mur solide derrière lui et l'otage au lieu d'une sortie, la femme fit signe à deux gardes de couvrir ces portes. Une fois en position, avec Eponi, Sai et Kashmal aux tables en forme de biscuit du stand de café, quelqu'un chez Salinity déverrouilla l'entrée, laissant passer un flux régulier d'employés et de visiteurs confus.

— Pratique, dit Eponi en s'asseyant en face de la femme, Sai et Kashmal derrière elle. Vous ouvrez les portes maintenant ?

— Salinity est une entreprise, dit la femme. Ils préfèrent que les flux de trésorerie continuent. Cela dit, vous êtes en infériorité numérique et vous agressez un scientifique employé par l'entreprise qui, en fait, possède cette planète. Ce n'est pas une bonne position.

— Bah, j'ai connu pire.

Cela valut à Eponi un sourcil levé.

— Remettons les choses à plat, d'accord ? dit la femme. Je suis Raquel, et vous êtes ?

— Eponi. Derrière moi, c'est Sai. Nous sommes les deux membres les plus cool de l'Escouade Sever. Eponi se pencha en arrière sur sa chaise, essayant de voir si Sever signifiait quelque chose pour Raquel.

Essayant de voir si Renard ou Vana étaient déjà passés par là.

— Escouade Sever ? Raquel semblait aussi confuse qu'Eponi l'espérait. C'est censé vouloir dire quelque chose ?

— Ça le voudra maintenant, répondit Eponi. Je vais faire court, Raquel, car tu sembles être une personne sympa qui ne mérite pas d'être mêlée à un désordre sanglant et destructeur.

— Qu'est-ce qui va être un désordre sanglant et destructeur ?

À l'époque de DefenseCorp, ils faisaient asseoir chaque membre de l'escouade et leur faisaient signer un millier de petits documents avant de leur donner une prime d'engagement. Ces pages stipulaient que vous pouviez perdre tous vos paiements si vous parliez de vos missions à du personnel extérieur à DC, ou, en réalité, à quiconque en dehors de l'escouade immédiate.

Maintenant, Eponi se fichait de ce que DefenseCorp voulait. Elle pouvait tout raconter à qui elle voulait.

— Raquel, laisse-moi t'illustrer le niveau d'horreur dans lequel cet homme s'est impliqué, dit Eponi. Oh, et pendant que je parle, peut-être qu'un de tes larbins peut nous apporter du café. Sai, tu veux quelque chose ?

— Thé noir ? dit Sai.

— J'aimerais... commença Kashmal, avant que Sai ne resserre une prise maladroite sur le bras de l'homme.

Raquel inclina la tête, puis fit un signe vers le stand. Un garde derrière elle, qui avait l'air distinct d'un assistant espérant une future promotion, se précipita pour satisfaire les demandes.

— Merci, dit Eponi. Comme je disais, Kashmal ici présent a joué un jeu avec DefenseCorp il y a un moment. Je ne connais pas tous les tenants et aboutissants, mais pour faire court, il a épissé de l'ADN, créé un virus sophistiqué qui transforme la personne infectée en un désordre invincible et meurtrier. Ça n'a pas très bien marché, mais il l'a injecté à sa fille et a trouvé son match miracle. Ensuite, grâce à Sai et moi, et aux autres Severs, Kashmal s'est enfui avec sa fille et le prix dans son sang.

Kashmal essayait sans cesse d'interrompre, de placer un mot ou trois, mais tout ce qui sortait étaient des jappements et des croassements alors que Sai le maintenait sous contrôle. Le larbin arriva avec les boissons, et Eponi but une gorgée chaude de la sienne pendant que Raquel analysait le déversement d'informations qu'Eponi venait de livrer.

— Et vous êtes ici parce que quelqu'un veut ce prix ? dit Raquel.

— Hé, tu comprends vite, répondit Eponi. C'est un gros bingo. Il y a des gens méchants qui ont débarqué sur votre planète récemment et qui aimeraient bien avoir un morceau de Kaia — c'est sa fille, une douce petite — et on essaie d'obtenir sa localisation de Kashmal ici pour pouvoir jouer les protecteurs. Au lieu de ça, le gars décide de vous mêler tous à ça.

— Comment puis-je savoir que ce n'est pas vous qui essayez d'enlever Kaia ? dit Raquel. C'est difficile de prendre tout ce que vous avez dit pour argent comptant.

— Kashmal, qu'en penses-tu, j'ai bien résumé ? Eponi se pencha sur sa chaise, donnant à Kashmal un regard mielleux qui disait que la douleur serait imminente et infinie s'il osait objecter.

— À peu près. La réponse de Kashmal vint avec le grincement boudeur d'un adolescent pris en train de faire quelque chose de stupide.

— Tu vois ? dit Eponi, se retournant vers Raquel. Nous sommes les gentils ici.

Raquel tapota un seul doigt sur la table.

— Salinity m'a mise en place comme chef de la sécurité locale, dit Raquel. Étant donné que nous possédons cette planète, cela fait de moi la responsable de son bien-être et de sa sécurité. Vous me dites qu'une force est ici pour capturer une petite fille sous ma surveillance ?

— C'est ce qu'on dit.

— Bien, dit Raquel en repoussant sa chaise et en se levant. Je pense que je dois voir cette fille et vérifier si vous dites la vérité.

Eponi bondit sur ses pieds, le café alimentant son énergie. — Je savais que tu changerais d'avis.

— Vous avez quand même agressé quatre de mes employés, reprit Raquel. Quand tout cela sera terminé, nous discuterons de la façon dont vous comptez réparer ça.

— Raquel, dit Eponi en tendant la main pour que la femme la serre. Tu pourrais faire bien pire que d'avoir l'Escouade Sever dans ta dette.

Kashmal gémit lorsque Raquel scella l'accord, mais quand la chef de la sécurité de Salinity lui demanda de les conduire à Kaia, le scientifique ne protesta pas. Ensemble, ils sortirent d'un pas lourd sous le ciel bleu.

Une trêve négociée, pas un seul innocent mort, et l'objectif atteint.

Pas mal pour une recalée des courses de karts.

5

L'AUTRE CÔTÉ

La plupart des otages n'avaient pas cette chance.

Rovo dévorait un délicieux déjeuner — du poisson frais, des légumes verts et des fruits cueillis dans les jardins et les pêcheries de Gillane Quatre — sous le ciel clair d'un parc. Les déglutitions ne lui faisaient plus mal maintenant que ses blessures guérissaient, bien que la cicatrice sombre sur sa poitrine ne disparaîtrait pas sans quelques retouches esthétiques, une chirurgie qui nécessiterait de l'argent que Rovo n'obtiendrait que s'il acceptait le plan de Vana et Renard.

Mais personne qui se souciait des apparences ne rejoindrait DefenseCorp, ne se soumettrait à des missions mortelles et dangereuses.

— Je vois que tu as détesté ça, dit Vana en s'approchant et s'asseyant à côté de Rovo sur le long banc vert océan.

— J'ai dû le manger vite, pour épargner à quiconque cette souffrance.

Vana lui adressa ce sourire conciliant qu'elle semblait sortir à chaque conversation. L'agent traitait Rovo comme un parent patient, distribuant encouragements et discipline à parts égales, essayant de transformer Rovo d'un combattant loyal de l'Escouade Sever en un traître.

Si seulement elle savait ce qui importait vraiment à Rovo.

— Ils ont atterri, dit Vana. Comme tu l'avais supposé, ton escouade a suivi sans attendre les renforts de Deepak. Ils sont seuls, vulnérables.

— Je n'irais pas jusque-là, répliqua Rovo, posant ses coudes sur ses genoux et se penchant en avant. Le pull, le pantalon en laine, le tenaient suffisamment au chaud pendant les journées tempérées de Gillane Quatre, mais ils lui semblaient inadaptés. Faits pour le loisir, pas pour le combat. Sever est largement suffisant pour vous affronter tous seuls.

— Maintenant, c'est toi qui nous sous-estimes, dit Vana. Nous les avons observés. Aurora et Gregor te recherchent. Ils ont détruit notre site principal.

— Cette boutique de récupération ?

— Complètement démolie.

— Oh non.

Vana rit. — C'est un bon début. Ils avancent vite. Les deux autres ont Kashmal maintenant.

— Tu vois ? Et tu voulais intervenir tout de suite et prendre Kaia. Maintenant, vous pouvez griller Sever, avoir la fille et résoudre tous vos problèmes d'un seul coup.

Rovo avait réfléchi à cette idée dans les semaines précédant l'atterrissage sur Gillane Quatre et dans les jours qui ont suivi, empêchant Renard et Vana de se précipiter dans leur plan avec un piège à la place. Les deux voulaient le sang de Kaia pour leurs combinaisons, mais prendre la fille et laisser Sever en vie ne signifierait qu'une poursuite continue et, pire encore, une révélation largement diffusée par Sever sur ce qui s'était passé.

Aurora, de retour sur le *Nautilus*, avait essayé de faire se soulever la branche militaire de DefenseCorp contre sa moitié clandestine. Renard et Vana insistaient sur le fait que cette idée ne marcherait pas, mais les agents n'avaient pas le même contrôle sur l'opinion publique. Jeter l'idée que les agents de DefenseCorp volaient des enfants et aspiraient leur ADN au grand jour, avec la disparition de Kaia comme preuve, et ces juteux contrats disparaîtraient.

Éliminer Sever, cependant, et tout le reste tomberait à la perfection.

— Renard pense toujours que nous faisons une erreur, dit Vana. Je commence à le croire.

— Peu importe. Sever est là maintenant. C'est notre plan ou rien.

Et, quand Vana et Renard feraient quelque chose de stupide, comme s'engager dans un combat ouvert avec Sever, Rovo se délecterait de tirer dans le dos des agents.

Le skiff scellé, un engin de vallée incurvé avec un toit en bulle de verre, pouvait accueillir cinq personnes dans des sièges conçus pour absorber un violent impact dans l'eau. Le long du fond, visible lorsque les jambes d'atterrissage maintenaient le skiff à environ un mètre du sol, des lattes caoutchouteuses révélaient des flotteurs prêts à l'emploi. Chaque engin sur Gillane Quatre devait être prêt pour un amerrissage.

Le skiff gardait ses secrets par ailleurs. Pas de marques, pas de schéma de couleur vif. Gris clair et rien d'autre, une banalité que Rovo avait fini par accepter avec les agents et leurs appareils. Qui aurait cru que garder un profil bas pouvait être si ennuyeux ?

Renard et un autre agent, un homme propre et beige, occupaient déjà les sièges avant. Les yeux âgés de Renard suivirent Rovo alors qu'il s'approchait aux côtés de Vana, sa moue tombante creusant de profondes rides dans ce visage plastique.

Alors que Vana cherchait à transformer Rovo en traître à son escouade, Renard avait voulu soutirer des informations à la recrue puis le laisser desséché et mort quelque part. Les deux avaient maintenu une danse laide pendant un moment, jusqu'à ce que Renard réalise qu'il ne pouvait vaincre Vana ni par les mots ni par la force physique.

Rovo ne lui avait plus parlé depuis des jours maintenant.

— Heureux de me voir ? dit Rovo en grimpant dans le skiff. L'engin était niché sur une petite aire d'atterrissage derrière un bureau de Salinity que Renard avait réquisitionné grâce à certaines connexions pour en faire un quartier général improvisé. Ça fait un moment.

— Vana pensait que ce serait bien que tu viennes. Moi, je pensais que ce serait bien qu'elle te tire dessus, maintenant que tes amis sont là.

— Pas mes amis, dit Rovo, le mensonge devenant plus facile à dire à chaque répétition. Anciens coéquipiers. Vous me donnez une part du butin, je suis des vôtres.

— Apparemment.

— Allons-y, mit fin à la conversation Vana, le toit en bulle se refermant sur l'engin alors qu'ils s'installaient. Rappelez-vous, l'objectif est d'abord d'avoir la fille. Tuer le duo de Sever ensuite. C'est peut-être notre meilleure chance.

Rovo essaya de mieux voir l'agent bronzé, également le pilote du skiff, tandis que l'homme décollait l'engin du sol. Il semblait calme, imperturbable à l'idée d'entrer en bataille contre des mercenaires aguerris de DefenseCorp, mais peut-être que tous les agents semblaient ainsi.

Pas que cela importait : Rovo les avait vus mourir assez vite sur le *Nautilus*.

— Les autres sont prêts ? demanda Vana à Renard tandis que le skiff s'engageait dans le trafic aérien modéré de Gillane Quatre.

— Ils sont en position, répondit Renard. Rovo, je crois que tu n'as pas rencontré Abbad ici, mais que cela serve à la fois d'introduction et d'avertissement. Quand nous arriverons, son attention sera fixée sur toi.

— Oh, super, dit Rovo. J'ai toujours rêvé d'avoir un fan.

Abbad rit, et les yeux de Rovo s'écarquillèrent. Un agent avec le sens de l'humour ? Quoi ?

— Ne t'inquiète pas, Rovo, je serai à tes côtés à chaque étape, dit Abbad, sa voix comme du miel joyeux. Renard m'a dit que tu venais du côté amusant de DefenseCorp. Tu devras m'en parler un jour.

La bouche de Rovo s'ouvrit. Il s'était spécialisé dans les communications, avait lu un nombre incalculable de lettres, rencontré et négocié avec toutes sortes de personnalités, mais ça, ça ne figurait pas sur la carte. Abbad avait l'air de sortir tout juste de la séance d'orientation, mais l'âge et la position de l'homme, ici dans l'esquif avec Renard et Vana, disaient le contraire.

— Euh, bien sûr, dit Rovo. Un verre.

— Parfait, répondit Abbad. Maintenant, assieds-toi et détends-toi. Ce n'est pas un long vol, mais il faut profiter des moments quand on peut, pas vrai ?

Rovo jeta un coup d'œil à Vana, espérant trouver une explication dans son expression, mais tout ce qu'il y trouva fut des yeux qui roulaient accompagnés d'un petit sourire.

Avec les tubes à capsules assurant la plupart des transits autour de la planète, les véritables virées aériennes semblaient être réservées à ceux qui avaient de l'argent et pas de temps. Même Renard et Vana préféraient les capsules à la notoriété apportée par l'esquif.

Ni l'un ni l'autre, cependant, ne voulait prendre les transports en commun chargés d'armes. Rovo jeta un coup d'œil à l'arsenal de Vana, avec des pistolets sur chaque hanche et des couteaux évidents le long des deux bras. Des chargeurs de rechange étaient accrochés à la ceinture de la femme, et son manteau gonflait avec le gilet de protection ajusté en dessous. Les cheveux relevés, Vana rayonnait de vie. L'opposé de la façade sinistre et décomposée de Renard.

Rovo était peut-être partial.

Le vol ne dura pas longtemps, Renard posant l'esquif sur un toit qui, comme la plupart sur Gillane Quatre, surmontait une forme de larme avec une large plateforme plate en total désaccord avec le design du bâtiment. Rovo imagina que la belle architecture de quelque pauvre bougre avait été ruinée par les besoins d'efficacité : dans la galaxie d'aujourd'hui, il fallait avoir un endroit où un vaisseau pouvait atterrir, même si cela avait l'air laid.

L'appartement de Kashmal se trouvait quelque part sous Rovo, et à l'intérieur, probablement, attendait Kaia. Il n'avait pas vu la fille depuis un mois, pas depuis qu'elle avait disparu dans les premières heures sur Wexer. Le bleu n'aurait jamais pensé revoir la petite étincelle, alors, malgré les circonstances, Rovo ne pouvait pas être trop contrarié.

Le toit en bulle s'ouvrit d'un coup et Abbad bondit dehors, dégainant un pistolet argenté étincelant dans le même mouvement. L'homme atterrit sur le toit en position accroupie, balayant l'espace ouvert à la recherche d'ennemis qui n'étaient clairement pas là. Au-delà de l'esquif, la seule chose partageant l'aire d'atterrissage était une ouverture trapue pour un ascenseur et ses escaliers obligatoires.

— RAS, dit Abbad, regardant l'esquif avec un regard

dur, avant de faire s'effondrer la façade en un large sourire. Ah, je vous fais marcher. Vous pouvez voir qu'il n'y a rien ici.

Renard sortit en deuxième, Vana en troisième, et Rovo arriva en dernier, essayant toujours de faire rentrer la pièce du puzzle d'Abbad dans quelque chose qui avait du sens.

Et échouant.

Sur l'aire d'atterrissage, Vana prit la tête, se dirigeant vers l'ascenseur et tapotant son bracelet. Les bâtiments comme celui-ci ne devraient normalement laisser entrer que les résidents ou, disons, les livreurs, mais l'identifiant de Vana fit l'affaire. Avec Abbad attendant Rovo, le quatuor s'entassa dans l'ascenseur et commença la descente.

— On va se cacher à côté de leur appartement, dit Abbad alors que l'ascenseur descendait. Le propriétaire n'a pas objecté, surtout après que je lui ai montré Princesse.

— Princesse ? ne put s'empêcher de demander Rovo.

— Son pistolet, répondit Renard. Abbad a peut-être une énergie particulière, mais il n'en est pas moins efficace. Je ne le sous-estimerais pas.

Sous-estimer ? Rovo n'avait pas encore saisi qu'Abbad était une vraie personne, encore moins lui attribuer une quelconque compétence. Abbad semblait tellement en contradiction avec tout ce que Renard et Vana, le couple calme et comploteur, appréciaient. L'homme passa le trajet en ascenseur appuyé contre le mur, un petit sourire ne quittant jamais ses lèvres, regardant le trio comme s'ils faisaient tous partie d'une vaste blague interne.

Chaque fois que Rovo pensait avoir une emprise sur l'univers, celui-ci prouvait le contraire.

Ils sortirent dans un couloir, un corridor tacheté de moquette bleue et or, avec des lampes nautiques faussement vacillantes montrant le chemin. Un calme de jour ouvrable imprégnait la scène, les appartements vidés de leurs propriétaires partis exercer leurs métiers. Pas un mauvais moment pour un combat, ou un enlèvement. Derrière eux, l'ascenseur se ferma rapidement et s'éloigna, Renard remarquant que sa prochaine prise en charge serait leur proie.

Abbad les conduisit à mi-chemin du couloir, puis se retourna et plaqua son bracelet contre une porte blanc marbre. Un verrou cliqua, et, avec Vana assurant l'arrière-garde, le quatuor se précipita à l'intérieur. Abbad les enferma silencieusement, et Rovo se retrouva dans un endroit charmant, dominé par des photos de famille, avec trois personnes complotant pour tuer et voler ses amis.

Cool. Tellement cool.

— Pour récapituler, dit Vana en chuchotant. Renard et moi ouvrons la voie. On s'occupera de toute résistance. Rovo, tu prends Kaia quand elle panique. Abbad, tu couvres nos arrières.

— Compris, confirma Abbad.

Renard hocha la tête, et tous les regards se tournèrent vers Rovo.

— Kaia. Ouais, je sais, dit Rovo. Vous pensez tous que je ne vais pas jouer le jeu, mais je veux juste qu'elle soit en sécurité.

C'était assez vrai, et de toute façon, Rovo n'avait pas d'arme sur lui. Ce ne serait pas aussi simple que de simplement trahir, il devrait être intelligent à ce sujet. Peut-être asséner une gifle au visage méritant de Renard, puis attraper Kaia, la ramener ici, et-

— Les voilà, dit Abbad, les yeux brillants. Préparez-vous, les gars, parce que ça va devenir amusant.

Ce type.

L'avertissement d'Abbad se confirma lorsque les voix d'Eponi et Sai, mêlées aux protestations constantes de Kashmal, flottèrent à travers la porte. Quelqu'un d'autre parlait aussi, une autorité présumée se mêlant à des tentatives de modération. Bonne chance avec cette équipe.

Rovo prit une profonde inspiration alors que l'appartement voisin s'ouvrait avec un clic, les gens commençant à s'y engouffrer. Vana fit un léger signe de tête à Abbad, et l'homme tendit la main vers la poignée de la porte.

À côté, Kaia rit.

[6]

ASSAUT

Le vent sifflait, tranchant à travers les bâtiments et dans le parc parsemé d'arbres le long du bord de Kaiyo. Bordé par ces barrières translucides d'un vert tendre, le parc offrait une vue magnifique sur l'océan sans fin de Gillane Quatre. Les oiseaux voletants, les arrangements floraux ciblés et les tubes capsules créaient un paysage étrange et fascinant.

Tout comme Gregor, qui tenait le Récupérateur près de la barrière. L'homme semblait absolument paniqué à chaque pas tandis que Gregor le rapprochait de ce qui serait une longue chute et un dur plongeon. Aurora n'était pas adepte de la torture — cette pratique, selon son expérience, tendait à produire des réponses délirantes dans le but de préserver sa vie et ses membres — mais la vue et ses environs donnaient au duo de Sever une chance de guetter toute poursuite potentielle.

Le Récupérateur leur avait montré une sortie dérobée du magasin de récupération détruit, à travers un tunnel d'accès réservé aux employés traversant le cœur du bâtiment principal, où les déchets et les fournitures pouvaient être acheminés sans perturber le commerce quotidien. Pendant que la police de Kaiyo piétinait dans la devanture soufflée, Aurora et Gregor avaient suivi leur ami forcé jusqu'aux rues et, grâce aux arguments persuasifs de Gregor, jusqu'à leur emplacement actuel dans le parc.

— D'accord, j'ai compris, dit le Récupérateur, sa voix oscillant avec la panique due à quelqu'un qui avait survécu à une fusillade inattendue. Renard n'est pas venu nous voir, peu importe à quel point vous voulez entendre autre chose. Le mec est dans notre branche, d'accord, mais, genre, vous avez aussi différents groupes, j'imagine ?

Aurora posa une main sur le bras de Gregor. Ce n'était pas parce que le Récupérateur parlait par fragments et avait l'air aussi jeune qu'il en avait l'air qu'il fallait lui infliger une discipline musclée.

— Tu veux dire que Renard n'est pas ton patron, proposa Aurora, incitant le Récupérateur à en dire plus.

— Ouais, certainement pas. Le Récupérateur regarda au-delà des deux Severs, scrutant le parc à la recherche d'éventuels espions. Il est dans un groupe de développement, s'occupant de projets dont je ne sais rien. R&D, on pourrait dire, sauf que c'est plus secret que ça.

— Ça colle, dit Gregor. On sait qu'il est sur Gillane Quatre. Comment peut-on le trouver ?

— Ce mec écoute ? Pourquoi il continue de poser la même question ? Le Récupérateur se tourna vers Aurora.

— Réponds à la question, répliqua Aurora.

— Bien, mec. Comme je l'ai dit, Renard ne danse pas sur notre étage. Donc je ne sais pas où il est, mais je suppose que je sais où il pourrait être.

Le Récupérateur fit une nouvelle pause, ses yeux dansant entre Aurora et Gregor comme si les deux allaient lui offrir de l'argent, comme dans un film. Aucun des deux ne bougea.

— Je suppose que je suis juste censé parler gratuitement, alors ? Le Récupérateur insista sur sa stratégie. Pas de bonus pour avoir poignardé mon employeur dans le dos ?

— Vois les choses ainsi, dit Aurora. Tu nous aides, ton employeur ne devient pas totalement maléfique.

— Tu penses qu'une boussole morale va me faire changer d'avis ? Moi, un agent de DefenseCorp ? Je suis aussi en faillite que possible sur ce front.

— Que veux-tu ?

— Sortir, dit le Récupérateur, éclatant en un sourire, hochant la tête plusieurs fois comme si cela rendait la demande plus claire.

La patience d'Aurora avait atteint ses limites. Sai et Eponi avaient envoyé un message il n'y a pas longtemps disant qu'ils étaient en route pour récupérer Kaia. Sans Renard ou Rovo en main, ce mouvement comportait des risques. Aurora et Gregor ne tenaient tout simplement pas leur part du marché.

— Nan, mec, sortir de DefenseCorp, répondit le Récupérateur à la question évidente de Gregor. Je t'ai vu allumer mon pote — RIP, au fait — là-dedans et je me suis dit pendant notre course jusqu'ici que peut-être vous pouviez faire la même chose pour moi.

— Te tuer ? dit Aurora. Tu nous donnes l'emplacement de Renard, je le ferai. Avec plaisir.

— Aïe, madame. Le Récupérateur leva les mains face au regard brûlant qu'Aurora lui lança. Non, je dis que vous faites comme si j'étais mort, tu vois. Comme ça, ma famille obtient l'argent des prestations, et moi je suis libre.

— Fraude, dit Gregor.

— Contre DefenseCorp, cependant, réfléchit Aurora.

Marché conclu. Tu nous donnes l'emplacement de Renard, puis on retourne à notre vaisseau. Tu prends le prochain transport hors-monde quand on commencera à semer le chaos.

Le Récupérateur pourrait élaborer les prochaines étapes par lui-même. Attendre un moment hors-monde, puis revenir pour récolter les prestations en espèces. Que le plan fonctionne réellement ou non, Aurora ne le savait pas, ne s'en souciait pas. Ce qui importait, c'était que le Récupérateur, assuré de son délire, tapa l'emplacement potentiel sur le bracelet d'Aurora.

Avec la cible en main, Gregor et Aurora retournèrent en vitesse au *Prisa*, profitant d'un autre charmant trajet en capsule, cette fois-ci entassés avec des gens se dirigeant hors-monde. Sur le vaisseau, les deux enfilèrent leurs nouvelles armures assistées, qu'ils avaient fait peindre pour correspondre à leurs anciennes. Aurora se chargea de ses fusils, tandis que Gregor, réuni avec son énorme marteau, descendit la rampe du *Prisa* ressemblant à un démon métallique sorti d'un vieux cauchemar.

— Prêt à fracasser des choses ? dit Aurora, sa voix résonnant maintenant à travers les liaisons radio entre les combinaisons.

— Ça faisait trop longtemps.

Aurora ne pouvait pas contredire Gregor sur ce point. Ces semaines passées à voler jusqu'ici avaient été longues et ennuyeuses. Le *Prisa* n'avait pas de simulateurs, pas grand-chose à part des films et de l'exercice. Les muscles la démangeaient, les instincts bourdonnaient.

Pour atteindre l'endroit indiqué par le ferrailleur sans provoquer un énorme tumulte, il fallait louer un transport point à point. Aurora s'est chargée de la négociation, demandant un trajet direct depuis le quai d'amarrage du *Prisa*. La plupart des navettes n'auraient pas eu la place pour deux mercenaires en armure assistée, alors Aurora a dû obtenir un transporteur de fret. Tous les problèmes humains liés au transport de deux armes monstrueuses se sont résolus d'eux-mêmes lorsque la navette est arrivée avec un pilote robotisé, attendant qu'Aurora donne le feu vert pour décoller.

Le trajet sans fenêtre a donné à Aurora et Gregor l'occasion de discuter stratégie tout en testant les moindres recoins de leur armure, un intermède tactique qui a transformé leur plan d'assaut d'un « casser et sauver » à un simple sauvetage, la partie « casser » étant implicite.

— Tu t'occupes de Rovo, conclut Gregor. Je m'occupe de tous les autres.

— Ça te va ?

— C'est tout ce que je demande.

Les deux se cognèrent les poings blindés alors que la navette se posait sur la plateforme d'atterrissage ciblée, s'ouvrant sur un ciel d'après-midi et pas grand-chose d'autre. Depuis la plateforme, l'une des nombreuses le long du côté lisse bleu-vert du bâtiment, chacune reliée par des échafaudages peints et lissés, les deux maraudeurs mécanisés se dirigèrent en cliquetant vers une large entrée.

— Grand bâtiment pour quelques agents, dit Gregor.

La supposée cachette de Renard semblait effectivement se trouver dans un grand espace commercial, proche de la moitié sud de Kaiyo. Le bâtiment dominait ceux qui l'entouraient, bien que la raison pour laquelle Renard avait choisi cet espace devint évidente trois pas plus loin : au-dessus, là où Aurora n'avait pas pu regarder à cause du transport fermé de la navette de fret, se trouvait du métal exposé. Un squelette pas encore revêtu de peau fabriquée.

— Ce n'est pas terminé, répondit Aurora. Il le prend parce que personne d'autre ne le peut.

— Je suppose qu'on devrait le virer, alors.

Les portes de la plateforme d'atterrissage, déjà opérationnelles pour faciliter des livraisons de fret plus amicales que celle-ci, s'ouvrirent en glissant à l'approche de Gregor et Aurora. Pas de sécurité pour ce lieu en construction, donc.

Pas que cela importe : si la porte était restée fermée, Aurora l'aurait de toute façon enfoncée.

À l'intérieur, un quai de chargement propre et dégagé laissait place à un étage de bureaux vide, troué au centre par un noyau creux s'étendant du toit à la base. Le bâtiment adoptait une esthétique lisse et terne. Des lignes marquaient les futures dispositions des étages, tandis qu'Aurora regardait droit vers la banque d'ascenseurs. Opérationnelle. La lumière entrait par les fenêtres poussiéreuses à cause de la construction, leur armure cliquetante perturbant des nuages à chaque pas.

— Calme, dit Gregor. On ne se cache pas, alors où sont-ils ?

— Bonne question, répondit Aurora. Ce transport aurait pu contenir un millier d'agents. Qui sait combien il pourrait y en avoir ici. Restons sur nos gardes.

— Je le suis toujours, dit Gregor, bien qu'il dégageât le marteau, le soulevant à deux mains alors qu'ils se dirigeaient vers les ascenseurs.

— On commence par le bas et on remonte ? dit Aurora.

— Beaucoup d'étages pour ça.

— Une meilleure idée ?

— On détruit tout en descendant ?

Aurora fit un pas de plus, imaginant une façon efficace de nettoyer un bâtiment de trente étages à deux. Peut-être que l'idée de Gregor n'était pas si mauvaise.

— Et si on se retrouvait au milieu ? dit Aurora.

— Ça marche.

Aurora se mit à trottiner, l'armure assistée jouant avec ses désirs et augmentant son assistance cinétique pour se mettre en mouvement. Chaque pas martelait le sol lourd avec une secousse vibrante, achevant tout espoir de furtivité qui leur restait. L'ascenseur n'était pas conçu pour les armures assistées, mais avec un peu de contorsion et une bosse aux portes, Aurora réussit à entrer. Elle tapota, avec juste assez de force pour ne pas fissurer l'écran, une descente vers le premier étage.

L'ascenseur obtempéra, faisant descendre Aurora devant étage après étage d'espaces vides. Du moins, jusqu'aux derniers. Des objets personnels défilèrent alors que l'ascenseur descendait, des lits de fortune et de la nourriture. Des tables installées, et quelques murs pop-up pour créer des espaces privés. Le ferrailleur n'avait pas complètement tort, alors. Quelqu'un vivait ici.

Mais où étaient-ils ?

Les portes de l'ascenseur s'ouvrirent sur un hall d'entrée banal, aux murs laissés dans un blanc d'apprêt terne, attendant une nouvelle couche de personnalité. Les portes d'entrée, s'étendant sur une douzaine d'entrées, étaient recouvertes de papier, cachant tout regard potentiel de l'extérieur. La lumière qui entrait maintenant tombait d'en haut par endroits, créant des rayons dorés et faisant des points sur le sol aux pieds d'Aurora.

Le calme mourut soudainement. Le marteau de Gregor s'abattit quelque part loin au-dessus, un coup tremblant suivi de l'effondrement épars alors que l'homme tombait à travers le trou qu'il venait de créer. L'armure assistée atterrit avec la grâce d'une enclume, produisant un second boom. Aurora aurait pu se sentir désolée pour les dégâts, sauf que les objectifs de Renard en causeraient tellement plus s'ils n'étaient pas arrêtés.

Le prix, supposa-t-elle, des affaires.

Le coup de marteau agit comme un interrupteur. Aurora, debout juste à l'extérieur d'un de ces rayons dorés, fut témoin d'une vague pas différente d'un nid d'insectes perturbé. Des agents dans toutes sortes de vêtements surgirent autour des murs, jaillirent de sections fermées, et prirent position aux étages supérieurs, utilisant le noyau ouvert pour essayer de trouver des angles de tir.

— Et moi qui pensais que vous vous étiez tous enfuis, dit Aurora, son viseur s'illuminant de rouge tout autour alors que l'armure assistée détectait des menaces partout. Je suis contente de ne pas avoir été déçue.

Normalement, être aussi surpassée en nombre aurait envoyé Aurora chercher une issue de secours. L'armure assistée pouvait encaisser des coups, mais fondrait sous un feu nourri et soutenu. Malheureusement pour les agents, ils avaient trouvé une cachette secrète sur une planète peuplée et contrôlée. Difficile de faire entrer des fusils, des canons et l'équipement lourd nécessaire pour affronter une armure assistée.

Les agents avaient des pistolets en abondance. Certains semblaient même confiants, attendant de voir si Aurora se rendrait.

Cette confiance ? Gravement mal placée.

Aurora poussa les propulseurs cinétiques de son armure assistée et s'élança en avant, soulevant un énorme nuage de poussière alors qu'elle sprintait sur des mètres en une seconde. Traversant l'espace central, Aurora aperçut un éclair, puis deux, alors que les gâchettes les plus rapides tentaient de réagir. Ils manquèrent leur cible.

Le pauvre agent face à Aurora n'eut pas cette chance. Son tir de pistolet s'écrasa sur la poitrine d'Aurora, se dissipant à travers l'architecture absorbant l'énergie de la combinaison, ne provoquant qu'un léger picotement dans les nerfs d'Aurora. La combinaison de l'agent ne le protégea pas de la même manière contre sa charge à l'épaule, mais le mur extérieur au loin arrêta l'agent lorsqu'il s'y écrasa, le sol à ses pieds lui offrant un lieu de repos approprié pour son corps brisé.

Rester immobile dans un combat comme celui-ci signifiait mourir, alors Aurora déplaça son élan vers la droite, traversant comme du papier quelques fines cloisons. Les agents de l'autre côté, qui préparaient des tirs en se penchant vers l'endroit où Aurora se trouvait auparavant, découvrirent leur cible surgissant derrière eux. Soulevant son fusil, Aurora grilla celui à sa gauche, puis fit pivoter son arme d'une seule main vers sa droite, appuyant sur la gâchette en même temps.

Comme une carte au trésor, la traînée de marques de brûlure menait directement au corps fumant de l'agent suivant.

Des appels de position, à l'aide, pour n'importe quoi, résonnaient dans tout le bâtiment. Les sons d'une stratégie qui s'effondre. Le marteau de Gregor frappa à nouveau, faisant s'écrouler un autre étage. La visière d'Aurora détecta de nouvelles menaces, arrivant de tous côtés. Renard devait bien être quelque part ici.

Elle le trouverait, peu importe le nombre d'agents qu'Aurora devrait affronter.

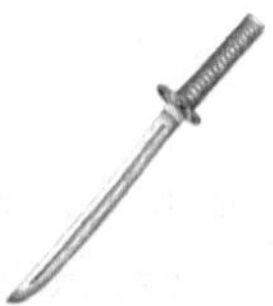

7

BAGARRE DANS L'APPARTEMENT

Sai laissa Kashmal ouvrir la voie vers son propre appartement. Ce geste provoqua un cri de joie de Kaia lorsque la porte s'ouvrit, la fillette de quatre ans sautant du canapé pour se précipiter vers Kashmal. Le père, montrant plus d'humanité que Sai n'en avait jamais vu chez lui, souleva sa fille et la couvrit de baisers.

Le fait que Kashmal gardait un œil attentif sur Sai, Eponi et Raquel ne diminuait que légèrement cette démonstration d'affection.

— Contente de voir qu'elle n'est pas dans un placard cette fois, dit Eponi tandis que le trio entrait dans l'espace restreint derrière Kashmal.

Le scientifique avait dit qu'il n'était sur Gillane Quatre que depuis quelques semaines, et l'appartement le montrait. Absolument aucune œuvre d'art n'ornait les murs bleu clair. Le salon comportait un canapé, un écran fixe et un balcon sans mobilier. La cuisine, visible dès l'entrée, avait l'aspect propre d'un espace jamais utilisé.

Kaia, cependant, semblait heureuse. Elle poussa un second cri de joie en reconnaissant Sai et Eponi, Kashmal la reposant pour qu'elle puisse courir et les enlacer. Aucun des deux membres de l'Escouade Sever n'avait le lien protecteur que Rovo entretenait avec la gamine, mais après avoir passé quelques semaines à traîner dans un petit vaisseau spatial, on ne pouvait qu'éprouver de l'affection les uns pour les autres.

— Tu laisses ta fille seule à la maison à cet âge ? lança Raquel, brisant l'ambiance. Vraiment ?

— Je n'ai pas eu le temps de chercher une garderie, répliqua Kashmal, reculant dans son appartement comme un rat acculé. J'ai été occupé.

— Salinity offre...

Raquel n'acheva pas sa phrase, s'interrompant lorsque la porte s'ouvrit violemment derrière eux. Sai fit volte-face, son katana frottant contre son fourreau sur les murs de l'appartement, pour voir deux personnes qu'il ne connaissait pas et deux qu'il connaissait forcer le passage derrière l'officier de Salinity.

L'ambiance, la situation changèrent si vite que Sai eut une sorte de vertige. Les revirements soudains faisaient partie de la vie de Sever, mais l'appartement, Kaia et la marche ordonnée jusqu'ici avaient donné une impression de sécurité à tout cela. Les nerfs de combat de Sai s'étaient relâchés depuis la bagarre dans le hall de Salinity, et il peinait à les réactiver dans l'espace confiné de l'appartement.

Surtout quand Rovo, entré en troisième avec un inconnu derrière lui, semblait si calme.

Voir Rovo ici ne faisait qu'ajouter à la confusion du moment. La recrue était otage depuis des semaines maintenant, et avec Aurora et Gregor partis en mission de sauvetage, trouver Rovo ici n'avait aucun sens. Pourquoi Renard et ses agents auraient-ils amené Rovo lors d'un enlèvement ?

Ce n'est pas comme s'ils avaient besoin de son aide pour capturer une fillette de quatre ans.

— Au fond ! ordonna la femme qui menait le groupe, un visage plus âgé portant les marques d'une longue autorité, à Kashmal, Raquel et au duo de Sever. Nous ne sommes pas là pour vous, mais nous tirerons si vous résistez.

Le visage de la femme éveillait un sentiment de familiarité, et sa voix le confirma. Elle avait donné à Sai un lecteur sur le *Nautilus*, contenant des informations sur une chaîne de commandement distincte derrière la version officielle de DefenseCorp. Elle était sur ce lecteur, tout comme Renard.

Mais pourquoi Vana aiderait-elle ses ennemis ? Sai aurait posé la question si les armes pointées n'avaient pas exigé une attention plus immédiate.

Kashmal ramassa Kaia du sol et obtempéra. Sai tira Raquel derrière lui, vit Eponi reculer d'un pas ou deux également. Ce mouvement n'était pas tout à fait la retraite qu'il semblait être : Eponi savait qu'il fallait dégager assez d'espace pour que Sai puisse dégainer son katana, et la pilote avait porté sa main vers son pistolet. Peu importaient les chances, il n'y aurait pas de reddition ici. Pas avec Kaia en jeu.

Pas avec Rovo debout derrière Renard, sans menottes et prêt.

— Je m'appelle Sai, dit-il en levant une main vers la poignée de son katana. Vous voulez bien vous présenter à mes amis ici, et ensuite on pourra passer à la partie amusante ?

Vana lui lança un regard que Sai ne put tout à fait déchiffrer. Il semblait mêler respect, pitié et agacement à parts égales.

— Vana, dit la femme, désignant l'épée de Sai avec son pistolet. Gardez votre main loin de ça, s'il vous plaît. Nous sommes ici pour Kaia, et rien d'autre. Je vous promets que si nous prenons la fille, elle ne sera pas blessée.

— Non, dit rapidement Kashmal. Vous ne pouvez pas l'avoir.

— Mec, ferme-la, lui dit Eponi sans quitter les intrus des yeux. Les adultes parlent.

Raquel, pour sa part, recula à côté de Kashmal. Sai ne pouvait pas se retourner pour voir quoi que ce soit d'autre, mais le scientifique garda le silence, ce qui était une bénédiction.

— Vous êtes coincés, dit Vana. Piégés. Toute autre option que ce que nous demandons se termine par une mort misérable pour vous tous. La fille devrait avoir son père. Ne nous obligez pas à le lui enlever.

Sai jeta un coup d'œil à Rovo.

— Bleu, c'est quoi ton avis là-dessus ? Je sais que Renard est un connard, mais qu'est-ce que tu en penses ? On devrait le tuer en premier, ou elle ?

L'homme derrière Rovo éclata de rire, un son hululant totalement en décalage avec la situation. Ce bruit attira l'attention de Sai sur le pistolet que l'homme tenait, un gros jouet modifié et scintillant de pièces vertes et dorées. Un objet aussi extravagant signifiait que le gros bras était soit un imbécile à ignorer, soit plus dangereux que tous les autres.

— Je pense que tu devrais faire ce qu'elle demande, dit Rovo, gardant ses mains le long du corps, ses doigts bougeant.

Les signes de main de Sever donnaient à l'escouade un avantage dans presque chaque mission, un langage secret qu'Aurora avait assemblé et enseigné avec un zèle intransigeant à toute nouvelle recrue. Rovo, comme Eponi, Gregor et Sai avant lui, avait passé ses premiers jours sur le *Nautilus* à s'épuiser dans une mission simulée après l'autre, avec chaque heure entre les deux consacrée à l'apprentissage de ces signes de main.

La recrue ne les maîtrisait pas encore parfaitement, mais le sens était assez clair : Rovo allait faire un mouvement. Sai et Eponi devaient suivre. Garder la fille à l'écart.

— Kashmal, dit Sai. Si Kaia va quelque part, pourquoi n'irais-tu pas l'aider à faire son sac ?

Les yeux de Vana se plissèrent, et Renard commença à protester. Sai les coupa :

— Sans vouloir vous offenser, aucun d'entre vous n'a l'air d'avoir des enfants. Moi si, et si vous essayez d'emmener cette fille sans ses objets préférés, vous allez passer un sale quart d'heure. Cet appartement n'a qu'une seule sortie, celle derrière vous. Personne ne partira sans votre permission.

Vana continua sa grimace théâtrale, mais hocha la tête :

— Très bien, faites vite.

Kashmal, Raquel et Kaia se précipitèrent vers les chambres, laissant Eponi et Sai dans un salon encombré de canapés. Plus important encore, les civils n'étaient plus dans la ligne de tir.

Ce qui signifiait qu'il était temps de saccager l'appartement de Kashmal.

Rovo craqua le premier, donnant un coup de coude vers l'homme qui riait derrière lui. Le type encaissa le coup sans broncher, et la façon dont son sourire s'élargit fit tressaillir l'œil de Sai pendant une fraction de seconde. Rovo, cependant, enchaîna le coup de coude avec une prise tournante qui envoya l'homme rieur en avant, percutant Renard qui tournoyait.

Un éclair jaillit lorsqu'Eponi dégaina et tira avec son pistolet, se déplaçant dans le même mouvement pour se mettre à couvert derrière le canapé. Le laser fit mouche, fumant sur la poitrine de Vana, révélant — bien sûr — un gilet de protection. Les agents n'avaient donc pas misé sur leur diplomatie.

Vana, cependant, tressaillit suffisamment sous l'impact, sa propre réaction perturbée, pour que Sai ait le temps de dégainer son katana. Avec le poids lisse dans ses paumes, l'unique épéiste de Sever se positionna et passa à l'action.

Trois cibles, toutes piégées ensemble, présentaient un choix captivant : qui trancher et découper en premier ?

Renard, évidemment. L'agent plus âgé devait être le commandant ici, et Sai ne pouvait pas compter sur des coups infinis. Mieux valait éliminer la menace pour Kaia et semer la confusion parmi les deux autres.

Sai opta pour un coup en hauteur, rapide et prêt à détacher la tête agaçante de Renard de son corps agaçant. La lame s'abattit, et ce maudit homme rieur la bloqua. Ce pistolet vert-doré se leva et arrêta le coup de Sai alors que l'homme, roulant avec la prise de Rovo, poussa Renard vers la recrue.

L'épée rencontra le pistolet dans un choc étincelant. Le katana de Sai aurait dû trancher le pistolet en deux, mais l'homme jouait apparemment avec du matériel de meilleure qualité que le standard DefenseCorp. L'homme poussa vers le haut sur le blocage, enfonçant le katana de Sai dans une entaille au plafond.

— Abbad, dit l'homme, s'approchant suffisamment pour que Sai sente les postillons de son discours. Ravi de faire votre connaissance !

— Tout le plaisir est pour moi, répondit Sai en donnant un coup de pied dans la cheville d'Abbad.

Abbad esquiva le coup de pied en reculant, libérant le katana de Sai, mais pointant le pistolet sur le visage de l'épéiste. Un coup mortel assuré. Du moins, jusqu'à ce qu'Eponi lui tire dessus.

La pilote prouva sa valeur une seconde fois dans le combat, touchant solidement l'épaule d'Abbad alors qu'Eponi utilisait le canapé pour absorber les tirs de riposte de Vana. Abbad tressaillit, son bras droit tenant le pistolet pendant. Sai changea sa prise, faisant un mouvement horizontal avec le katana, visant le flanc de Vana.

Vana dut sentir quelque chose, car elle plongea en avant alors que Sai frappait, interrompant sa fusillade vers Eponi et offrant une trajectoire dégagée pour que le katana de Sai entaille un morceau du mur de l'appartement. Une bonne esquive, difficile.

Sai essaya d'évaluer le champ de bataille. Vana se déplaçait maintenant derrière et à sa gauche, tandis qu'Abbad luttait pour revenir vers la porte de l'appartement. Renard et Rovo se bagarraient, le vieil agent semblant capable de tenir bon quand les choses devenaient rapprochées.

— Occupez-vous de Vana ! cria Sai, fonçant vers Abbad et la mêlée près de la porte de l'appartement.

Si Abbad éprouvait une quelconque peur d'être chargé de près par un soldat maniant un katana, l'homme ne le montra pas. Au lieu de cela, la main gauche d'Abbad saisit son pistolet de sa main droite inerte, le leva à hauteur de cheville, et tira. L'éclair vert forêt jaillit et Sai sentit sa jambe gauche brûler, puis s'engourdir. Ce qui avait été une charge se transforma en chute.

Sai heurta le sol carrelé, balançant le katana au large pour éviter de se poignarder lui-même. Il vit Renard passer, suivi de Rovo. Les deux échangèrent des coups de poing, Renard ayant le dessous dans un échange qui finit par pencher vers la force brute. Abbad suivit, marchant sur la lame du katana de Sai pour la bloquer au sol, visant ce pistolet vers le dos de Rovo.

Tirez dans la cheville d'un homme, et il ne pouvait plus

marcher. Cela ne signifiait pas qu'il ne pouvait plus se battre.

Lâchant la poignée du katana, Sai tendit le bras et tira sur la jambe d'Abbad, faisant tomber l'homme au sol. Abbad atterrit les fesses en premier sur le katana plat, et l'homme rit à nouveau. Il riait simplement avec ce qui semblait être de la pure joie alors que ce pistolet vert-doré visait le crâne de Sai, canon en premier.

— Quel mouvement brillant, mon gars, dit Abbad. Je dois respecter ça.

— Exact, répondit Sai, roulant sur sa propre épée.

Un autre éclair, et Sai sentit l'odeur de ses cheveux brûlés, mais le mouvement dévia suffisamment la visée d'Abbad pour que le tir passe au-dessus de la tête de Sai. Du verre se brisa sur la droite, vers le balcon. Les pleurs de Kaia se firent entendre aussi, ainsi que des pas frappant durement le sol.

Vana jura, fort. Eponi leur cria de courir.

Abbad repoussa Sai, donna un coup de pied dans le côté de l'épéiste pour gagner quelques centimètres de plus. Sai essaya de se mettre sur un genou, de sortir son pistolet de sa cheville. Il sentit un canon dur et chaud contre son crâne.

Puis le sentit disparaître alors que Renard s'écrasait sur Abbad, les projetant tous les deux en un paquet vers la porte. Sai jeta un rapide coup d'œil en arrière, vit Rovo commencer à venir vers lui. Derrière la recrue, Raquel semblait suivre Kashmal par la fenêtre brisée du balcon et par-dessus le bord.

Étaient-ils simplement en train de se jeter à leur mort pour empêcher Renard d'avoir Kaia ? Et où était Eponi ?

Vana se releva derrière Rovo, l'air frustrée et saignant d'une belle coupure le long de son visage.

— Derrière toi ! cria Sai, libérant enfin son pistolet.

Rovo pivota sur le côté et Sai tira rapidement, touchant Vana pour ce qui semblait être la troisième fois dans ce gilet de protection. Ces trucs ne pouvaient pas encaisser des coups indéfiniment, et le trébuchement de Vana montrait qu'elle avait senti la chaleur cette fois-ci.

— Allez ! La voix d'Eponi porta à travers la fenêtre du balcon. On doit partir !

L'objectif. Kaia. Éloigner la fille de ces salauds était plus important que tout le reste.

— Rovo, cours ! dit Sai. C'est un ordre !

Qui sait si ces mots auraient une quelconque signification pour la recrue, mais Sever avait appris à ses membres d'escouade à lire la situation. Rovo saurait qu'il n'avait aucune chance de récupérer Sai, saurait que la seule option—

La recrue courut, sprinta à travers le salon, passa par la fenêtre ouverte du balcon et sauta par-dessus le bord. Personne ne prit même la peine de lui tirer dessus. Sai, toujours tenant son pistolet sur un genou, visa vers la porte.

Le coup de pied d'Abbad frappa à nouveau, engourdissant la main droite de Sai et faisant tomber son pistolet.

— Un bon combat, mon ami, dit Abbad. Mais je pense que celui-ci est terminé maintenant.

— Et pas une perte totale, ajouta Renard en s'approchant. Le regard fatigué, meurtri et en colère de l'homme dit à Sai tout ce qu'il avait besoin de savoir. Il est temps de prendre notre prix et de partir.

Un otage pour un autre.

8

DESCENTE, MONTÉE ET REDESCENTE

Le marteau sifflait tandis que Gregor le balançait encore et encore, écrasant murs, planchers et agents. Gregor descendait par le désastre, retardant la construction du bâtiment de plusieurs mois par pure dévastation. Une offensive plus propre aurait pu fonctionner si l'Escouade Sever avait attaqué la tour au complet, mais à deux seulement, Gregor comptait sur le chaos pour se couvrir.

Les nuages de poussière soulevés par les coups de marteau masquaient la prochaine frappe de Gregor et déviaient les tirs laser des micrometres nécessaires pour maintenir son armure motorisée au frais. Défoncer les étages pour passer au suivant rendait les mouvements de Gregor imprévisibles, empêchant les embuscades et les tireurs d'élite de viser avec précision. Et les sauts occasionnels, utilisant les propulseurs de son armure motorisée, directement à travers le plancher au-dessus, renversaient des escouades entières.

Gregor ne pouvait pas être sûr du moment où les agents

avaient décidé que fuir plutôt que combattre était la meilleure option, mais les tirs entrants diminuèrent lorsque Gregor projeta un agent malchanceux dans le puits central de la tour. Comme si le cri de chute avait signalé une manœuvre planifiée, les agents qui surgissaient aux coins s'enfuirent. Des bruits de verre brisé résonnèrent partout alors que les fuyards s'échappaient par tous les moyens nécessaires, laissant Gregor essoufflé au-dessus de ce puits, regardant à travers la lumière du jour voilée de poussière vers sa partenaire en contrebas.

Aurora, en bas, continuait de tirer. Son fusil bourdonnait de tirs précis sur les agents en fuite. Une dévotion admirable à leur destruction. Le viseur de Gregor n'indiquait aucune menace dans son environnement immédiat, et l'homme le confirma d'un regard circulaire. Oui, les murs s'effritant, les fils électriques exposés crépitant et quelques tuyaux éclatés crachant de l'eau créaient une scène animée, mais aucun danger réel ne subsistait.

Ne faisant confiance ni l'un ni l'autre aux ascenseurs après le grondement dans la tour, Gregor descendit au premier étage par une cage d'escalier trop étroite le long du côté du bâtiment. Sautant d'un palier à l'autre, et laissant des fissures dans le carrelage au passage, Gregor fit bonne route, entrant dans le hall pour trouver Aurora, fusil rangé, immobile.

— Ont-ils la fille ? demanda Gregor.

Une pose comme celle d'Aurora signifiait généralement que le pilote de l'armure motorisée avait son attention tournée vers le monde numérique, jouant avec la connexion du bracelet de l'armure motorisée pour envoyer et voir des messages.

— Ils l'ont, mais il y a un problème, répondit Aurora, sa voix indiquant qu'elle lisait encore tout en répondant.

Eponi envoie les messages rapidement. Ils font face à plus d'agents. Et Sai a été capturé.

— Capturé ? Comme Rovo ?

— Un échange accidentel, répondit Aurora. Rovo est avec eux maintenant. Ainsi que Kashmal et Kaia. Quelqu'un nommé Raquel, aussi ?

Gregor haussa les épaules, l'armure bourdonnant alors que ses épaules métalliques s'exécutaient. Il ne connaissait aucune Raquel, dans ce système ou dans un autre.

— Que fait-on ? dit Gregor. Quelqu'un va raconter à Renard ce qui s'est passé ici.

— S'ils trouvent un autre endroit où se cacher, on revient à la case départ. La frustration d'Aurora transparaissait. On aurait dû confirmer que Renard était ici avant d'attaquer.

— Difficile à savoir.

— On a agi trop vite, dit Aurora. Maintenant, on doit changer la donne.

— Comment ?

— Eponi et les autres se dirigent vers le *Prisa*. On peut emmener Kaia en orbite, s'assurer qu'elle est en sécurité pendant qu'on cherche Sai, dit Aurora. On sait que Renard veut la fille, alors c'est ce qu'on va utiliser.

Utiliser une enfant comme appât ne semblait pas être le meilleur plan à Gregor, mais il n'en avait pas de meilleur. Gillane Quatre avait trop d'endroits possibles où Renard pouvait se cacher, et l'homme enverrait probablement tout ce qu'il avait après la fille.

C'est ce que Gregor ferait. Submerger l'ennemi par le nombre jusqu'à obtenir ce qu'on veut.

— On fait marche arrière, alors ? dit Gregor.

— On fait marche arrière.

Courir dans les rues en armure motorisée, en particulier

avec l'énorme marteau de Gregor, continuait de sembler une mauvaise idée. Ensemble, le duo remonta en trombe les bien trop nombreuses marches jusqu'à la plate-forme d'atterrissage la plus basse. Aurora lança à nouveau un appel pour un transporteur de fret, et les deux s'avancèrent lourdement vers la plate-forme argentée dans l'après-midi doré scintillant pour attendre leur transport.

— C'était amusant, proposa Gregor, regardant au-delà du bord de Kaiyo vers l'horizon océanique.

— C'était un massacre, répliqua Aurora. Ils n'étaient pas équipés pour nous affronter.

— Heureusement.

— Ça signifie que Renard n'est pas aussi avancé dans sa révolution que je le pensais, dit Aurora. L'homme doit savoir que la plupart des escouades de DefenseCorp auront accès à des armures motorisées. Ces agents n'avaient pas de pointes EMP, ne connaissaient pas nos angles morts. L'équipe de Tarla s'en est mieux sortie sur Wexer.

— La confiance peut créer de la faiblesse.

Une déclaration concise, mais dans l'expérience de Gregor, ceux qui risquaient le plus de chuter durement étaient ceux trop englués dans leur propre présomption de succès. Des officiers corrompus croyant que personne n'oserait fouiller dans leurs dossiers aux cibles de DefenseCorp trop vaniteuses pour penser que leurs mondes pourraient être balayés, la vie de Gregor avait été jonchée d'idiots refusant de voir l'échec et, ainsi, condamnés à le subir.

À l'extérieur, la sécurité de Salinity commençait à arriver. Des motos d'intervention rapide, conçues pour filer un mètre au-dessus du niveau de la rue, transportaient des duos armés vers l'entrée soufflée du bâtiment. Apparemment, quelqu'un avait vu ou entendu la bataille à l'intérieur et avait lancé l'alerte. De cette hauteur, Gregor trouvait amusant de regarder les forces de police, des points s'agitant dans tous les sens, essayant d'établir un périmètre.

— L'aéroglisseur de fret a été rappelé, dit Aurora, commençant la phrase par un juron. Apparemment, Salinity a fermé l'espace aérien au-dessus du bâtiment.

— Un nouveau plan, alors.

— Je ne veux pas traîner la sécurité de Salinity jusqu'au *Prisa* avec nous, dit Aurora. Si c'est ce à quoi tu penses.

— Non, répondit Gregor. Seulement qu'on doit aller dans un autre bâtiment. Un qu'ils ne surveillent pas.

Depuis la plate-forme d'atterrissage, avec Kaiyo étalée autour d'eux, plusieurs options se dessinaient suffisamment proches sur les étages en contrebas. Un saut assisté par propulsion cinétique pourrait porter l'armure motorisée d'une structure à l'autre. Un jeu audacieux, et qui nécessiterait un peu d'aide.

De grandes armures volant dans les airs avaient tendance à attirer l'attention.

Retournant à l'intérieur, les deux entendirent les appels aboyés des forces de Salinity qui montaient la tour. Gregor estima qu'ils devaient descendre cinq niveaux pour atteindre une hauteur d'où ils pourraient sauter. Les escaliers convenaient parfaitement pour cela, bien qu'à partir du premier saut bruyant, les forces de Salinity lancèrent l'alerte.

— De toute façon, on n'allait pas rester cachés, dit Aurora alors qu'ils accéléraient le rythme, rebondissant maintenant sur les paliers dès qu'ils les touchaient. Continue d'avancer, ignore-les.

Cela deviendrait plus difficile quand ils commenceraient à tirer, mais Gregor garda le silence, se concentrant sur les sauts. Mise à part l'évasion, c'était la chose la plus amusante qu'il ait faite depuis le combat contre ces combinaisons invisibles sur le *Nautilus*.

Ils déboulèrent sur le niveau cible, un étage que Gregor avait déjà mis à mal lors du combat précédent. Aurora siffla alors qu'ils avançaient lourdement vers le côté vitré, observant un écart considérable, avec une chute de plusieurs étages, jusqu'au bâtiment suivant.

— Tu as fait du bon boulot ici, dit Aurora.

— Je me suis bien amusé.

Maintenant venait la partie difficile. Les deux Severs examinèrent l'écart. Les forces de Salinity se rapprochaient, et avec le bruit qu'ils avaient fait, tous les yeux à l'extérieur devaient être tournés vers le haut. Ils avaient besoin d'une diversion.

Gregor sortit une grenade à fragmentation de la fente de son armure. Bien qu'il préférât le corps-à-corps avec son marteau au lancer de bombes, Sai avait depuis longtemps fait de ces objets un équipement standard pour Sever.

— Toi d'abord, dit Gregor. Après que j'aurai lancé.

Aurora hocha la tête, s'approcha de la fenêtre allant du sol au plafond et agrippa le cadre. Tirant sur les lignes sombres entre les vitres, la capitaine détacha la vitre de son logement. La fenêtre retomba sur Aurora, se brisant contre son casque et jonchant le sol d'éclats. Rien, cependant, ne tomba à l'extérieur. Aucun indice ne se déversa dans la rue.

Gregor lança la grenade, agrémentant le lancer d'énergie cinétique. Ses efforts précédents avec le marteau portèrent à nouveau leurs fruits, lui offrant une trajectoire dégagée à travers le puits jusqu'à l'autre côté du bâtiment. Une explosion crépitante survint un souffle plus tard, détruisant les fenêtres et les espaces immédiatement au-dessus et en dessous, des dégâts espérés loin des forces de Salinity en ascension.

La capitaine de Sever n'attendit pas le signal de Gregor, mais sauta alors que l'explosion ondulante s'amplifiait. Aurora s'envola par la fenêtre, se recroquevillant, mais gardant ses pieds vers le bas, là où les propulseurs cinétiques feraient leur travail et absorberaient l'énergie de la chute. Gregor s'apprêtait à suivre, quand une deuxième explosion déchira le bâtiment, suivie de plus de détonations, de bangs et de boums. Comme s'il s'était soudainement retrouvé dans un feu d'artifice.

L'armure s'adapta aux secousses, les bottes stabilisant Gregor alors qu'il faisait un pas après l'autre vers la fenêtre. Non qu'il en ait besoin de beaucoup, mais, alors que son viseur commençait à hurler, le sol autour de lui s'effondrait. Cela n'avait pas de sens : la grenade de Gregor n'était pas si puissante.

À la gauche de Gregor, un tuyau exposé tremblait, les écrous et les boulons sautant comme de minuscules balles. Le tuyau se dilata, puis explosa, des flammes vertes et oranges se précipitant dans le bureau. La réponse submergea Gregor avec les flammes : les combats précédents avaient dû briser des conduites, poussant des gaz explosifs à l'air libre. Il avait jeté une grande allumette dans un bâtiment réduit en petit bois.

Il était temps de partir.

Faisant un grand pas, plantant son pied droit au bord de la fenêtre, Gregor activa les propulseurs cinétiques de l'armure et s'envola dans le vide, de la fumée et des flammes jaillissant derrière lui. Pendant un bref instant, l'estomac de Gregor remonta alors qu'il plongeait dans le magnifique ciel de Gillane Quatre. Pendant un bref instant, Gregor vécut ce rêve délirant de vol libre qu'aucun humain n'était censé connaître.

Il atteignit sa cible et se réceptionna, brisant les

panneaux solaires et déchiquetant le silicium noir avec son épaisse armure. Aurora le rattrapa d'une main ferme, maintenant Gregor debout. Son viseur, cependant, regardait d'où ils venaient. Gregor suivit son regard, vit plusieurs niveaux engloutis par les flammes. Le bâtiment tremblait, mais Gregor ne pensait pas qu'il s'effondrerait. Ne pensait pas qu'il y aurait des milliers de victimes.

Il l'espérait.

— Il faut qu'on bouge, dit Aurora. Des aéroglisseurs vont venir éteindre cet incendie, et on ne peut pas se faire repérer.

La capitaine avait raison, comme toujours.

Les deux se précipitèrent le long du toit, faisant de leur mieux pour éviter d'écraser plus de panneaux. Ce bâtiment, plus bas et n'atteignant pas tout à fait ses objectifs en forme de larme, se terminait de l'autre côté par une autre descente en verre en pente. Pas de plateforme d'atterrissage, pas de moyen facile de descendre.

Et aucun autre bâtiment à portée de saut.

— Pas d'aéroglisseur pour nous récupérer ici, dit Aurora, regardant vers le sol en contrebas. On va peut-être devoir abandonner les armures.

Faire une marche en civil jusqu'au *Prisa*, revenir plus tard récupérer les armures ? Si elles étaient encore là ?

— Ils remarqueront les panneaux brisés, répondit Gregor. On ne peut pas abandonner nos armures ici.

— Alors quoi ? Tu veux sauter d'une douzaine d'étages jusqu'au sol, avoir toute une armée à nos trousses ?

— Non, on va utiliser ça, dit Gregor, pointant le bâtiment sur leur droite. Il s'élevait au-dessus de leur toit, et avait des plateformes d'atterrissage, dont une un peu en dessous de leur niveau. On va attraper notre transport là-bas.

— Tu es fou.

— Je ne le nierai pas.

Aurora consulta la liste, se connecta à un autre aéroglisseur de fret piloté par IA. Celui-ci, cependant, elle le spécifia ouvert sur les côtés. Ouvert sur le dessus. Une barge aérienne plate conçue pour les marchandises surdimensionnées. L'appel passa et les deux attendirent, accroupis sous les panneaux solaires tandis qu'une petite armée de Salinity descendait sur le bâtiment en flammes.

— Ça ne s'est pas passé comme je l'avais prévu, dit Aurora pendant qu'ils attendaient.

— C'est rarement le cas.

— Tu m'insultes, ou tu parles en général ?

— Le second, dit Gregor. Bien que ce soit pour ça que je ne fais pas de prédictions.

— C'est difficile à éviter quand on est capitaine.

— C'est pour ça que je ne suis pas capitaine.

Aurora rit, puis se tut. Gregor vérifia sa charge cinétique, constata que la longue chute jusqu'au toit avait reconstitué tout ce qu'il avait brûlé dans le saut. Prêt pour un autre bond, celui-ci avec une cible plus petite.

— Il est là, dit Aurora. Ou plutôt, là-bas.

— Alors on y va.

— Montre le chemin, grand gaillard. C'est ton idée.

Gregor ne discuta pas. Il se leva, dépassant les panneaux et mettant son armure en pleine vue de quiconque prêtait attention. Ce qui, compte tenu du désastre se déroulant à un pâté de maisons, n'était probablement le cas de personne, pensa-t-il.

Trois pas plus tard, Gregor activa ses propulseurs, s'élança dans les airs, et vola vers un malheureux aéroglisseur de fret.

9

RETRAITE TACTIQUE

Le pauvre canapé ne méritait pas ça. Eponi se cacha derrière le raide meuble bleu lorsque le quatuor de Renard et Rovo fit clairement comprendre qu'ils n'étaient pas venus chercher une tasse de sucre. Leur chef, une femme qu'Eponi n'avait pas rencontrée mais qui, d'après les descriptions d'Aurora, semblait être l'agent de DefenseCorp Vana, choisit la pilote comme cible et les deux se lancèrent dans un duel spectaculaire autour d'un salon fait pour des soirées détente et pas grand-chose d'autre.

Sai et son katana gardaient la sortie de l'appartement bloquée, et avec Rovo montrant qu'il n'était pas devenu totalement maléfique, le premier coup d'œil d'Eponi suggérait que le combat devrait être une victoire facile. Pas moyen que Renard puisse tenir tête à la recrue, et si Sai pouvait se débarrasser du maniaque rieur vers l'arrière, alors ils pourraient prendre Vana en tenaille.

Facile.

Jusqu'à ce que les fichus tirs commencent à venir de derrière. Eponi pivota pour esquiver un tir de Vana, gravant une nouvelle marque noire sur les murs de l'appartement, et reçut une autre brûlure éclair sur son épaule en mouvement. Le canapé se mit à fumer alors que son coussin encaissait le coup, et un rapide coup d'œil vers la fenêtre du balcon derrière Eponi révéla un trou en fusion. Des tireurs d'élite de l'autre côté.

Ce regard en arrière coûta à Eponi sa vigilance : Vana pressa l'avantage, courant le long du canapé pour plaquer Eponi, projetant la pilote contre le mur de l'appartement. Eponi rebondit, laissant un morceau tomber au sol dans son sillage, la douleur lancinante, et seulement cela, dans son épaule étant un signe rassurant que le choc n'avait rien cassé. Pivotant pour faire face à Vana, Eponi balança son pistolet comme une gifle du revers de la main, déviant le tir mortel de Vana avant que l'agent ne puisse appuyer sur la gâchette.

Le coup lui acheta une seconde de répit, les deux se faisant face. Agent expérimentée, pilote de kart expérimentée. L'une maîtresse mortelle de la furtivité et de divers moyens de meurtre, l'autre une boule d'épices effrontée prête à repousser les limites.

— Tu ne vas pas gagner, dit Vana. Rends-toi, et je te garantis que tu vivras.

— Désolée, j'ai des problèmes de confiance, répliqua Eponi, lançant son pied dans un coup de pied vers l'estomac de Vana.

L'agent vit le coup venir, le dévia avec sa main tenant le pistolet. Eponi essaya d'utiliser cette ouverture pour braquer son propre pistolet dans une contre-attaque déséquilibrée. Elle appuya sur la gâchette alors que Vana se précipitait en avant, le tir d'Eponi partant trop haut et faisant fondre l'un des placards de cuisine de Kashmal. Vana percuta Eponi de plein fouet, cette dernière lâchant son pistolet dans une tentative frénétique d'empêcher l'arme de Vana de prendre un angle dangereux vers son flanc.

Renard s'écrasa durement sur le sol à leur gauche, faisant tomber les tabourets de bar dans un fracas, le vieil agent jurant tandis que Rovo enchaînait. Eponi profita de la distraction pour faire tourner et trébucher Vana, les entraînant toutes les deux dans le salon proprement dit, juste dans le champ de vision de ces maudites fenêtres.

Vana, dos au tapis, aurait dû être en difficulté. Aurait dû dire à Eponi de la laisser tranquille alors que la pilote levait le poing. Au lieu de cela, l'agent repoussa avec plus de force qu'Eponi ne s'y attendait, faisant rouler Eponi sur la droite et la dégageant. Le dos d'Eponi heurta le tapis — des fils crème de basse qualité, fermes, assortis au sens du style merdique de Kashmal — et elle s'attendait à ce que Vana suive, jusqu'à ce qu'un autre tir laser traverse la fenêtre, juste au-dessus de la poitrine de Vana.

Juste là où Eponi s'était trouvée.

— Merci pour le sauvetage, dit Eponi, se remettant sur pied.

— De rien, répliqua Vana, imitant le mouvement d'Eponi et fonçant droit sur la pilote, la repoussant contre la porte vitrée du balcon.

Le tireur d'élite avait un tir clair, et Vana avait les bras d'Eponi immobilisés, son dos plaqué contre la vitre. Eponi aperçut les autres combattants sur sa droite, avec Sai au sol et l'homme qui riait avec lui. Rovo projeta Renard vers la porte de l'appartement, mais la recrue ne bougerait pas assez vite pour arriver jusqu'à elle.

Raquel, cependant, si.

La chef de la sécurité de Salinity percuta Vana par derrière, une charge d'épaule qui pressa Eponi contre la porte affaiblie par l'explosion et la fit voler en éclats. Eponi tomba en arrière sur le balcon, les éclats de verre s'accrochant à ses vêtements. Vana, cependant, prit le pire : sa tête plus haute heurta un éclat suspendu, lui faisant une longue entaille. Raquel trébucha en arrière après la poussée, dégainant un pistolet, regardant à l'extérieur, et tirant un coup au-dessus de la tête d'Eponi.

Apparemment, chacun avait ses propres menaces à gérer.

Eponi envoya un coup de genou dans le ventre de Vana et l'agent grogna, lui rendit un coup de poing au visage, puis roula à l'intérieur de l'appartement. Vers les pistolets. Eponi s'attendait à ce que le tireur d'élite la touche à tout moment, mais Raquel continuait de tirer, chaque trait orange brûlant sifflant au-dessus de sa tête en direction du tireur lointain.

À cette distance, Eponi doutait que les tirs puissent causer de sérieux dégâts, mais elle n'allait pas dire à l'agent de Salinity d'arrêter de tirer. Au lieu de cela, elle se releva et vit une issue. La retraite n'était pas une tactique qui venait facilement à l'Escouade Sever, mais avec la réapparition de Raquel rappelant à Eponi l'objectif, faire sortir Kaia passait en premier.

L'architecture en forme de goutte de Gillane Quatre jouait beaucoup sur le thème, mais peu sur la fonction. Les immeubles d'habitation, comme la plupart des autres sur la planète, étaient étroits en haut et larges en bas, un design qui s'élargissait sur les côtés au fur et à mesure que l'on descendait. L'appartement de Kashmal n'était pas exactement un penthouse, et sous le balcon, l'immeuble s'étalait, créant une glissière courbe et assez raide vers l'appartement — et son propre balcon — en dessous.

Eponi leva brusquement les yeux, suivant un autre tir de Raquel, et traça la ligne jusqu'à un immeuble en face. Le tireur d'élite avait ouvert une fenêtre de bureau, maintenant criblée de trous fumants à cause des tirs de Raquel. Que Raquel ait frit le tireur ou l'ait fait reculer, les tirs ne revenaient plus vers eux maintenant.

— Courez ! cria Eponi. Kashmal, sors Kaia d'ici !

À son nom, le père de la fille prouva qu'il était capable d'une action décisive, tournant le coin avec Kaia dans ses bras et rejoignant Eponi et Raquel, qui se couvraient maintenant à l'intérieur, sur le balcon. Vana, qui devait avoir les pistolets, resta à l'intérieur et n'essaya pas de tirer un seul coup une fois que Kaia entra dans le champ. Au lieu de cela, l'agent essaya à nouveau de faire se rendre le groupe.

Pas question.

— Courir où ? dit Kashmal, ignorant les ordres de Vana.

— Par-dessus le bord, répondit Eponi. Comme un toboggan. Elle va adorer.

Kashmal regarda Eponi comme si elle était folle, jusqu'à ce que Raquel répète l'idée :

— Fais-le, Kashmal. Vise le balcon juste en dessous.

— Vous êtes toutes les deux folles, dit Kashmal, sans bouger.

Eponi aurait volontiers insulté l'homme, l'aurait traité d'imbécile qui coûtait la vie à sa fille, quand le tireur d'élite revint. Le tir frappa, perçant directement l'épaule de Kashmal. Le coup le fit crier, le fit s'effondrer sur le bord du balcon, Kaia hurlant avec lui. Raquel fit volte-face, ripostant au pistolet. Rovo, montrant qu'au moins quelqu'un de l'Escouade Sever pouvait gagner aujourd'hui, déboula sur le balcon avec eux.

— Prends Kaia et saute, dit Eponi, se déplaçant déjà pour aider le père de la fille.

Rovo, en bon novice, ne remit pas l'ordre en question. Il continua d'avancer, contourna Raquel et souleva Kaia des bras affaiblis de son père. Avec un bras tenant Kaia, Rovo franchit le bord du balcon et sauta. Kashmal cria après eux, un mélange de panique et de douleur, un bruit qu'Eponi coupa quand elle serra l'homme, commençant à les soulever tous les deux par-dessus la balustrade du balcon.

— Elle ira bien, lança Eponi. Concentre-toi, s'il te plaît.

Kashmal répondit par un grognement, mais il trouva la force de soulever ses jambes. Alors qu'ils passaient par-dessus ensemble, Eponi jeta un coup d'œil vers l'appartement dévasté. Raquel bascula par-dessus la balustrade à côté d'eux, laissant Sai le dernier du groupe à l'intérieur. Eponi ne pouvait pas le voir. À la place, Eponi croisa le regard sombre de Vana alors qu'elle se tournait autour du balcon, sa proie fuyant sans qu'elle ait eu une chance de tirer.

Toute inquiétude concernant Sai devait attendre une minute, car Eponi heurta le côté vitré du bâtiment et glissa. La masse de Kashmal l'éloigna d'elle alors qu'ils patinaient les quelques mètres d'un balcon à l'autre, atterrissant en tas sur un ensemble de patio déjà ruiné par Rovo. Le novice et Kaia bougeaient déjà quand Eponi atterrit, sautant par-dessus la balustrade et continuant la glissade.

— C'est la pire journée, marmonna Kashmal alors qu'Eponi l'aidait à se lever et à passer par-dessus le bord.

— Tu es vivant. Ça pourrait être pire, dit Raquel, pistolet levé et assurant la couverture.

— Pas sûr de ça, répliqua Kashmal, puis Eponi le poussa en avant et le regarda tomber.

— Tu sais ce que tu fais avec ce truc, dit Eponi à Raquel. Merci pour l'aide.

— Techniquement, Kashmal est un employé de Salinity. Les yeux de Rachel se plissèrent en direction du balcon qu'ils venaient de quitter, et elle tira un coup. La tête de

Vana disparut de nouveau derrière sa couverture. C'est mon travail de m'assurer qu'il va bien.

Eponi voulait demander si s'assurer qu'un employé survive incluait vraiment de contrer les assauts des agents de DefenseCorp, mais débattre des détails du travail n'était pas la priorité. Eponi sauta la balustrade, glissa de nouveau sur le verre — une sensation incroyable, comme un héros d'action — et atterrit sur le balcon suivant. Une autre chute les amènerait au niveau du sol, et signifierait une chute de quatre mètres sur de la pierre dure. Rovo comprit le mauvais résultat là et salua Eponi depuis l'intérieur de l'appartement du dernier balcon.

Le novice, toujours avec Kaia dans un bras, et portant des égratignures sur un coude, avait brisé les portes vitrées. L'appartement n'avait pas aimé ce geste, ses propres alarmes de sécurité bipant dans une horrible bande-son du moment. Au moins quelqu'un avait garni l'endroit de fleurs, qui sentaient bien meilleur que le tissu brûlé là-haut dans l'appartement de Kashmal.

Le père de Kaia reconnut enfin la bonne chose à faire et se précipita, dépassant Rovo et se dirigeant vers la sortie du nouvel appartement.

— J'ai pensé que je ne devrais pas faire ce dernier plongeon sans armure motorisée, dit Rovo. Ça va ?

— Tu plaisantes ? C'était génial, répondit Eponi. Je vais bien, mais je pense que Sai pourrait être en difficulté.

Rovo grimaça, jetant un coup d'œil au plafond de l'appartement comme s'il allait former une fenêtre magique directement vers l'emplacement de Sai. Raquel atterrit à côté d'Eponi et poussa la pilote à l'intérieur.

— Nous devons continuer à bouger, dit Raquel alors qu'ils suivaient Kashmal vers la porte de l'appartement. Je ne sais pas combien de personnes ils ont envoyées à nos trousses.

— Beaucoup, je suppose, dit Eponi. Dis-moi que tu as des moyens furtifs de se déplacer dans cette ville.

— Furtifs ? dit Raquel alors qu'ils entraient dans le couloir de l'appartement et se tournaient vers les escaliers.

Kashmal avait l'air un peu mal en point, mais quand ne l'était-il pas ? Sinon, Eponi estimait que le groupe s'en était sorti sans trop de problèmes. En marchant, Rovo insista sur le fait que Vana et Renard ne tueraient pas Sai, pas s'ils n'y étaient pas obligés.

— Ils sont fans de tout ce qui est prise d'otages, dit Rovo. Ils verront Sai comme quelqu'un à utiliser.

— Il ne leur dira rien. Eponi trouva les escaliers, vit qu'ils mèneraient au hall de l'immeuble, un endroit avec des gens et plein d'endroits pour qu'un tireur s'installe. Raquel, on a besoin d'une autre sortie.

— L'entrée de service, peut-être, dit Raquel. Mais je n'y ai pas accès.

— Pourquoi pas ?

— Parce que je ne travaille pas ici ?

Eponi la regarda fixement :

— Salinity ne possède pas, genre, cette planète ?

Kashmal toussa, et des éclaboussures rouges maculèrent le doux tapis bleu. Le coup que l'homme avait reçu à l'épaule devait être pire que ce qu'Eponi avait pensé. Rovo avait détourné Kaia pour que la fillette ne voie pas, mais Kashmal avait besoin de soins médicaux plus appropriés que ce qu'un couloir d'appartement pouvait offrir.

— Nous possédons le terrain, pas toutes les structures qui s'y trouvent, dit Raquel. Nous avons un bureau près d'ici. Un qui pourrait l'aider. Raquel agita son pistolet en fronçant les sourcils. Mais je ne vais pas amener une fusillade dans un de nos bâtiments.

Eponi acquiesça, considéra Rovo qui tenait Kaia, et élabora un plan. Un plan stupide, mais un plan quand même.

— Tu n'auras pas à le faire, dit Eponi, détestant déjà ce qu'elle allait dire avant de le prononcer. Je vais les attirer ailleurs, puis vous partirez dans l'autre direction.

— Eponi, dit Rovo. Pourquoi te suivraient-ils alors qu'ils sont après Kaia ?

— Tu l'as dit toi-même. Ils veulent des otages. Je ne les aurai peut-être pas tous, mais ça devrait vous faire gagner du temps.

— Mais...

— Bleu, reste à ta place, dit Eponi. Raquel, désolée de te laisser avec ces deux-là, mais tu sais comment ça se passe.

— Pas vraiment, en fait, répondit Raquel.

— Alors, surprise ? dit Eponi. Donne-moi vingt minutes. Quand tu entendras le bang, foncez.

La pilote descendit les escaliers d'un pas rapide mais mesuré, effleurant chaque marche avant de passer à la suivante, ses yeux scrutant la foule dans le hall. Quelques badauds, parlant des tirs de laser à l'extérieur, se mêlaient à un robot de nettoyage et à un garde de sécurité aux yeux exorbités qui criait comme un fou dans son bracelet. Personne ne prêtait attention à la femme qui traversait le hall, même si un regard plus attentif aurait révélé les éclats de verre incrustés, les déchirures dans ses vêtements, et une assurance suffisamment arrogante pour suggérer qu'elle n'avait rien à faire près de ces appartements.

Eponi chercha et trouva, en une seconde, son option. Les rues de Kaiyo n'avaient pas de véhicules — les aéroglisseurs restaient dans les airs, les passages piétons étaient réservés aux gens — mais il y avait des robots en quantité. Les machines effectuaient les tâches ingrates de la ville, se déplaçant sans se soucier de la fusillade au-dessus. L'un d'eux, apparemment en train de nettoyer les pavés crémeux qui composaient cette section de Kaiyo, offrit à Eponi l'ouverture dont elle avait besoin.

Les éventuels tireurs d'élite qui observaient d'en haut retinrent leur feu. Peut-être n'avaient-ils pas encore pensé à regarder en bas. Ils le feraient éventuellement, cependant. Eponi devait forcer les choses. Elle devait attirer leur attention sur elle.

Eponi s'approcha du robot, une chose cylindrique vert-noir avec une large base recouverte de brosses qui tournoyaient sur les pavés. Eponi prit une profonde inspiration et poussa la machine. L'engin était lourd, mais Eponi avait l'effet de levier et suffisamment d'entraînement en force pour y arriver.

Le robot de nettoyage heurta les pavés avec un bang métallique, un son qui fit ce que les sons avaient fait depuis que les humains avaient érigé de gigantesques bâtiments dans des corridors de verre et d'acier : il se répercuta en écho. S'ajoutant aux suites du fracas, le robot émit sa propre alarme, destinée à faire venir la sécurité pour attraper le fauteur de troubles qui venait de déclarer la guerre robotique au nettoyeur de pavés. Ce bruit, lui aussi, rebondit sur les bâtiments de verre.

Les têtes déjà attirées par les sons antérieurs de la fusillade se penchèrent aux balcons, collèrent leurs yeux aux fenêtres pour voir si la journée apporterait encore plus de chaos à l'existence étouffante et paisible de Gillane Quatre. Eponi pensa qu'un peu d'action pourrait faire du bien à la planète, faire battre quelques cœurs, et elle dut lutter contre un sourire menaçant lorsqu'elle vit ces regards posés sur elle.

Comme être à nouveau célèbre.

Puis elle courut, espérant que la mort la suivrait.

LE LONG CHEMIN DU RETOUR

Le bang proposé par Eponi ne méritait pas vraiment ce nom — le son filtré à travers le hall de l'immeuble ressemblait plus à un faible claquement — mais le quatuor saisit l'ouverture qu'il avait. Avec Rovo portant Kaia et Raquel aidant Kashmal à avancer en tête, ils évitèrent le hall et continuèrent le long du couloir vers l'autre côté du bâtiment. Le dernier escalier là-bas menait à une sortie de secours désignée, avec des avertissements d'alarmes déclenchées sur la porte.

— C'est pour le mieux, vraiment, dit Rovo quand Raquel hésita. Il y a une fusillade là-haut, Eponi se fait probablement canarder dans la rue. Plus il y a de confusion, mieux c'est.

— Des gens pourraient être blessés, dit Raquel tandis que Kashmal, n'apportant aucune contribution utile, continuait à gémir à propos de la balle dans son épaule. Mon travail est de protéger les habitants de cette planète.

— À long terme, tu le fais en nous gardant en vie, suggéra Rovo. Le regard dubitatif de Raquel tua cet argument, alors Rovo changea de tactique. Que dirais-tu de ça, alors ? Si on n'ouvre pas cette porte, on est coincés à retourner dans ce hall, où on se fera attraper, Kaia aura des problèmes, et tu vas probablement mourir quand même.

Cela, au moins, s'avéra plus convaincant. Raquel, grimaçant tout du long, poussa la lourde porte. Ils se déversèrent dans une rue latérale, les pavés couleur crème offrant quelques mètres entre d'imposantes tours en forme de goutte. Alors que les avenues principales bordaient leurs côtés de boutiques et de cafés, les poubelles révélatrices ici montraient un espace qui n'était pas destiné à être vu, entendu ou exploré.

— Beurk, dit Kaia, se pinçant le nez dans une réaction sensée à l'odeur de moisissure flottant dans l'air.

— Pas mon meilleur raccourci, admit Rovo.

Derrière eux, l'alarme du bâtiment se déclencha dans une cadence criarde, un son agaçant que Rovo ne fut que trop heureux de laisser derrière lui. La petite rue, peu fréquentée, le devint encore moins quand les gens remarquèrent la blessure sanglante de Kashmal et décidèrent que ce n'était pas le moment de jouer les héros, les médecins ou même les curieux. Rovo remarqua les gens qui se baissaient, qui se cachaient.

— Qu'est-ce qui se passe ici ? demanda-t-il à Raquel tandis qu'ils avançaient, se collant autant que possible au bâtiment d'en face. Personne ne veut aider ?

— Ce n'est pas leur boulot, répondit Raquel. Tu sais aussi bien que moi que si quelqu'un est blessé comme Kashmal, il y a de l'argent en jeu. Personne ne se fait tirer dessus comme ça par accident.

Et personne ne veut s'empêtrer dans des problèmes qui ne sont pas les siens. Rovo chassa le goût amer que cela laissait dans sa bouche. La galaxie regorgeait de tant de cynisme, tant de morales reposant sur l'argent à gagner.

L'Escouade Sever avait aidé Kaia à quitter Dynas, avait aidé les Talpa sans promesse de paiement, mais, si Rovo était honnête avec lui-même, c'était lui qui avait défendu ces deux actions.

Une recrue naïve ? Peut-être, mais Rovo n'était pas prêt à vendre son âme uniquement pour de l'argent.

Pas encore.

— Le bureau est par là, dit Raquel alors qu'ils passaient un pâté de maisons sans poursuite évidente. On pourra y obtenir un skiff de Salinity.

— Pour aller où ?

— Quelque part qui sent un peu meilleur, répondit Raquel. Un endroit moins facile à trouver pour vos ennemis.

— Et ensuite ?

— C'est tout ce que tu fais ? dit Raquel, lançant un regard à Rovo alors qu'ils quittaient la petite rue, débouchant sur une place dominée par une triple fontaine et se dirigeant en diagonale vers une fenêtre du rez-de-chaussée arborant le logo en forme de goutte de Salinity en néon bleu. Poser des questions ?

— Pour le moment ? Ouais.

Malgré la réponse, Kaia empêcha Rovo de poser d'autres questions. La petite fille, toujours excitée par les événements de l'appartement, sentit apparemment que le danger immédiat était passé et profita de l'occasion pour bombarder Rovo d'exclamations et de questions. Le plus important, pour Kaia, était de savoir comment Rovo s'était retrouvé dans son appartement en premier lieu.

Il y avait mille explications que Rovo aurait pu inventer pour répondre à cette question, mais mentir à une enfant, surtout à celle listée comme la cible principale d'un groupe large et mortel, semblait mal. Alors Rovo déroula l'histoire tandis qu'ils traversaient la place, que Raquel les faisait entrer dans un bureau peu fréquenté et les installait dans une salle de conférence vide pendant qu'elle partait chercher un moyen de transport.

Rovo conclut l'aventure alors qu'un gentil robot apportait de l'eau pour le groupe, ainsi que des bandages légers pour Kashmal. Laissant Kaia s'occuper de sa propre hydratation, Rovo se mit au travail sur son père.

— Merci, dit Kashmal alors que Rovo finissait d'appliquer les onguents contre les brûlures et les bandages. La blessure semblait sérieuse, la peau autour de l'impact noircie par la chaleur, mais comparé au tir au poumon que Rovo avait reçu sur le *Nautilus*, Kashmal ne devrait pas avoir trop de problèmes. Je sais que je t'ai donné beaucoup de fil à retordre à l'époque, mais...

— Ne t'en fais pas pour ça, coupa Rovo, ne voulant pas entendre l'homme faire des excuses. Rien de ce que Kashmal pourrait dire ne pourrait compenser le fait d'avoir enfermé Kaia dans une minuscule pièce pendant des années, et Rovo n'avait pas l'énergie de s'en soucier. Garde une pression sur la plaie. Ce n'est pas exactement un traitement médical de haut niveau.

Kashmal comprit l'allusion et garda une main là. L'homme appela ensuite sa fille, qui bondit pour lui montrer le gobelet marqué Salinity qu'elle utilisait pour siroter de l'eau. Équilibrant la fillette sur ses genoux, Kashmal entonna une douce chanson, que Kaia rejoignit après un couplet. Le moment passa rapidement de mignon à gênant, Rovo se sentant comme un intrus dans une famille dont il ne faisait absolument pas partie.

La salle de bains s'avéra une échappatoire digne de ce nom, et Rovo passa du temps devant le lavabo, attirant parfois les regards de la foule du bureau de Salinity qui allait et venait autour de lui. Lavant le sang de Kashmal de ses mains, retirant des morceaux de verre de ses cheveux et savonnant les brûlures sur sa peau dues à sa glissade le long du bâtiment vitré, Rovo se transforma d'un figurant de film catastrophe en un véritable être humain, bien qu'ayant désespérément besoin de nouveaux vêtements.

— Regarde-les, dit Raquel lorsque Rovo la rejoignit à l'extérieur de la salle de conférence, observant Kashmal et Kaia jouer — le premier raide mais souriant, la seconde utilisant la table et les chaises de conférence comme un parcours d'obstacles à conquérir. C'est presque comme s'ils n'avaient pas été attaqués il y a une heure.

Rovo essaya de déceler le ton dans ces mots. Raquel insinuait-elle qu'ils ne prenaient pas les choses au sérieux, ou admirait-elle leur capacité à ignorer la réalité en faveur d'un peu d'amusement ?

— Je ne suis pas un expert, tenta Rovo en restant neutre, mais je ne pense pas qu'une enfant comme Kaia réagirait bien à la panique.

— Pas un expert ? Raquel jeta un coup d'œil vers Rovo. Tu l'as certainement prise dans tes bras rapidement. Tu l'as tenue serrée pendant l'évasion.

— C'est une petite fille de quatre ans. Qu'étais-je censé faire d'autre ?

— Pas besoin de te mettre sur la défensive, dit Raquel en affichant un sourire évasif. Je dis simplement que tu t'en es bien sorti, c'est tout.

— Merci ?

Raquel hocha la tête, se détourna de la fenêtre et fit un signe en direction de la salle de repos du bureau. — Je sais qu'il est tard, mais vu ce que nous venons de vivre, voudrais-tu un café ?

Rovo se dit que lui et le sommeil auraient une relation

ténue jusqu'à ce que Vana, Renard et leurs agents soient réglés, alors il accepta l'offre de Raquel. En entrant dans l'espace corporatif trapu, orné d'avis pour les sports d'équipe et de plannings de nettoyage du réfrigérateur, Rovo réalisa que la dernière fois qu'il avait été dans une salle de repos comme celle-ci, il flottait au-dessus de sa planète natale, remplissant des formulaires et regardant les heures passer lentement.

Prenant la tasse offerte et en buvant une bonne gorgée, Rovo se rappela pourquoi les salles de repos ne lui manquaient pas tant que ça : le café, malgré l'eau parfaite de Salinity, avait un goût fade et terne.

— Pas à ton goût ? remarqua Raquel en voyant la grimace de Rovo.

— Je le prends habituellement plus fort, dit Rovo, et quand Raquel se retourna vers la machine qui gargouillait, il posa une main sur son bras. S'il te plaît, c'est bon. Retournons là-bas.

Raquel fixa cette main offensante, que Rovo retira, et ensemble, ils retournèrent à la salle de conférence. Le bracelet de Raquel avait vibré pendant leur pause-café, l'informant que leur aéroglisseur désigné était arrivé, alors le quatuor se précipita vers l'ascenseur du bureau, monta à un niveau marqué pour les embarquements, et sauta dans l'engin agréablement arrondi aux couleurs de Salinity.

Kaia transforma ce qui aurait été un voyage ennuyeux en un festival de sourires, pointant du doigt chaque petite tour que l'aéroglisseur survolait tandis que son pilote automatique les conduisait à destination. Quant à savoir où c'était, Raquel ne voulait pas le dire. Elle ne voulait prendre aucun risque que quelqu'un puisse écouter.

— Tu penses que c'est possible ? dit Kashmal.

— Tu étais sur Dynas, avec Helix qui surveillait tous tes mouvements, répondit Rovo. Tu sais que c'est possible.

— Ah, c'est vrai.

En dessous d'eux, le paysage urbain de Kaiyo laissa place à l'océan profond tandis que l'aéroglisseur filait vers l'objectif de Raquel. Le ciel bleu au-dessus, avec ses nuages duveteux, s'assombrit alors que l'après-midi basculait vers le crépuscule, l'étoile blanche de Gillane Quatre plongeant vers l'horizon derrière eux. Sans les bâtiments pour retenir son attention, les yeux de Kaia devinrent lourds et elle se blottit contre son père, qui la rejoignit dans une sieste une fois que Raquel eut confirmé que le vol prendrait un certain temps.

Le café et l'inquiétude lancinante au sujet d'Eponi et Sai gardèrent Rovo éveillé, et il se dit qu'il pourrait devenir fou s'il devait rester assis en silence, alors il se tourna vers Raquel, qui surveillait la progression de l'aéroglisseur sur la console centrale, et posa la seule question qui lui vint à l'esprit : — Alors, comment devient-on responsable de la sécurité en chef de Salinity ?

— De longues heures et de longues semaines, répondit Raquel. C'est peut-être difficile à croire, mais la plupart de mes journées n'impliquent pas de fusillades à travers la ville. À la place, il y a des formulaires à remplir. Des visiteurs et des employés à vérifier.

— Et tu n'as rien trouvé sur ce type ? Rovo fit un signe de tête vers l'arrière.

— Kashmal a d'excellentes qualifications, dit Raquel. Je m'en souviens parce que nous n'avons pas beaucoup d'anciens chercheurs de DefenseCorp. Nous avons appelé sa principale référence, une femme, je crois, qui a dit que Kashmal avait sauvé tout leur projet. Difficile de dire non à ça.

— Sauvé en sacrifiant sa fille.

Les yeux de Raquel lancèrent des éclairs. — Ça n'est pas venu dans l'entretien.

— Quelle surprise.

— Tu lances beaucoup d'accusations pour quelqu'un qui est arrivé avec les gens qui essayaient de blesser cette enfant.

— Je n'avais pas vraiment le choix, répliqua Rovo. Ils allaient entrer de toute façon. Au moins comme ça, j'ai aidé. Un peu.

En parlant, Rovo se trouva perdu dans le moment. Cela faisait si longtemps qu'il n'avait pas eu une conversation avec quelqu'un qui n'essayait pas de l'utiliser, de le tuer, ou de travailler avec lui pour utiliser ou tuer quelqu'un d'autre. Son instinct le poussait à trouver un angle avec Raquel, à l'orienter vers un objectif, mais quel serait-il même ?

Elle les emmenait dans un endroit sûr, et une fois qu'ils atterriraient, Rovo essaierait de trouver le *Prisa*, de contacter Aurora et Gregor. D'élaborer un plan. L'Escouade Sever continuerait le combat.

Mais pour l'instant ?

— Alors, vous les gens de DefenseCorp, vous venez vraiment de quelque part, ou vous sortez tout formés avec un fusil à la main, d'une sorte de cuve ? demanda Raquel.

— Définitivement la cuve. Rovo rit doucement pour ne pas réveiller Kaia. DefenseCorp adorerait ça, en fait.

— Je n'en doute pas, dit Raquel. Je ne mens pas quand je dis que nous ne voyons pas beaucoup d'anciens de DefenseCorp. Cette organisation, elle vous tue. Salinity voulait passer un contrat avec eux quand j'ai pris la direction, disant que ce serait moins cher. Tu sais pourquoi nous ne l'avons pas fait ?

— Parce que tu aurais perdu ton emploi ?

Raquel leva les yeux au ciel. — Non, parce que si nous l'avions fait, cette planète ne nous appartiendrait plus. Voyant la confusion de Rovo, Raquel poursuivit : — Rovo, DefenseCorp ne cesse de dire qu'ils fournissent une protection neutre pour la galaxie. Ce qu'ils font, c'est piéger tout le monde sous leurs fusils. Qu'arrivera-t-il quand il n'y aura plus personne prêt à se tenir debout par soi-même ?

— Donc toi et une compagnie d'eau êtes la résistance ?

— Il faut bien que quelqu'un le soit.

Rovo, au moins, ne pouvait pas argumenter contre ça.

11

FEU D'ARTIFICE

L'aéroglisseur de transport les déposa au *Prisa*, sous un ciel violet sombre, avec un froid plus mordant venant du bord de Kaiyo. Aurora n'avait reçu aucun message sur la fréquence de l'escouade, rien de Sai et Eponi concernant leur poursuite de la fille. Ce silence grandissait tandis que les deux inspectaient la baie autour de leur vaisseau, effectuant des analyses avec les viseurs de leurs armures assistées pour s'assurer que les agents n'avaient pas placé de bombes ou d'autres formes plus subtiles de sabotage.

— RAS, dit Gregor, en tapant sur le verrou du montant avant du *Prisa* pour abaisser sa rampe d'embarquement. Bien joué pour le combat tout à l'heure.

— Pareil, dit Aurora. Tu veux te découpler, je vais monter la garde dehors.

Le *Prisa* pouvait à peine accueillir un membre de l'escouade en armure assistée dans ses couloirs, encore moins deux. Si elles y allaient toutes les deux, et qu'une force d'agents les suivait, Aurora et Gregor seraient coincées sans beaucoup de marge de manœuvre.

— Paranoïaque ? plaisanta Gregor alors que la rampe touchait le sol de la baie dans un léger bruit sourd.

— Avec des agents ? Toujours.

La baie du *Prisa* conservait le traditionnel toit ouvert autour d'une enceinte circulaire destinée aux vaisseaux légers comme le leur. Des murs arqués entouraient l'appareil, prêts à déployer un dôme en cas d'intempéries, de catastrophe, ou pour empêcher le *Prisa* de partir après s'être fait les mauvais ennemis. Éparpillés autour du cercle extérieur se trouvaient les robots de réparation traditionnels, les mécanismes de ravitaillement — pour les appareils qui ne dépendaient pas uniquement de l'énergie solaire — et des casiers payants remplis d'équipement et de rafraîchissements. Contrairement à Wexer, Gillane Quatre avait l'argent et la motivation pour bien traiter ses visiteurs.

Malheureusement pour Gillane Quatre, l'Escouade Sever ne faisait pas dans la civilité.

Gregor venait juste de monter la rampe d'embarquement quand le canal de Sever grésilla et la voix d'Eponi résonna dans l'oreille d'Aurora :

— Hé ho, il y a quelqu'un ? Cette fille aurait bien besoin d'aide !

Aurora tourna brusquement son regard vers la porte du hangar, ne vit rien, et dit :

— Gregor et moi sommes au *Prisa*. Où es-tu ?

— En route vers vous ! La respiration haletante d'Eponi se faisait entendre entre les mots. Elle devait être en train de sprinter. Devine ce qui craint ?

Aurora cligna des yeux. Elle ne savait pas comment répondre à ça.

— Courir à travers toute une ville avec des gens qui te tirent dessus !

— Tu as essayé de riposter ? dit Gregor, sa voix passant

par la transmission. Un bruit métallique derrière Aurora annonça que l'homme au marteau n'avait pas encore quitté son armure assistée non plus. *Je trouve que ça aide.*

— Si tu veux venir tirer, je ne vais pas dire non, répliqua Eponi. Je suis sur le point de monter dans la capsule, et ce serait génial si je ne me prenais pas un laser entre les deux yeux quand j'en sortirai.

— Tu n'en prendras pas, dit Aurora.

Gregor n'avait pas besoin d'ordre pour se mettre en mouvement. Abandonnant toute prétention de discrétion, les deux membres de Sever quittèrent la baie du *Prisa* en courant, se précipitant dans leurs armures assistées à travers la grande plateforme d'amarrage vers les capsules menant à Kaiyo à l'autre bout. C'était moins animé qu'en début de journée, les gens s'installant pour la soirée dans leurs vaisseaux ou en ville, laissant les robots et les derniers transporteurs de fret regarder bouche bée la paire lourdement armée martelant les pavés.

Personne dans son bon sens ne ferait autre chose que regarder le dangereux duo.

Personne sauf la sécurité de Salinity et leur escouade trop stupide.

Aurora ne pouvait pas blâmer les dix gardes qui s'orientaient vers elles, dont au moins deux leur criaient de s'arrêter. Ils gagnaient leur vie en assurant la sécurité des quais d'amarrage, en s'assurant que les marchands puissent faire leur argent sans se faire illuminer par des lasers. La force de Salinity passait probablement ses journées à gérer des bagarres mineures, à donner des recommandations de restaurants, ou à négocier occasionnellement des frais d'amarrage.

Bien qu'ils soient équipés de pistolets et de menottes paralysantes, les dix qui convergeaient vers Aurora et

Gregor n'avaient rien que les viseurs des armures assistées classaient même comme une menace. Au lieu de cela, avec les civils se dispersant à leur approche, Aurora et Gregor se postèrent au point de déchargement des capsules et se tournèrent pour accueillir ces défenseurs de la loi.

— Je vous suggère de partir, dit Aurora au premier agent qui s'approcha d'elle. L'homme avait joué intelligemment jusqu'ici, ne sortant pas son pistolet malgré le gros fusil d'Aurora. Cela montrait qu'il savait que tout vrai combat ici ne finirait pas bien. Nous essaierons de minimiser les dégâts, mais c'est une affaire de DefenseCorp.

— Je me fiche de savoir de quelle affaire il s'agit, répondit l'agent alors que ses collègues encerclaient la plate-forme de la capsule. Certains, intelligemment, continuaient d'exhorter les spectateurs à s'éloigner de plus en plus. C'est le territoire de Salinity, et Kaiyo est sous les réglementations de Salinity, ce qui signifie que vous ne pouvez pas avoir une arme comme celle-là à l'air libre.

Aurora essaya de trouver un moyen de dire à l'officier qu'il n'obtiendrait pas ce qu'il voulait sans déclencher une bagarre. Si Eponi avait des gens à ses trousses, la dernière chose dont Aurora avait besoin était de se battre contre la sécurité locale pendant que le vrai ennemi tirait librement sur son escouade.

— Salut, la voix d'Eponi grésilla sur la bande de l'escouade, plus claire maintenant qu'elle s'approchait. On dirait que les sbires de Renard ne veulent pas tirer sur des gens au hasard, mais ils montent dans la capsule avec moi. Je pense que quelques-uns sont aussi sur des aéroglisseurs. Je suis, euh, désarmée.

Bien sûr qu'elle l'était.

— Voici ce qui va se passer, dit Aurora au patrouilleur. Une capsule arrive dans cette direction et elle est synonyme de problèmes. Quand elle arrivera, la situation va devenir explosive ici. Vos officiers et toutes ces personnes sont en danger. Renvoyez-les dans leurs baies et dites-leur de fermer les portes. Le combat ne durera pas longtemps, je vous le promets.

— En effet, ajouta Gregor en dégainant l'énorme marteau de son étui dorsal.

Le marteau, peut-être, fit plus impression sur les forces de Salinity que les paroles d'Aurora. On ne voyait tout simplement pas une arme comme celle-là en pensant que ce qui se passait correspondait au scénario habituel. Aurora pouvait voir le patrouilleur chercher une échappatoire, essayer de trouver comment préserver son autorité sans se faire massacrer, lui et ses hommes.

— Vous êtes surclassés, dit Aurora. Partez, mettez-vous à l'abri et appelez des renforts. C'est la décision la plus intelligente. Gardez vos hommes en sécurité.

Le regard du patrouilleur passa sur ses camarades, qui le fixaient. Si Aurora devait évaluer leur attitude, elle classerait tout le groupe dans la catégorie *susceptibles de prendre leurs jambes à leur cou.* — Je ne peux pas simplement...

— Si, vous le pouvez et vous allez le faire, coupa Aurora, ne le laissant pas prendre de l'assurance. Je l'ai fait. Plusieurs fois. Il n'y a rien de mal à se replier vers une meilleure position tactique.

Cette dernière remarque fit mouche. Aurora avait réussi à établir un lien avec le patrouilleur à un niveau qu'il recherchait : des pairs dans un conflit au-dessus de la routine quotidienne qui avait dominé sa carrière. Après cela, si Aurora travaillait encore pour DefenseCorp, elle aurait recommandé au patrouilleur de s'engager. Abandonner les tâches ennuyeuses pour quelque chose de plus excitant.

Mais pas maintenant. La capsule avait quitté Kaiyo, ses lumières approchantes flanquées de plusieurs autres. Des navettes volaient à proximité, suivant la voiture. Le patrouilleur finit par suivre le conseil d'Aurora, ordonnant à son groupe de se replier et d'emmener la foule curieuse avec eux. Heureusement, il n'y avait pas trop de badauds ici, et à la perspective d'une vraie violence, les spectateurs se dispersèrent avec les officiers.

Laissant Gregor et Aurora observer l'approche seuls.

— Nous sommes prêts à vous recevoir, renvoya Aurora à Eponi. Une idée du nombre ?

— Beaucoup, et ils sont en colère, répondit Eponi. J'espère que vous êtes prêts pour un peu d'amusement aujourd'hui.

— On s'est déjà amusés, dit Gregor. Mais je suis toujours partant pour plus.

Le désir désinvolte de violence de Gregor exprimé, le duo de Sever s'éloigna des lumières de la plateforme pour se fondre dans les ombres relatives. Gregor avait son marteau prêt, tandis qu'Aurora levait son fusil, mettant l'une des navettes dans sa ligne de mire.

— Tu es sûre que chaque navette à l'extérieur est ennemie ? demanda Aurora.

— J'évite leurs tirs depuis une heure maintenant, dit Eponi. Ce serait vraiment sympa si quelqu'un ripostait.

À cette remarque, Aurora se demanda pourquoi les forces de sécurité de Salinity n'avaient pas tenté d'éliminer les agents. On aurait pu penser qu'ils voudraient détruire une force hostile maraudant dans Kaiyo, mais Renard avait tendance à avoir ses doigts visqueux partout. Peut-être avait-il acheté Salinity, ou les avait-il menacés de pire.

Quoi qu'il en soit, Aurora appuya sur la gâchette. Encore et encore.

Des rayons saphir jaillirent du fusil, qu'Aurora avait réglé pour tirer plus chaud. Elle obtiendrait moins de tirs par pack d'énergie, mais les lasers auraient plus de chances de percer la coque d'une navette.

Ce que ces lasers firent avec brio. À une centaine de mètres — selon la portée affichée sur la visière d'Aurora — les navettes, se rapprochant rapidement de la capsule, se heurtèrent de plein fouet aux tirs d'Aurora. Les rayons frappèrent la navette de tête, un engin ovale qui, bien que difficile à discerner dans l'obscurité, semblait avoir une demi-douzaine de sièges à l'intérieur, et l'envoyèrent en spirale vers le bas. De la fumée s'échappait de l'avant tandis que les pilotes luttaient pour reprendre le contrôle.

Aurora ne regarda pas la descente, mais leva légèrement son fusil pour atteindre la suivante. Les navettes comprirent l'attaque et dansèrent, s'écartant largement tandis qu'Aurora continuait ses tirs. Une tourelle, avec ses ajustements plus lents et son ciblage plus délicat, aurait du mal à toucher les navettes. Aurora, avec son armure assistée l'aidant à ajuster sa visée, prit la navette de gauche et la fit danser entre ses rayons, chaque tir donnant à la navette moins de temps pour esquiver alors qu'elle se rapprochait de la capsule. En concentrant le feu entre deux côtés qui se resserraient, elle forçait la navette à monter ou descendre.

— Choisis, murmura Aurora, plaçant un tir en plein centre.

La navette monta, brisant sa ligne avec la capsule et exposant son ventre aux tirs d'Aurora. Sans la trajectoire directe, la navette ne pouvait plus esquiver latéralement aussi facilement, et Aurora suivit l'ascension avec suffisamment de tirs pour porter deux coups solides au centre de la navette. L'engin tressaillit, comme un oiseau essayant d'ajuster son angle en plein vol, puis bascula dans un piqué droit vers le centre de la plateforme d'amarrage.

— Gregor ? appela Aurora.

— Je m'en occupe.

Utilisant ses propulseurs cinétiques, Gregor fit un bond en avant dans les airs, se dirigeant droit vers la navette en piqué. En volant, Gregor balança son marteau, synchronisant son coup pour frapper la navette plongeante. Avec un bang strident et déchirant, le marteau frappa, peut-être à dix mètres au-dessus. La coque fracturée de la navette se brisa sous l'impact, s'éparpillant et envoyant des débris au sol. Ses batteries, leur structure soigneuse brisée, explosèrent en un feu vert crépitant qui illumina l'espace comme un feu d'artifice acide.

L'explosion propulsa Gregor en arrière au sol, où il rebondit sur les pierres avec un grognement lourd. La déflagration, cependant, ne brisa pas les vitres. Elle ne fit pas exploser le carburant de réserve traînant autour des baies ni ne ruina les étals des marchands fermés jusqu'au lendemain matin. Un désordre, certes, mais pas un désastre.

Aurora reporta son attention sur la dernière navette, facile à repérer car elle avait abaissé son toit, permettant aux agents à l'intérieur de lâcher des tirs de fusil et — merde — de roquettes. La capitaine de Sever plongea sur la gauche, près d'un centre d'accueil fermé et son obscurité protectrice, alors qu'un missile explosait à l'endroit où elle se tenait, éparpillant des pavés partout.

Le fait que Renard ait autorisé l'artillerie pour ces agents signifiait que l'homme avait changé la donne. Ce n'était plus un combat dans l'ombre. Vana et Renard voulaient une guerre ouverte, avec Gillane Quatre comme champ de bataille.

Aurora n'aimait pas l'idée, mais si les deux voulaient se battre, ils allaient être servis.

Éjectant son pack d'énergie épuisé, Aurora continua de bouger tandis que la navette la poursuivait. Des tirs de fusil ponctuaient ses pas lourds, et deux rayons l'atteignirent, brûlant son bras droit et son épaule. Les défenses de l'armure assistée empêchèrent tout dégât sérieux, mais chaque coup diminuait ses capacités défensives. Finalement, un tir finirait par traverser, carbonisant la peau et les os d'Aurora.

Aurora feinta vers la gauche, en direction de la capsule et de ses occupants en fuite, puis roula vers la droite alors qu'une autre roquette s'écrasait là où elle aurait dû se trouver. Glissant le nouveau bloc d'alimentation tout en sortant de sa roulade, un mouvement que l'armure assistée rendait profondément disgracieux mais toujours efficace, Aurora visa le skiff et lança de nouveaux tirs.

Renard avait un bon pilote pour celui-ci, cependant. Le skiff fit rugir ses moteurs et passa au-dessus d'Aurora, la forçant à pivoter avec lui, puis à plonger alors que son tour révélait le lanceur de roquettes à l'intérieur qui visait un nouveau tir.

— Un peu d'aide par ici ? appela Eponi. Je suis un peu en infériorité numérique !

Gregor gémit, encore sous le choc de l'explosion du skiff, ce qui ne laissait qu'Aurora. Un regard rapide vers la gauche en direction de la capsule montra Eponi aux prises avec un trio d'agents. La pilote bondissait comme une abeille, passant de l'un à l'autre dans un effort pour empêcher quiconque de trouver un angle de tir avec leurs pistolets. Les agents commençaient cependant à comprendre, reculant tout en déviant les coups dansants d'Eponi et gagnant de l'espace. Bientôt, ils auraient Eponi coincée au centre, immobilisée et prête à être rôtie.

Activant les propulseurs cinétiques de l'armure assistée, Aurora sauta alors que le skiff faisait pleuvoir plus de tirs autour d'elle. Le saut la propulsa à quatre mètres de haut, porta Aurora jusqu'à la plateforme, et donna à son fusil le temps de viser un tir. Elle appuya sur la gâchette en atterrissant, carbonisant l'agent le plus proche avec un éclair bleu et l'envoyant fumant au sol.

Eponi en profita, s'agrippant à l'agent le plus proche d'elle et l'envoyant haletant au sol avec un coup de coude violent dans la gorge. Le troisième, voyant Aurora foncer sur lui, s'enfuit vers les ombres.

— Cours ! dit Aurora à la pilote.

— Avec plaisir ! répondit Eponi, se précipitant vers la baie du *Prisa*.

Des tirs laser lacérèrent le dos d'Aurora, faisant exploser quelque chose et l'envoyant à genoux alors que l'assistance qui maintenait le poids de l'armure hors de ses muscles lâchait. Pas bon, mais elle avait toujours son fusil. Toujours une chance. Tombant en avant, Aurora roula, relevant son fusil et se donnant une chance de tirer.

Mais le maudit skiff jouait encore intelligemment. Il l'avait vue encaisser le coup, vue tomber, et plutôt que d'engager un duel, l'engin vola au-dessus de la tête d'Aurora, tournoyant là où elle ne pouvait pas viser. Aurora ne pouvait même plus voir le skiff, il avait disparu au-dessus de son viseur, qui continuait d'afficher le rouge colérique d'une menace dans sa direction.

Sachant qu'une explosion de roquette allait arriver, Aurora songea à évacuer, mais sauter hors de l'armure alors qu'une roquette hurlait dans sa direction n'aiderait pas. Elle avait de meilleures chances blottie dans son armure, attendant l'attaque sous sa protection.

— Lève-toi ! rugit Gregor, l'homme retrouvant vie et

tirant son armure, visible au bord inférieur du champ de vision d'Aurora, sur ses pieds.

Laissant tomber son marteau, Gregor leva son propre fusil et déversa des rayons rouges, moins puissants, vers le skiff. Le tir dut pousser le skiff à abandonner son coup de grâce sur Aurora, car les lignes rouges de Gregor suivirent l'engin vers la droite. Gregor aurait dû courir avec l'appareil, aurait dû sauter pour éviter d'être une cible facile.

— Bouge, dit Aurora. Bouge, espèce d'idiot.

— Je ne peux pas, répondit Gregor. Cette explosion a grillé mes moteurs.

Aurora ne voulait pas penser à l'effort que Gregor avait dû fournir pour se lever dans cette combinaison. Combien d'efforts il faudrait pour faire faire un pas à l'armure assistée et tous ses kilos sans le ronronnement des moteurs.

Pas que cela importait. Gregor resta coincé, et une fois que le skiff le sut, la roquette arriva rapidement.

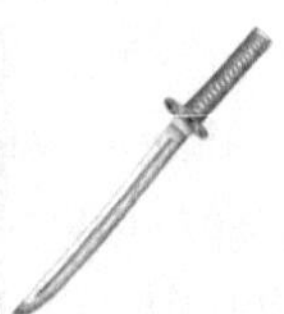

12

QUI DÉTIENT LE POUVOIR

Être otage n'offrait pas beaucoup d'occasions de plaisir, mais Sai en trouvait amplement en observant et en écoutant les jurons incessants de Renard tandis que le quatuor naviguait dans un skiff. Ils s'étaient envolés de l'immeuble et avaient quitté Kaiyo, laissant la ville derrière eux pour l'océan ouvert. Sai, attaché sur un siège arrière à côté d'Abbad, endurait les questions sans fin du maniaque bavard, ses mains souhaitant tenir son katana. Vana avait fourré la lame dans le compartiment inférieur du skiff, un tournant curieux et l'une des mille questions que Sai se posait.

L'interrogatoire d'Abbad allait de l'insignifiant, comme la couleur et la nourriture préférées de Sai, à l'important, comme la façon dont il avait acquis le katana et si l'Escouade Sever comptait d'autres épéistes dans ses rangs. Sai essayait d'esquiver les réponses qui lui auraient permis de continuer à écouter Renard, mais Abbad revenait toujours à la charge avec des questions de suivi sincères.

— Mec, s'il te plaît, finit par dire Sai, un mal de tête naissant s'ajoutant à ses muscles endoloris par le combat. Tu peux t'arrêter une minute ?

— Impossible, mon pote, répondit Abbad. Les patrons parlent, et ça veut dire que je ne peux pas te laisser écouter. Cette épave n'a pas d'endroit où je peux te cacher, alors c'est le mieux que je puisse faire.

Sai s'adossa à son siège, fixa la nuit à travers la fenêtre et réprima un gémissement.

— C'est bon, Abbad, dit Vana, aux commandes à l'avant pendant que Renard faisait son truc. Il n'y a rien dont on parle que Sai ne puisse pas entendre.

— Sérieux ? répliqua Abbad.

— Sérieux, dit Vana. S'il est malin, Sai comprendra notre point de vue et fera le bon choix.

— L'autre mec ne l'a certainement pas fait.

Rovo ? Sai fixait la fenêtre, feignant le désintérêt. Ils avaient essayé de faire retourner sa veste à la recrue ? C'était peut-être pour ça que Rovo était entré dans l'appartement sans menottes paralysantes. Pourquoi il était avec Renard et Vana, tout simplement.

— Pas encore, dit Vana. Il y a encore du temps pour celui-là. Et ce n'est pas parce que Rovo ne veut peut-être pas jouer le jeu que Sai fera le même choix.

— Je vais faire le même choix, intervint Sai. Désolé.

Abbad rit. Sai dévisagea l'homme. Il aurait aimé pouvoir s'éloigner davantage, mais le skiff gardait son espace confiné.

— Tu n'as pas encore entendu les enjeux, dit Vana. À côté d'elle, Renard baissa son bracelet avec un profond soupir, un de ceux que Sai avait souvent utilisés quand ses enfants le poussaient à bout. Renard, ça va ?

— Ça ne se passe pas comme je l'espérais, exhala Renard. Ça devait être une mission simple, Vana. On a les combinaisons. On y est presque. Et pourtant, on n'arrive pas à accomplir cette seule chose.

— La route n'est jamais droite et facile.

— Arrête avec tes dictons, rétorqua Renard. Ils ne ramèneront aucun des nôtres, ni ne nous permettront d'avoir Kaia. Sever a causé des dégâts dans notre base à Kaiyo. Salinity est au courant maintenant, et on ne peut plus y retourner. Des skiffs ont été perdus, et on poursuit toujours ceux qui ont réussi à s'échapper.

Ces mots firent naître un sourire sur le visage de Sai. Une vague de confiance. Eponi avait donc réussi à s'échapper, avec Kaia et les autres. Aurora et Gregor, aussi, semblaient avoir trouvé une cible à démolir. L'image de Gregor ravageant tout avec son gros marteau ne fit qu'élargir le sourire de Sai.

Ces salauds continuaient de penser que l'Escouade Sever s'effondrerait. Au lieu de ça, ils s'étaient mis à dos une force trop puissante pour être arrêtée.

Un clic fit tourner les yeux de Sai vers sa gauche, où Abbad, maintenant le visage grave et sérieux, tenait son pistolet pointé sur la tempe de Sai.

— Tu veux que je fasse exploser celui-là tout de suite ? dit Abbad. Garanti de te faire sentir mieux.

— Ça le ferait, répondit Renard, regardant vers le siège arrière. Ce n'était pas comme s'ils volaient dans un trafic intense dans les vastes océans vides de Gillane Quatre. Mais je pense que cet homme pourrait être la seule carte qu'il nous reste à jouer.

Néanmoins, Abbad passa le reste du trajet avec son pistolet levé et prêt, au cas où Renard changerait d'avis.

Les agents amenèrent Sai sur une plateforme plus petite, entourée de lumières jaunes clignotantes. Vana, jouant le rôle de médiatrice pour le groupe, décrivit la pointe s'élevant de l'océan comme un réchauffeur. Utilisant l'énergie solaire et un forage profond vers le centre de Gillane Quatre, la pointe projetait de la chaleur dans les eaux, suffisamment pour modifier les courants de la planète et maintenir l'eau en mouvement comme Salinity le souhaitait. La chaleur intense au fond de la pointe servait aussi à faire fondre les déchets piégés par ces mêmes courants.

— Salinity a ces pointes partout sur la planète, dit Vana alors que le toit du skiff s'ouvrait et que les passagers commençaient à descendre. Ce n'est pas la façon la plus facile de plier un monde à sa volonté, mais c'est celle qu'ils ont choisie.

— Ton inépuisable savoir m'impressionne toujours, grommela Renard.

— Je lis les rapports, Renard, répliqua Vana. Depuis toujours. Tu devrais essayer.

— Les rapports pertinents comptent, Vana. Tout le reste n'est qu'une distraction.

Ils avaient atterri à l'air libre, à côté de plusieurs autres skiffs. La plateforme d'atterrissage, cette fois, servait de sommet entier à la pointe. Salinity avait recouvert la surface de la pointe d'une peinture noire absorbant l'énergie solaire, une couleur qui se mêlait dans la nuit houleuse pour donner à Sai l'impression d'entrer dans un vide. Seul l'anneau de lumière jaune, clignotant dans une tentative de combattre l'obscurité, donnait à Sai un quelconque repère.

Un anneau jaune plus petit et stable se trouvait au centre du sommet. Un panneau, recouvert de plastiques résistants aux intempéries, se dressait, les invitant à approcher. Abbad aida Sai qui, sans ses mains libres, trouvait difficile de sortir du skiff. En se dirigeant vers la plateforme, Renard gardait son regard fixé sur son bracelet, tandis que

Vana inspirait l'air marin venteux, semblant sans inquiétude.

— Tu as l'air joyeuse, dit Sai à l'agent alors qu'ils marchaient vers la console, Abbad portant le katana de Sai d'une main et son pistolet de l'autre.

Des trois ennemis, Vana semblait la moins susceptible de brûler un trou dans le crâne de Sai, et la plus susceptible d'avoir un peu de bon sens. Il n'arrivait pas non plus à se défaire de la question de savoir pourquoi elle lui avait remis le lecteur sur le *Nautilus*. Sever avait épluché son contenu pendant le voyage vers Gillane Quatre, finissant par conclure que les cartes, les messages et leurs significations pointaient vers un projet bien plus vaste que la simple quête de gloire de Renard.

— Peut-être une surestimation, dit Vana en se retournant et en tapotant du doigt la coupure pansée sur son front. Il ne s'est pas passé un jour sans douleur.

— Combien de jours comme ça avons-nous ?

Vana gloussa, Abbad rit. Sai sentit le pistolet de l'homme s'enfoncer dans son dos, le poussant à avancer plus vite vers le centre.

— Pas assez, dit Vana, abandonnant le ton léger pour le sérieux. Avec un peu de chance, si notre projet fonctionne comme nous l'espérons, il y aura plus de jours passés à rire, à se sentir en sécurité et heureux.

— Des combinaisons invisibles vont vraiment faire tout ça ?

Vana se dirigea vers la console et commença à pianoter. Abbad ordonna à Sai de se tenir à l'écart, tandis que Renard, plongé dans sa propre aventure avec son bracelet, se tenait à part.

— Seules, non, répondit Vana. Mais avec une communication, des contrats et un recrutement appropriés, elles donneront à DefenseCorp un avantage imbattable.

— C'est exactement ce qu'on veut quand on cherche la paix : une organisation militaire sans menace.

— N'est-ce pas ? La console de Vana bipa et l'éclairage de bord de la plateforme clignota en vert. Une rambarde s'éleva du sol jusqu'à la taille de Sai, s'enclencha, et la descente commença. Même maintenant, DefenseCorp ne fait face qu'à peu de menaces. Mais qui oserait lancer un défi, qui risquerait d'être un simple pirate, quand une destruction totale vous attendrait ?

Sai rebondit sur ses pieds, gardant le sang en circulation tout en réfléchissant à la réponse de Vana. Abbad écarta le pistolet tandis que Sai bougeait, donnant un peu d'espace au spadassin. Le katana reposait sur l'épaule du maniaque, la lame étincelante.

— Ce qui m'inquiète, c'est qui décide ? dit Sai. Qui a le droit de dire où DefenseCorp pointe ses armes ?

Vana, hochant la tête, s'approcha de Sai. Elle posa une main sur son épaule, comme une mère sur le point de dire une vérité importante à son enfant.

— Toi, si tu le veux, dit Vana.

En vertu de ses propres actions, Sai avait évité la structure de commandement au sein de DefenseCorp. Il avait géré ses enfants pendant leur jeunesse, il avait géré des équipes au début de sa carrière en assurant la sécurité sur sa planète natale. La dernière chose dont Sai avait besoin, et la raison pour laquelle il avait rejoint Sevér et ses missions à haut risque et bien payées, c'était plus de responsabilités.

Même si cela ne signifiait pas faire équipe avec Renard et Vana pour se lancer dans un jeu de pouvoir fou à travers les étoiles, être celui qui appuierait sur la gâchette massive de DefenseCorp ressemblait à l'enfer personnel de Sai.

— Je pense que vous avez besoin de quelqu'un avec moins de morale pour ça, dit Sai.

— Tu crois ? répondit Vana. Ferais-tu confiance à Renard avec ce pouvoir, ou à l'homme derrière toi ?

— Certainement pas.

— Alors peut-être que ça devrait être toi.

— Ou personne.

Vana secoua la tête alors que la plateforme passait sous la base fortifiée de l'aire d'atterrissage et entrait dans la flèche proprement dite. — Ce sera quelqu'un, Sai. Même si ce n'est pas DefenseCorp, ce sera un autre. Mieux vaut avoir son mot à dire dans le choix que pas du tout, non ?

Avant que Sai ne puisse répondre, une lumière bleue inonda la plateforme alors qu'elle continuait de descendre. Sur toute la longueur de la flèche, bordés de diodes aqueuses, se trouvaient de grands tubes de verre transparents. Comme ceux qui marquaient le transit autour de Kaiyo. Chacun semblait rempli d'eau qui se précipitait, le liquide paraissant presque en stase alors qu'il se déplaçait.

— Circulation de chaleur, expliqua Vana alors que la plateforme poursuivait sa descente. Sai n'avait pas encore vu d'autre point d'arrêt. L'eau se précipite ici, capte la chaleur de la flèche et la ramène dans l'océan.

— Je ne comprends pas ? dit Sai, ne sachant pas vraiment pourquoi Vana se souciait tant des processus de Salinity.

— Salinity établit la norme galactique pour la production d'eau, répondit Vana. Tous ceux qui veulent rivaliser avec eux doivent atteindre ou dépasser leur qualité. Ces flèches sont coûteuses, spécialisées. Aucune planète, espérant amener son eau sur un marché plus large, ne pourrait égaler cette qualité.

Maintenant l'idée devenait claire.

— Donc tu dis que Salinity est le DefenseCorp de l'eau propre ? dit Sai, essayant de ne pas rire.

— Nous n'en sommes pas encore là, Vana manqua la plaisanterie, mais nous y serons.

Sai devait supposer qu'ils atteindraient bientôt le fond de la flèche et l'endroit où se trouvait l'unité de logement, ou l'endroit où Renard et Vana se rendaient. Une fois arrivés là-bas, Vana installerait Sai dans une cellule, où il s'assiérait et attendrait les négociations pour les otages. Peut-être que Sever le sortirait de là, ou peut-être que Sai se retrouverait brûlé vif quand il refuserait l'étrange offre de Vana pour la dernière fois.

Dans tous les cas, tout cela semblait horrible.

Abbad n'avait plus le pistolet contre le dos de Sai, grâce aux rebonds continuels de ce dernier sur ses pieds. Cette marge de manœuvre donnait une chance à Sai, et l'homme la saisit.

Alors que la plateforme descendait, Sai se jeta en arrière. Son épaule gauche percuta Abbad, le maniaque poussant un cri de surprise. Sai sentit l'homme tomber, entendit le katana cliqueter alors qu'Abbad heurtait le bord de la plateforme et passait par-dessus bord, baigné de lumière bleue tout du long.

Sai se rua sur Renard, le vieil officier levant les yeux de son bracelet au bruit d'Abbad. Voyant la charge de Sai, Renard tenta d'atteindre son pistolet. Pas moyen qu'il le sorte à temps.

Sauf que Sai n'atteint jamais tout à fait le vieil homme. Vana, intervenant avec un croche-pied bas, attrapa les chevilles de Sai et envoya le spadassin de Sever s'étaler sur le sol de la plateforme. Les menottes paralysantes s'activèrent une seconde plus tard, déchirant les nerfs de Sai et le plongeant dans des spasmes engourdissants.

Au moins, cependant, il avait neutralisé Abbad.

Cette pensée ne dura qu'un moment de plus, jusqu'à ce que la plateforme se stabilise à sa base. Les tubes d'eau s'élevaient autour d'eux, les interstices comblés par un sol en acier solide. Abbad, se frottant l'épaule, se tenait là, secouant la tête, étant tombé de quelques mètres sans grand dommage apparent.

— Mauvais timing, dit Vana, regardant Sai. Mais j'aime cet esprit. Maintenant, voyons combien tes amis sont prêts à payer pour ta vie.

13

INTERFÉRENCE LOCALE

Lorsqu'il frappa le skiff en chute avec son marteau, Gregor savait qu'Aurora lui avait ordonné de frapper pour sauver des vies. Pour limiter les destructions potentielles. Gregor, cependant, obéissait aux ordres parce qu'il voulait frapper l'engin comme une balle dans un jeu quelconque, l'assommer avec son marteau cinétique et envoyer le vaisseau filer dans le ciel nocturne de Gillane Quatre comme une comète de basse altitude.

Au lieu de cela, le fait d'écraser l'engin déjà en flammes avait provoqué la désintégration du skiff, laissant le marteau s'enfoncer dans les batteries du skiff. Frappés avec force, ces accumulateurs explosèrent, libérant leur énergie comme une nova en fleur, atteignant l'armure de Gregor de leur décharge crépitante et le renvoyant à la surface de la plate-forme avec rien de plus qu'une visière vacillante, des composants internes qui crépitaient et un engourdissement fourmillant qui remontait et descendait le long de ses nerfs.

Pendant qu'Aurora et Eponi se frayaient un chemin autour, Gregor s'efforçait de reprendre le contrôle de ses muscles. Il émit une commande vocale après l'autre, incitant l'armure à se réinitialiser ainsi que ses différents composants, chacun ramenant un bras, une jambe, la visière dans un ordre de fonctionnement quelconque.

Les parasites sur cette dernière, qui permettait à Gregor de voir quoi que ce soit dans l'armure, s'estompèrent juste à temps pour voir un autre skiff s'aligner pour un tir précis. Un homme dans ce skiff, tenant ce qui ressemblait à un tube noir sur son épaule, centra Gregor dans sa ligne de mire et lança une roquette à lueur orange droit sur l'homme de Sever à terre.

Et malgré tout ce que Gregor avait vécu, il se dit que c'était fini. Une armure déjà endommagée n'allait pas résister à une roquette tirée directement sur son noyau.

Des éclairs lumineux passèrent au-dessus de la tête de Gregor, des rayons verts zébrant l'espace entre Gregor et le skiff, le transformant en un rideau d'énergie mortelle. La roquette heurta ces lumières et explosa, produisant un bruit sourd assez creux, l'énergie concentrée du missile ne trouvant pas l'impact qu'elle recherchait.

Ces lasers verts montèrent alors que le skiff réalisait sa situation délicate, essayant de virer vers le haut et de s'éloigner sans y parvenir, les faisceaux trouvant leur cible dans les moteurs du skiff. La chaleur surchargea la mince protection du skiff, envoyant la destruction au cœur du vaisseau, et les agents à bord sautèrent par-dessus bord avant que l'engin n'explose, déployant de petits parachutes dans leur chute.

Ainsi, les agents s'étaient préparés au désastre. Intelligent.

Mais leurs parachutes les amenaient droit dans la gueule du dragon. Redémarrée et revitalisée, même si elle n'avait pas tout à fait retrouvé sa forme parfaite, l'armure de Gregor aida le grand homme à se remettre sur pied d'un bond. Bien que des débris jonchent la plateforme d'atterrissage autour de lui, Gregor n'eut aucun mal à repérer son marteau parmi les décombres, à le saisir et à se retourner pour attraper le premier du quatuor alors qu'ils touchaient le sol.

Avant que Gregor ne puisse porter son coup fatal, une lumière vive jaillit d'en haut. Le sauveur de Gregor, Eponi dans le *Prisa*, interrompit son barrage laser pour une illumination moins létale et mit en évidence le groupe en chute dans sa ligne de mire. Aurora s'approcha en boitant, fusil prêt, demandant à Gregor et Eponi de laisser les agents en vie.

— Ils ne parleront pas, dit la voix d'Eponi sur la fréquence. Je parie tout l'argent de vos comptes qu'on n'obtiendra rien d'eux.

— On doit essayer, dit Aurora.

Le capitaine n'était pas très favorable aux tactiques de torture, mais Gregor ne rechignait pas à un peu d'intimidation. Tenant le marteau, il s'avança lourdement vers l'endroit où les quatre agents avaient atterri, le groupe se débarrassant de leurs parachutes et levant les mains. Gregor tapota le manche du marteau contre sa paume, un avertissement et une promesse en un.

Les agents, dans leurs combinaisons lisses, noir et bleu profond, rembourrées de gilets anti-laser, couvraient une impressionnante gamme d'âges. Des ceintures portant des pistolets et des fusils en bandoulière complétaient leurs tenues, bien qu'aucun ne fasse le geste stupide d'essayer d'atteindre ces armes.

Dommage.

— Halte ! cria une nouvelle voix, venant de la périphérie de la section. La visière de Gregor s'illumina de menaces potentielles tout autour. Le combat est terminé maintenant. Vous quatre, au centre, êtes en état d'arrestation pour avoir menacé la santé et la sécurité de cette ville et de ses citoyens !

Les forces de sécurité de Salinity et le patrouilleur apeuré qui s'était défilé devant les conseils d'Aurora revinrent, nerveusement et lentement, sous les projecteurs. Ils avaient leurs pistolets levés, ces petites armes étant une piètre opposition face à l'armure de Sever ou aux armes plus lourdes des agents.

— Nous nous rendons à vous, cria l'un des agents, évaluant la situation et prenant la bonne décision.

Les cliquetis des agents jetant leurs pistolets et leurs fusils au sol masquèrent le grognement de Gregor. Leurs otages potentiels leur échappaient, non pas grâce à des prouesses athlétiques ou au combat, mais par, d'une manière ou d'une autre, la loi locale.

— Tu veux que je leur fasse peur ? dit Gregor, utilisant la fréquence de l'escouade pour garder le message confidentiel entre le trio de Sever. Je me fiche qu'ils mettent ma tête à prix.

— Mais pas moi, dit Aurora alors que le groupe de Salinity s'approchait. Tant que nous sommes encore sur cette planète, nous ne pouvons pas nous permettre de nous faire trop d'ennemis. Nous pourrions avoir besoin de leur aide pour atteindre Renard.

— Sever qui recule devant les gars du coin ? Le rire incrédule d'Eponi résonna fort et clair. Je n'aurais jamais cru voir ça, Aurora.

— Je n'aime pas ça, mais c'est notre seule option, répondit Aurora. Nous nous battons pour ce groupe ici, et même si nous parvenons à nous échapper, vous aurez des combattants de Salinity à vos trousses en un rien de temps.

Nous ne pourrions jamais atterrir. Pour l'instant, nous sommes dans leurs bonnes grâces. Gardons-le ainsi.

Gregor se demanda s'ils seraient toujours dans les bonnes grâces de Salinity si on apprenait qui avait incendié la grande tour en ville. Pas qu'il serait celui qui le dirait.

Eponi ramena le *Prisa* à son emplacement dans la baie d'amarrage, laissant Gregor et Aurora monter à bord, se débarrasser de leurs armures assistées et prendre des douches bien nécessaires. Ils dînèrent à tour de rôle, une personne toujours prête dans le cockpit au cas où les agents de Renard tenteraient une attaque sur le vaisseau lui-même. Ni Gregor ni Aurora ne pouvaient faire décoller le *Prisa*, mais l'un comme l'autre pouvait utiliser les tourelles pour faucher tout envahisseur.

Mais aucune attaque ne vint. Pas de menaces. Pas même un suivi de la sécurité de Salinity sur la raison pour laquelle deux personnes en armure assistée se baladaient sur les plateformes d'amarrage de Kaiyo.

— Et tu ne trouves pas ça suspect ? dit Eponi, campant dans le cockpit après leur repas riche en protéines.

— Je suis toujours méfiant, répondit Gregor. Ne fais confiance à personne, sois toujours prêt à frapper.

— Ah bon.

— Merci, au fait, dit Gregor. Pour la roquette.

— Sauver ta vie est comme un second passe-temps pour moi.

— Vraiment.

— En fait, c'est pour toute l'Escouade Sever. Eponi se pencha en arrière dans son fauteuil de capitaine, les bras au-dessus de la tête. Vous seriez tous tellement dans la merde si je partais.

— Je suis d'accord, dit Gregor, et il le pensait.

Le ton déstabilisa Eponi pendant un instant, et Gregor

pouvait comprendre pourquoi. L'Escouade Sever avait une certaine camaraderie, certes, mais une véritable affection ? Une honnête appréciation au-delà de la reconnaissance des compétences de chacun ? Eponi ne trouva apparemment pas de bonne réponse, car elle se contenta d'un sourire, puis se lança dans son récit menant à cette même roquette.

Aurora n'était pas encore revenue de son propre rafraîchissement, laissant la pilote et Gregor décortiquer la journée ensemble. L'histoire d'Eponi fit presque regretter à Gregor de ne pas être allé avec elle : glisser le long d'un bâtiment semblait être un vrai délice. Bien que défoncer des étages et des murs, mettre le feu à une tour, ce n'était pas mal non plus.

— Où penses-tu qu'ils soient allés ? demanda Gregor. Rovo et cette Raquel ?

Eponi haussa les épaules, sirota son thermos de café fumant. Tout le monde pensait qu'ils allaient bientôt quitter la baie d'amarrage, car il était insensé de rester là où vos ennemis pouvaient vous trouver. La question qui planait sur les minutes était : où aller ?

Gregor ne pouvait pas se qualifier de détective, mais il avait passé suffisamment de temps autour de DefenseCorp, autour de leurs agents — Lani, sur Dynas, en grande partie — pour comprendre qu'ils auraient toujours un autre endroit où se replier, chacun plus secret que le précédent. De plus, ils n'avaient vu aucun signe du grand transport de troupes que les agents avaient pris du *Nautilus*, suggérant soit que Renard avait une base massive et cachée sur Gillane Quatre, soit que le transport avait déposé un contingent d'agents et était parti ailleurs.

Leurs réflexions s'interrompirent quand la console du *Prisa* sonna avec un appel entrant. Un appel ciblé en plus, pas d'une bande ouverte comme les alertes de sécurité de

Gillane Quatre ou le contrôle d'amarrage. Eponi l'activa, sourit quand le visage de Rovo remplit l'écran granuleux.

— Tiens, voilà le traître, dit Eponi.

— C'est ça, juste moi, le traître, répondit Rovo, puis il plissa les yeux vers la caméra. Gregor, c'est toi ? Toujours en vie ?

— Toujours en vie. Gregor s'avança, prit le siège de copilote à côté d'Eponi. Toi aussi, à ce que je vois. Tes blessures étaient graves.

— Renard et Vana ne voulaient pas me laisser mourir, heureusement, dit Rovo. Je vous envoie les coordonnées de l'endroit où nous nous cachons. Je me suis dit qu'on pourrait se retrouver ici, planifier nos prochains mouvements.

— Où est-ce ? dit Eponi, balayant le visage de Rovo sur le côté pour afficher ces coordonnées. Ce n'est pas dans la ville ?

— Raquel a pensé que ce serait plus sûr en dehors de Kaiyo. Rovo inclina la caméra loin de son visage, montrant des quartiers d'équipage exigus. C'est une installation de Salinity avec des places libres maintenant. Ces lits de camp ont un air de chez soi.

Des lits de camp : rigides, petits et susceptibles de donner des maux de dos à Gregor. Le *Prisa* avait de meilleurs lits, installés par les transporteurs de fret qui avaient eu le vaisseau avant que le bagou et les poings durs de Gregor ne lui permettent de détourner l'engin. Néanmoins, mettre de la distance entre l'endroit où les agents pensaient que Sever se trouvait et où ils étaient réellement serait une bonne chose.

Aurora donna son approbation au plan, et Eponi mit le *Prisa* en mouvement, renvoyant le vaisseau dans le ciel nocturne. Aurora s'installa comme copilote, et Gregor en profita pour se diriger vers une tourelle, se glissant dans le siège de l'artilleur et regardant les lumières blanc-bleu brillantes de la ville de Kaiyo.

La technomajesté des plus grandes villes de la galaxie impressionnait toujours Gregor, qui avait passé son enfance dans l'obscurité et la pénombre d'un rocher gelé. Tant de gens agglomérés là-bas, passant leur vie sans savoir qu'au-dessus d'eux, autour d'eux, des forces qui pouvaient complètement ruiner leurs plans se battaient entre elles. Gregor savait qu'il préférait manier le marteau, être l'une de ces forces, mais quelque part là-bas, Parts-picker préparait son évasion.

L'homme avait choisi d'abandonner la vie que Gregor avait adoptée. Une vie qui tuerait Gregor ou le rendrait, éventuellement, incapable de suivre le rythme. Que ferait Gregor alors ? Vendre de la récupération ? Essayer de former de nouvelles recrues, aboyant des ordres qu'il ne pouvait plus exécuter lui-même ?

La console de la tourelle bourdonna. La voix d'Eponi, venant de la bande interne du vaisseau.

— Hé, tu ne dors pas là-derrière, n'est-ce pas ? demanda Eponi.

— Pas encore.

— Alors rends-moi service, secoue-toi. On dirait qu'on pourrait avoir de la compagnie.

— Renard ?

— Je le soupçonne. Je ne pense pas qu'ils en aient fini avec nous.

Gregor passa au scanner de champ proche, vit les points approchants. Des vaisseaux plus petits. Peut-être plus de skiffs, ou des chasseurs monoplaces. Le genre qu'on pouvait cacher sur une planète sans attirer trop l'attention.

Ses doigts trouvant la manette de la tourelle, Gregor s'installa. Augmenta la puissance. Se dit qu'il pourrait, au moins, faire ça longtemps après que le reste de son corps soit devenu de la bouillie.

Tirer sur des choses était, après tout, presque aussi amusant que de les réduire en miettes.

Mais avant que le plaisir ne puisse commencer, Eponi appela à travers le vaisseau. Les chasseurs qui approchaient n'appartenaient ni à Renard ni à DefenseCorp, mais à Salinity. Une escorte, amenant le *Prisa* hors de la ville.

Gregor laissa retomber ses mains des commandes de la tourelle, un peu déçu, un peu soulagé : Eponi avait indiqué que le vol durerait une heure à la vitesse de croisière atmosphérique.

Le timing parfait pour une sieste.

14

SAUVER ET ÉCHANGER

Le message arriva au matin, à l'heure où l'aube commençait à jouer avec la mer lisse et ondulante autour de l'installation de Salinity. Aurora le reçut en premier, son bracelet réglé sur la fréquence ouverte tandis qu'elle passait les premières heures du jour assise sur un pont d'observation, parsemé de tables et de chaises pour les gens comme elle. Eponi trouva la capitaine en pleine contemplation, la pilote elle-même en balade matinale.

Eponi avait passé les quelques heures de sommeil sur le *Prisa*, avec Gregor, bien que l'homme ronflât assez fort pour faire trembler le vaisseau. Les bouchons d'oreilles avaient bien fonctionné de ce côté-là, mais bloquer le son n'avait rien fait pour son esprit. Malgré sa bravoure de la veille, elle ne cessait de repenser à l'appartement, à ces secondes où elle avait tiré sur Vana, sur l'homme maniaque à l'arrière.

Eponi aurait-elle pu prendre un angle différent ? Toucher Renard avec le tir à la place, donner à Rovo et Sai le temps de s'échapper ?

Laissant le *Prisa* à son bruyant dormeur, Eponi sortit

vêtue de plusieurs couches décontractées — Salinity gardait ses fichues installations glaciales — et essaya de marcher assez lentement pour empêcher les lumières automatiques de s'allumer. Ainsi, Eponi pouvait utiliser la lumière des étoiles se reflétant d'un mur à l'autre comme guide vers le pont.

Elle avait déjà été prise en otage auparavant. Sur Dynas, elle avait livré Sai, le remettant entre les mains d'un scientifique impitoyable qui avait injecté à l'épéiste un virus expérimental. Un qui avait besoin de quelques tours supplémentaires dans l'incubateur. Sai avait failli mourir là-bas, et pas de la manière dont la plupart des soldats de Defense-Corp veulent partir. Rien de glorieux à perdre son esprit et ses muscles à cause d'une maladie dévorante.

Et maintenant, elle avait recommencé. Laissé Sai entre les mains de gens qui pourraient lui faire Dieu sait quoi. Qui n'avaient aucune raison de le garder en vie.

La culpabilité faisait un piètre compagnon de sommeil.

— Tu profites des étoiles ? dit Eponi en ouvrant la porte et en rejoignant Aurora sur le pont.

— Je leur serais reconnaissante si elles me donnaient quelques réponses, répondit Aurora, sans se retourner vers Eponi mais en levant son poignet et son écran lumineux. Jusqu'à il y a une minute, je n'avais rien entendu.

— Dis-moi que c'est Sai. Eponi comprit assez bien le geste : l'écran du bracelet affichait une image figée clignotante. Ou est-ce que Deepak recommence à t'envoyer des mots doux ?

Cette fois, Aurora se retourna, les yeux plissés mesurant la distance jusqu'à Eponi pour un coup de poing bien mérité dans le ventre.

— Il n'a jamais...

— Du calme, capitaine, dit Eponi, rejoignant Aurora à sa table et prenant l'autre siège. Si Salinity gardait ses bâtiments froids, et si la brise incessante de Gillane Quatre lui mordait les os, la chaise s'avéra un répit : les batteries solaires sur le mobilier noir activèrent les chauffages quand Eponi s'assit. Il est trop tôt pour s'énerver.

Aurora jaugea Eponi d'un regard silencieux qui disait qu'elle avait mis de côté la remarque sur Deepak pour plus tard. Eponi aurait haussé les épaules, à ce stade tout le monde avait quelque chose à reprocher à Eponi. La plupart n'étaient pas assez graves pour mériter un laser dans le dos, mais Eponi pensait qu'elle franchirait cette ligne un jour.

Et tirerait la première quand viendrait le moment de régler les comptes.

— C'est Vana qui a envoyé le message, pas Renard, dit Aurora, comme si c'était le détail le plus important.

— Et alors ?

— Ça complique les choses, dit Aurora. Je préfère avoir un leader clair. Une cible claire.

Aurora n'avait pas caché l'objectif final de Sever. Sauver Kaia, oui, mais la fille serait en danger tant que ces agents sur le disque de Sai survivraient. Tout le monde sur cet organigramme devait disparaître. Deepak avait dit qu'il lancerait des recherches pour chaque nom, essaierait de trouver leur localisation, mais transmettre quoi que ce soit à travers un réseau à l'échelle de la galaxie prendrait beaucoup de temps.

Mieux valait commencer par les cibles connues et éliminer les plus dangereuses en premier.

— On les aura tous les deux, dit Eponi. Ils le méritent.

— D'accord. Aurora regarda son bracelet, posa son bras sur la table où Eponi pouvait le voir, puis tapota pour que le message se rejoue.

Vana exposait les conditions comme de simples faits. Un lieu, l'une des rares masses terrestres de Gillane Quatre aménagée par Salinity pour la santé mentale de la population de la planète. Il s'avérait que cela aidait l'esprit des gens de se retrouver dans une vraie nature pendant un moment, pas seulement dans un parc urbain.

Sever devrait se rendre sur cette terre ferme plus tard dans la journée. Ils amèneraient Kaia et Kashmal. En échange de la fille, Vana et Renard rendraient Sai. Les deux groupes partiraient sans qu'un seul coup de feu ne soit tiré, et la galaxie continuerait de tourner.

Du moins pour un petit moment.

— Ça ressemble à un marché pourri, dit Eponi quand la voix usée de Vana eut fini avec une supplique à Aurora de bien réfléchir. Sai ne vaut certainement pas la petite fille.

Eponi plaisantait, mais le froncement de sourcils d'Aurora, accompagné d'un retour vers le ciel violet, sema le doute dans l'instant. Vana avait été directe : si Sever ne se montrait pas, Sai serait jeté à la mer avec deux tirs laser à l'arrière de la tête.

— Ils ne s'attendront pas à ce qu'on joue franc jeu, dit Aurora. On a déjà essayé de les prendre en embuscade, et on leur a coûté des vies et des positions. Vana pourrait se contenir, mais Renard voudra se venger. Ses agents aussi.

— Je déteste te dire ça, Aurora, mais ils ne sont pas les seuls à vouloir un peu d'action.

Aurora laissa échapper un petit rire.

— Mets-toi dans la file.

La file, s'avéra-t-il, incluait plus qu'Aurora. La capitaine de Sever rassembla l'escouade, y compris Raquel, l'officier de sécurité de Salinity qui déclara que son implication était importante car les combats potentiels menaçaient la paix de sa planète. Eponi ne pouvait pas trop argumenter là-dessus, étant donné que les fusillades d'hier avaient incendié un bâtiment, criblé un autre de balles, et laissé l'une des principales plateformes d'amarrage à l'extérieur de Kaiyo jonchée de corps et de débris.

Le briefing d'Aurora, mêlé de suggestions en écho de la foule, s'est terminé par un message affirmatif à Vana et un plan en place. Un plan qui remettait Eponi aux commandes du *Prisa*, avec un chargement complet en direction du rocher désigné.

Kashmal et Kaia ont pris place au centre du *Prisa*, le père de la fillette embellissant la journée en lui disant qu'ils partaient en excursion. Au début, Eponi a levé un sourcil à cette explication, estimant qu'un rocher au milieu de l'océan ne serait pas si spécial, mais elle s'est ensuite souvenue que la vie de Kaia s'était principalement déroulée dans des placards, des vaisseaux et des appartements. Emmener la petite là où elle pourrait sentir une vraie brise, voir l'horizon de tous côtés, pourrait être magique.

Surtout parce que, si Sever ratait son coup, Kaia pourrait ne pas survivre à la journée.

Tout le monde a enfilé son armure motorisée, à l'exception d'Eponi, car le *Prisa*, contrairement aux navettes de largage de DefenseCorp, n'avait pas été conçu pour accueillir une armure motorisée dans le cockpit. Les fusils ont été chargés, les pistolets vérifiés. Gregor a saisi son marteau, et Rovo a branché l'étrange faux qu'il avait gagnée sur Wexer.

— Content de te revoir parmi nous, bleu, a dit Eponi alors que le *Prisa* survolait la mer, l'intercom du vaisseau transmettant le message sur la fréquence de l'escouade. Personne d'autre ne partageait le cockpit avec elle maintenant, et suivre une trajectoire rectiligne au-dessus de l'océan ne requérait pas toute son attention. Tu nous as manqué tout ça ?

— C'est toujours mieux que de se faire interroger, c'est sûr.

— Qu'est-ce qu'ils t'ont fait ? Coupé les doigts ? Menacé ta famille ?

Rovo est resté silencieux pendant une minute et Eponi s'est demandé si elle avait franchi une ligne. Elle avait opté pour l'exagération, mais peut-être que la situation était trop réelle. Peut-être que ces nerfs ne devraient pas être apaisés.

— Ils m'ont dit que je devrais les rejoindre, parce qu'ils allaient s'assurer que DefenseCorp dirigerait la galaxie.

C'était au tour d'Eponi de rester assise un instant. Elle n'avait jamais adhéré à la soif de pouvoir que des types comme Renard considéraient comme le but ultime. Elle préférait l'action, certes sans les lasers et la mort, couplée à un salaire confortable pour ne pas avoir à s'inquiéter de son prochain repas ou de son prochain vaisseau. Si Renard et Vana lui offraient cela en échange de la vie d'une petite fille ?

Le rire de Kaia a résonné dans le *Prisa*, suivi du chant médiocre de Gregor qui entonnait l'une des chansons qu'ils avaient chantées en taillant la roche sur la comète. Ce qui aurait fait grimacer Eponi en temps normal faisait maintenant naître un sourire sur ses lèvres, tout cela grâce au plaisir d'un seul enfant.

— Tu as fait le bon choix, a dit Eponi.

— Définitivement le bon choix, a interrompu Aurora. Vana ou Renard t'auraient abattu dès qu'ils auraient eu ce dont ils avaient besoin. Les gens comme eux ne partagent pas volontiers leur pouvoir.

Les mots de la capitaine ont mis fin à la conversation, et

Eponi est retournée à ses réglages sur le *Prisa*, ajustant ses systèmes pour s'assurer que l'énergie était bien répartie. Ils volaient vers un territoire dangereux, et compte tenu d'un atterrissage probable et de la présence de personnes au sol, Eponi a estimé que surcharger les moteurs ne serait pas le bon choix. Les boucliers et les armes, c'était là que le *Prisa* devait envoyer son énergie.

Et, à la demande de Raquel, Eponi avait également préparé les caméras extérieures du vaisseau. Obtenir la preuve que Vana et Renard avaient des intentions malveillantes pourrait les faire expulser de la planète. Eponi n'accordait pas trop de crédit à cette idée, car les agents de DefenseCorp pouvaient manipuler à peu près n'importe quelle entreprise à leurs fins, mais bon, quand tout cela exploserait inévitablement à la figure de Renard, Eponi prendrait plaisir à revoir cet échec en boucle.

La cible, une masse verte et brune bombée surgissant de l'océan comme une dent, est apparue à l'horizon. Eponi a transmis les premiers appels, mettant Gregor et Rovo en position. Le bleu avait protesté contre cette partie, voulant être présent lorsque Kaia changerait de camp, mais Aurora avait insisté. Les émotions de Rovo pourraient tout faire foirer, et ils ne pouvaient pas exposer Sai à ce genre de risque.

De plus, le message de Vana insistait sur le fait que Kaia ne serait pas blessée.

Bien sûr.

— Je réduis la vitesse, préparez-vous pour le largage, a dit Eponi, inclinant le *Prisa* vers le rocher dans une descente en pente douce.

Les aires d'atterrissage se trouvaient toutes au centre du sommet, d'où les visiteurs pouvaient s'embarquer pour de nombreux sentiers de randonnée à travers le rocher large de plusieurs kilomètres. Des opportunités d'escalade parsemaient les falaises massives, souvent couvertes d'épaisses lianes profitant du climat et des ressources en eau illimitées. Une épaisse forêt tempérée recouvrait le sommet, d'immenses pins s'élançant vers le ciel. Des oiseaux tournoyaient autour de l'île, sans doute importés par Salinity pour apporter cette touche d'excitation naturelle et authentique.

Des vagues à crêtes blanches léchaient la base du rocher, leur embrun salé frôlant presque le *Prisa* alors qu'Eponi ralentissait le vaisseau avant de le redresser presque à la verticale. Elle avait demandé à tout le monde de s'attacher, mais des chocs et quelques jurons suggéraient que tout le monde ne l'avait pas fait correctement. Monter à la verticale était dur pour le corps, mais crucial pour se tenir à l'écart des regards indiscrets.

S'il y en avait : jusqu'à présent, Eponi n'avait pas vu un seul autre vaisseau sur les scanners. Soit Vana et Renard étaient déjà là, soit Sever avait fait meilleur temps. Quoi qu'il en soit, moins d'une douzaine de mètres séparaient maintenant le *Prisa* de la falaise, Eponi filant vers le haut. Elle a commencé un décompte, d'abord silencieux puis à voix haute.

Le zéro a été marqué par une tape sur la console et une ouverture brutale de la soute du *Prisa*. Normalement, cette trappe aurait mené à un conteneur de fret, destiné à être fixé sous le vaisseau pour les voyages longue distance. Sans cela, la trappe sifflait une ouverture libre dans l'air de la fin de matinée. Le rugissement soudain a déchiré le *Prisa*, et une alarme a bipé pour signaler que les choses n'étaient peut-être pas tout à fait normales.

— Ils sont partis, a dit Aurora. Ferme-la.

Eponi n'avait pas vu le largage, les propulseurs des armures motorisées projetant Rovo et Gregor du *Prisa* vers l'île, mais le ton d'Aurora indiquait que la première partie réelle du plan avait fonctionné. Ils avaient maintenant deux combattants sur l'île, armés et prêts à jouer.

Venait maintenant la partie difficile, où Eponi sauverait son ami ou perdrait une petite fille.

Ou les deux.

15

UN ÉCHANGE

L'ordre faisait mal. Encore plus mal alors que Rovo suivait Gregor sur le rocher, tous deux faisant de leur mieux pour se déplacer silencieusement dans leur armure de combat, un équipement conçu pour des assauts bruyants contre les forces ennemies et non pour des approches furtives sur une falaise d'île.

— Tu ne seras pas toi-même, avait dit Aurora, de retour sur le *Prisa*, après le briefing.

Elle avait exclu Rovo du groupe quittant le vaisseau pour accueillir Vana, remettre Kaia et récupérer Sai. Du moins, l'échange était mentionné, mais Aurora avait promis de négocier. La petite fille ne quitterait pas le rocher avec Renard et Vana si l'Escouade Sever pouvait l'empêcher.

Le problème, selon Aurora, était que Rovo pourrait sortir son fusil et commencer à tirer avant que les pourparlers ne puissent aboutir à une solution. Rovo n'avait pas eu de bonne réplique sur le *Prisa*, et il n'en avait toujours pas maintenant, alors que son armure métallique écartait les branches de pin et que ses pieds blindés écrasaient les fougères.

En matière de rumination, l'ascension offrait un cadre assez agréable. Le vent de Gillane Quatre, une brise plus plaisante que les rafales poussiéreuses de Wexer, apportait une morsure vive sur la pente rocheuse. La brise transportait cependant un parfum frais de pin mêlé aux embruns de l'océan au loin, une combinaison bénie après les confins stériles du vaisseau et les quartiers moisis de Renard à Kaiyo. Une nourriture convenable et un bon repos sans ennemis mortels rôdant dans les couloirs faisaient des merveilles aussi : Rovo se sentait presque comme un vrai humain.

Presque.

Le sort imminent de Kaia empêchait tout confort de s'installer pleinement.

— L'enfant ne sera pas blessée, dit Gregor, sa voix perçant sur la bande de proximité. Ne t'inquiète pas.

— Comment le sais-tu ?

— Parce qu'ils seront morts avant de la toucher.

Gregor prononça ces mots avec la même dureté finale que le grand homme avait utilisée pour taquiner les nouvelles recrues sur le *Nautilus* avant de les écraser dans les simulations d'entraînement. Gregor ne laissait pas de place au doute dans ses menaces, et Rovo se surprit à hocher la tête aux côtés du porteur de marteau.

— Content qu'on voie les choses de la même façon, dit Rovo. Ce sont des monstres.

— J'ai pensé un temps que nous l'étions, répondit Gregor, le ton de fer se transformant en un poids contemplatif, une réflexion lourde de sens. L'Escouade Sever, champions de DefenseCorp. Appelés pour détruire ce qui ne pouvait être détruit, pour gagner quand la défaite était certaine. Maintenant, je vois les choses différemment.

Rovo attendit pendant qu'ils se faufilaient vers la

gauche, cherchant à atteindre un point élevé d'où ils pourraient voir toute la zone d'atterrissage et déterminer si un poste de tireur d'élite ou une embuscade à courte portée serait plus efficace, mais Gregor ne continua pas.

— Que veux-tu dire ? demanda finalement Rovo. Différemment ?

— Je suis une arme, dit Gregor. Je l'ai toujours été. J'ai commencé dans la mine de roche, puis les patrouilles planétaires, et enfin Sever. Une arme à pointer vers l'ennemi et à déchaîner.

— Comme beaucoup d'entre nous.

— Sauf que maintenant, je me dis que ce serait peut-être mieux si *je* choisissais où utiliser mes compétences.

Rovo cligna des yeux.

— N'est-ce pas ce que tu fais en ce moment ? Tu n'es plus employé par DefenseCorp, mec. Tu peux faire ce que tu veux.

— Hmm. Un bon point. Gregor se retourna et regarda Rovo, le visage du grand homme s'éclairant derrière sa visière. Je pense que ce que je veux, c'est détruire cet agent et son armée.

Rovo attendit que Gregor se retourne et continue l'ascension avant de lever les yeux au ciel. Quelle épiphanie. Au moins, les grandes idées de Gregor avaient distrait Rovo pendant un moment, suffisamment longtemps pour qu'ils atteignent leur point cible à temps pour assister au début de l'événement.

La zone d'atterrissage se trouvait au centre de l'île, suspendue au-dessus d'un bassin avec d'épais câbles s'étendant vers les crêtes environnantes. Avec assez de place pour vingt skiffs ou plus, la zone épousait le thème de l'île, délimitant les espaces en lignes tropicales. Aujourd'hui, cependant, Rovo ne comptait pas un seul vaisseau civil.

— Raquel l'a fait, dit Rovo. Dès qu'Aurora avait commencé le briefing, Raquel s'était mise à tapoter son bracelet, affirmant qu'elle allait fermer l'île aux visiteurs pour la journée. Pas d'innocents perdant la vie dans cet échange. Elle est plus puissante que je ne le pensais.

— Les entreprises sont facilement effrayées, répondit Gregor.

Assez vrai. Les pratiques commerciales de Defense-Corp généraient suffisamment de protestations, de la part des victimes et des dommages collatéraux, pour que Rovo ait vu plus d'un rappel circuler dans les réseaux galactiques de l'entreprise, exigeant que les unités fassent tout leur possible pour éloigner les civils.

Tant que ces efforts n'affectaient pas négativement les profits, bien sûr.

La barre morale plus élevée de Salinity permettait à Eponi de faire atterrir le *Prisa* du côté droit. Le vaisseau couvrait de nombreux emplacements de skiffs. Sa rampe était baissée, et regroupés devant se tenaient Aurora, Raquel, Kashmal et Kaia. La petite fille avait sa main serrée autour de celle de son père, bien qu'à en juger par le mouvement de son bras libre, Kaia ne savait pas ce qui allait se passer.

De l'autre côté, Rovo fronça les sourcils vers le groupe adverse. Contrairement au *Prisa*, Renard et Vana étaient arrivés dans les skiffs à bulle attendus. Plusieurs, tous garés avec des espaces entre eux. Pratique standard pour minimiser les dégâts si l'un d'eux était touché. Vana et Renard se tenaient librement, avec Sai et Abbad derrière, l'homme maniaque tenant un pistolet près de Sai menotté.

D'autres agents avaient des positions près des skiffs. Les

armes n'étaient pas encore dégainées, mais les fusils en bandoulière rendaient la menace visible. Facilement le double du nombre de Sever.

Rovo oubliait sans cesse que Renard avait près d'un millier d'agents sur le *Nautilus*, tous travaillant à faire progresser les combinaisons et à surveiller Dynas. Cette planète avait échappé à tout contrôle, mais elle était carrément dans le secteur assigné au *Nautilus*, un endroit facile où s'arrêter pendant que Helix, cette entreprise fantoche, orchestrait son désastre conçu en laboratoire. Maintenant Kaia, le seul et merveilleux succès, était sur le point d'être revendiquée par le pire du pire.

— Je peux leur tirer dessus maintenant ? dit Rovo.

— Tu ne peux pas, dit Gregor. Ses mots étaient vrais à plus d'un titre. Le grand homme portait le fusil longue portée, grâce à l'ordre d'Aurora qui empêchait Rovo de l'avoir. Le rôle de la recrue ici-haut n'était que d'escorter, que de protéger. Pas encore.

Ensemble, Rovo et Gregor s'allongèrent à plat ventre, utilisant quelques petits pins et les grandes fougères en dessous comme couverture. Gregor déploya le fusil et leva la lunette, s'installant dans la terre. Au moins ici, tout n'était pas que pierre : les aiguilles de pin offraient une sorte de lit, un coussin suffisant pour permettre à Rovo d'avoir une bonne vue sur l'espace entre les deux groupes, là où l'échange aurait lieu.

Utilisant la visière de l'armure assistée, Rovo zooma. La mise au point lui donna une vue claire alors que le quatuor de Sever commençait à marcher, le groupe de quatre de Renard se déplaçant à leur rencontre. S'approcher autant avec la visière provoquait un tourbillon désorientant à chaque mouvement de tête, une vulnérabilité si quelqu'un venait attaquer les deux Sever par derrière. Techniquement,

Rovo n'aurait pas dû faire ça du tout. Techniquement, il aurait dû être à plusieurs mètres derrière Gregor, surveillant la forêt pour une éventuelle embuscade.

Techniquement, Rovo aurait dû être sur cette foutue plateforme d'atterrissage, disant à Vana où elle pouvait se mettre son accord.

— Je serai rapide, car je ne pense pas que quiconque ici se soucie des politesses, dit la voix de Vana à travers la visière de Rovo, grésillante et distante. Un micro d'armure assistée réglé à la sensibilité maximale, diffusant sur la bande ouverte. Aurora faisant une concession pour Rovo. L'accord reste le même. La fille contre Sai.

La mâchoire de Rovo se crispa. Il n'avait pas pensé que le grand moment arriverait si vite, mais ils y étaient. Sa main droite se porta vers le fusil dans son dos, prête à le faire pivoter vers l'avant. Sans lunette, il aurait du mal à viser avec précision d'ici avec l'arme à rafales, mais, au moins, il pourrait forcer quelques agents à se mettre à couvert.

— Nous modifions l'accord, répondit Aurora. Vous n'avez pas besoin de la fille. Vous avez besoin de son sang. Aurora fit un signe de tête à Kashmal qui, plongeant la main dans une poche, sortit une seringue scellée et un flacon pour cela justement. Nous pouvons le prélever ici même. Vous obtenez ce que vous voulez, nous récupérons Sai, et Kaia rentre chez elle avec son père.

Les mots semblaient si petits sur cette zone d'atterrissage, au centre de l'île, mais Rovo se crispa quand même. Vana, levant un doigt, se tourna pour parler avec Renard.

— Tu les as centrés ? chuchota Rovo à Gregor. C'est là que tout va mal tourner.

— Patience, rookie, répondit Gregor. Ils vont accepter l'accord.

— Comment le sais-tu ?

— Parce qu'ils ne veulent pas mourir aujourd'hui. Ils rêvent de plus grandes choses.

Un raisonnement intéressant, et cette idée empêcha Rovo de dégainer son fusil. À la place, la recrue prit une longue et profonde inspiration alors que Vana et Renard terminaient leur conciliabule. L'agent en chef tapota ses lèvres de son doigt, regarda Aurora dans toute son armure assistée, puis s'accroupit et sourit à Kaia.

— Une si petite pour avoir tout ce que nous voulons à l'intérieur, dit Vana. Nous pouvons accepter vos conditions, avec un changement. Vana se leva, désignant Kaia et son père. Il n'y a aucune garantie que l'échantillon que nous prélevons aujourd'hui aura suffisamment de ce dont nous avons besoin. Nous devons avoir accès à la fille. Chaque fois que nous aurons besoin de plus, *si* nous avons besoin de plus, elle sera disponible.

— Kashmal peut vous tenir informés de ses déplacements, dit Aurora. Les prises de sang ne sont pas difficiles.

Maintenant, Renard secoua la tête, et Vana lui céda la parole : — Des années-lumière séparent cette planète de l'endroit où nous aurons besoin du sang. Nous ne pouvons pas attendre aussi longtemps si ce n'est pas parfait. Que se passe-t-il si le flacon est contaminé avant notre arrivée ?

— C'est votre problème, rétorqua Aurora.

— Non, non, répliqua Renard. C'est de la folie. Nous voulons le sang de la fille, et nous l'aurons. Jusqu'à ce que nous puissions reproduire la bonne infection. Une fois que nous aurons cela, la fille sera libre. Et correctement indemnisée.

— De plus, ajouta Vana à la fin des mots de Renard, nous prendrons aussi Kashmal. La fille n'a pas besoin d'être séparée de son père.

Le sang de Kaia. C'était ça l'accord. La fille n'allait pas

partir avec Renard, pour être jetée dans une cage sur n'importe quelle planète où ce foutu agent allait l'emmener. Rovo ne croyait pas une seconde que Kashmal et sa fille obtiendraient un logement confortable. Elle serait exploitée, comme n'importe quelle ressource, et son père prendrait probablement un laser dans le dos dès la deuxième nuit.

— Kashmal ? dit Aurora. C'est à vous de décider.

Rovo sentit son propre sang se glacer. Le chef d'escouade de Sever ne ripostait pas ? Ne dénonçait pas toute cette mascarade pour ce qu'elle était ? Avec son armure assistée et le pistolet à sa ceinture, Aurora pouvait abattre Renard et Vana en quelques secondes. Tout pourrait être terminé.

— Sai, dit Gregor, sentant apparemment l'agitation de Rovo. Assez évident, remarqua Rovo, étant donné les aiguilles de pin que la recrue avait jetées autour de lui en faisant l'équivalent allongé des cent pas. Elle ne risquera pas Sai.

— Elle n'essaie même pas, répliqua Rovo. Il tendit le bras, saisit son fusil. Essaya de viser. Elle l'abandonne.

La voix de Kashmal vint ensuite, nerveuse, mais forçant un peu de confiance : — Comment savoir que vous tiendrez parole ?

— La confiance est tout ce que vous avez, répondit Vana. Mais nous le ferons. Nous avons besoin que Kaia soit vivante et en bonne santé, et le meilleur moyen d'y parvenir est de garder son père heureux.

— Et, ajouta Aurora, si vous ne le faites pas, je vous traquerai moi-même.

Rovo aperçut le sourire de Vana, le léger hochement de tête de la femme. La menace de sa capitaine ne fit que resserrer la prise de Rovo sur la gâchette de son fusil. La vengeance n'importait pas à celui qui était déjà mort. Tuer Vana après coup ne sauverait pas Kaia.

— Rookie, avertit Gregor alors que Vana faisait signe à Kashmal et Kaia. Retire tes doigts de la gâchette.

Rovo ne répondit pas. Il regarda simplement la petite fille qu'il avait sauvée sur Dynas, qui avait grimpé sur ses épaules pendant les semaines dans l'espace en volant vers Wexer, qui avait envoyé ces messages traversant les étoiles à Rovo presque chaque jour depuis, juste pour dire bonne nuit, s'éloigner de la sécurité vers...

Le fusil fut arraché, libéré de la prise de Rovo. Gregor avait l'arme, la jeta dans les bois derrière eux. Rovo bondit sur ses pieds, regardant le fusil longue portée dans l'autre main de Gregor.

— Je ne pouvais pas te faire confiance avec ça, dit Gregor. Reste tranquille, Rovo.

— Ouais, tu vois, tu l'as dit toi-même, répliqua Rovo. Nous sommes tous nos propres armes maintenant.

La recrue n'attendit pas, mais bondit à la fin de sa phrase, activant les propulseurs cinétiques et s'écrasant sur Gregor, les mains cherchant à saisir le fusil.

Pour la seule chance d'empêcher Kaia de tomber entre les mains de ces salauds.

16

BRÛLURE AU LASER

Aurora a passé l'appel dès qu'elle a vu Sai. Visière relevée, le visage à découvert, elle a observé Renard et Vana conduire le sabreur de l'Escouade Sever hors de l'aéroglisseur, menotté et l'air d'avoir passé une longue nuit. Les yeux cernés et le corps couvert de bleus, Sai marchait en boitant avec un sourire las, l'expression d'un homme qui essaie de narguer ses ravisseurs alors qu'il n'a plus rien à perdre. Derrière lui venait un étrange agent, vêtu d'un costume cramoisi impeccable — plus élégant encore que les tenues de Renard et Vana — qui semblait prendre un malin plaisir à pousser Sai en avant. Le katana de Sai pendait dans son dos, reposant dans son fourreau.

Autour d'Aurora, Raquel s'est alignée avec Kashmal et Kaia derrière elle. La chef de la sécurité de Salinity n'avait qu'un pistolet, un gilet absorbeur de laser et peu d'autres atouts à faire valoir dans une fusillade. Cependant, avec Aurora dans son armure motorisée et Eponi aux commandes des tourelles doubles du *Prisa*, Raquel n'aurait pas grand-chose à faire. Sans parler de Gregor et Rovo dans les arbres.

Aurora n'a pas regardé à gauche, où le duo devait se trouver. La forêt était suffisamment dense, mais une inspection à moitié correcte des pins révélerait probablement les deux hommes, et Aurora n'avait pas besoin de cette complication. Au lieu de cela, elle s'est avancée, rencontrant Renard et Vana à mi-chemin.

Gardant l'attention sur elle-même.

Vana et Renard semblaient avoir mieux dormi que Sai. Tous deux avaient les yeux brillants et jetaient des regards avides vers Kaia, bien que Vana ait eu la grâce de le dissimuler lorsqu'Aurora s'est approchée. Leurs uniformes cramoisis montraient plus de signes d'usure et de déchirure dus à leur fuite qu'Aurora ne s'y serait attendue après les événements de la veille, et les deux agents portaient des pistolets à leur ceinture : deux pour Vana, un pour Renard.

Les négociations ont été rapides.

Aurora fonctionnait selon des principes. L'équipe d'abord, la mission ensuite, les victimes collatérales quelque part plus loin dans la liste. Kaia, parce qu'Aurora avait passé plusieurs semaines avec la jeune fille en route vers Wexer, n'était pas exactement une civile lambda, mais face à Sai, il n'y avait pas vraiment matière à débat. Le sabreur de Sever offrait à l'équipe une chance de continuer à se battre contre les agents, une chance d'embrasser le style de vie éphémère de mercenaire que Sever avait commencé sur Wexer.

Même si Aurora ne faisait pas confiance à Vana et Renard pour traiter Kaia, ou Kashmal, avec quoi que ce soit qui se rapproche de la douceur promise par Vana, récupérer Sai était la priorité absolue. Bon sang, une fois que le sabreur aurait pris du repos, Sever pourrait se relancer à la poursuite de la fille et de son père.

Ce qu'Aurora ne voulait pas, ce dont elle n'avait pas besoin, c'était d'une fusillade. Vana et Renard étaient arrivés avec quatre aéroglisseurs, des agents sortant de certains, avec des sièges vides dans d'autres. Repensant au *Nautilus* et à ces combinaisons presque invisibles, Aurora ne pouvait pas parier que ces sièges vides l'étaient réellement. Pas assez de puissance de feu pour défier le *Prisa*, mais suffisamment pour mettre son équipe en danger sur le terrain.

Kashmal et Kaia ont accepté l'échange avec résignation, le père arborant un froncement de sourcils nerveux, la fille semblant inconsciente du danger alors qu'elle marchait vers le sourire maternel de Vana.

Sai a commencé sa propre traversée de l'aire d'atterrissage, reconnaissant le sauvetage d'Aurora d'un hochement de tête peu enthousiaste. Après deux pas, cependant, le sabreur s'est retourné et a regardé l'agent qui tenait son épée.

— Je vais la récupérer maintenant, a dit Sai, ne laissant aucune place à la négociation.

— Non, je crois que je l'aime bien, a répondu l'homme. Considère ça comme un remboursement pour ce sale tour que tu nous as joué hier.

Sai s'est figé, et bien qu'Aurora ne puisse voir que l'arrière de la tête de Sai, elle savait ce que l'homme pensait. Il n'était pas question qu'il parte sans cette épée. Aurora a lancé un regard à Vana, l'avertissant que leur gars ferait mieux de rendre l'arme ou tout irait en enfer.

— Abbad, a dit Vana, comprenant le message, on t'en trouvera une à toi plus tard. Rends son sabre à Sai, s'il te plaît.

On t'en trouvera une à toi plus tard ? Quel genre de discours était-ce ?

Abbad a fait une moue digne d'un enfant de trois ans,

puis a haussé les épaules, tendu le bras et fait glisser le katana de ses épaules. La crise aurait dû, aurait pu se terminer là, sauf qu'un nouveau bruit a retenti au centre de l'île : un bruit de grattement, de craquement suivi d'un énorme splash sur la gauche d'Aurora.

Gregor se tenait au bord de la falaise, le fusil à longue portée dans une main, regardant l'eau en contrebas. Rovo y nageait, l'armure motorisée ne l'aidant pas beaucoup à flotter. Un millier de questions ont assailli l'esprit d'Aurora à cet instant, et elle les a toutes balayées, car des vies allaient être perdues.

— Embuscade ! a crié Vana, plongeant dans la pire réaction possible. Prenez la fille, tuez les autres !

Tout le monde a bougé après le premier mot. Aurora a couru vers Sai, qui chargeait Abbad, toujours menotté. À côté d'Aurora, Raquel s'est précipitée vers Kashmal et Kaia alors que les premiers tirs laser zébraient l'air. Si Aurora avait été une meilleure diplomate, ou si elle avait été plus intéressée, elle aurait peut-être essayé de crier à tout le monde de se calmer. Elle aurait peut-être pu repousser les choses du bord du gouffre dans lequel elles étaient tombées.

Mais, en réalité, Renard et Vana ne méritaient pas la fille.

Aurora activa les propulseurs de son armure de combat, s'élançant en avant et heurtant Sai par derrière. Elle le poussa au sol alors que des tirs fusaient vers elle depuis ces aéroglisseurs. L'armure de combat encaissa les coups, faisant apparaître des lueurs rouges sur la visière qui recouvrait maintenant son visage. Ayant mis Sai et son corps non protégé à terre, Aurora maintint son élan, roulant avant de se relever, le fusil prêt à l'emploi.

Pour voir Abbad, souriant comme s'il venait d'arriver à sa propre fête d'anniversaire, tenant le katana de Sai dans une position haute. Aurora pointa son fusil, visa la gâchette et, malgré le chaos qui se déroulait autour d'elle, ressentit une anticipation distincte à l'idée de régler son compte à cet imbécile.

L'attaque frontale d'Abbad vint plus vite qu'Aurora ne l'avait anticipé. La lame de Sai fendit l'air et trancha net le canon du fusil d'Aurora, envoyant le morceau de métal noir tournoyer hors de la plateforme dans l'eau en contrebas. Abbad n'attendit pas non plus pour enchaîner, faisant pivoter la lame pour un coup transversal de retour qui aurait coupé en deux l'armure d'Aurora si elle n'avait pas sauté en arrière.

— Attention ! cria Sai alors que les pieds bottés d'Aurora manquaient d'écraser ses mains, la voix de l'homme s'élevant au-dessus d'un champ de bataille soudain bondé.

Avec quelques mètres entre elle et Abbad qui avançait, Aurora essaya de faire son travail de chef d'escouade et d'appréhender le champ de bataille dans son ensemble. Sai, menotté et inutile, rampait derrière Aurora. À gauche, Vana et Renard tiraient Kashmal et Kaia vers l'aéroglisseur le plus proche. Raquel gisait sur l'aire d'atterrissage, de la fumée s'élevant de sa poitrine là où les tirs laser l'avaient brûlée.

Gregor avait sorti l'arme longue, tirant sur les agents depuis la forêt et essuyant un feu nourri en retour. Rovo était introuvable. Peut-être que la recrue nageait encore, peut-être qu'elle s'était noyée.

Dans l'ensemble, ça ne s'annonçait pas bien.

— Allez, cria Abbad par-dessus la bataille, donne-moi un peu de divertissement !

Oh, ce type allait mourir.

Gardant la bouche fermée, Aurora lança son fusil ruiné sur Abbad. L'homme dévia l'arme avec le katana suffisamment pour encaisser le coup sur son épaule plutôt que sur son visage, mais le mouvement écarta le sabre. Aurora bondit en avant, ses bottes pas encore assez chargées pour plus qu'une poussée énergique, mais quand on est un monstre de métal en pleine charge, c'est suffisant.

Abbad essaya de reprendre le katana, mais Aurora écarta l'épée d'un coup alors qu'elle fonçait sur lui. Sa main gauche agrippa le col trop bien repassé d'Abbad et le jeta au sol, suivant la projection d'un coup de botte sur le katana. Aurora glissa son pied droit en arrière, arrachant le katana de la prise d'Abbad et l'envoyant déraper à travers l'aire d'atterrissage tandis que, de sa main gauche, fraîchement libérée après avoir offert à Abbad un dépôt de béton, elle dégaina son pistolet et le pointa sur l'homme.

Deux lasers brûlèrent Aurora alors qu'elle se tenait au-dessus d'Abbad, mais les tirs de pistolet n'entamèrent pas trop les défenses de son armure de combat.

— C'est assez divertissant comme ça ? dit Aurora en appuyant sur la gâchette.

Dans la fraction de seconde entre la fin de la phrase d'Aurora, son doigt poussant à travers la légère résistance sur la gâchette du pistolet pour envoyer le gaz surchauffé de son bloc d'alimentation à travers le canon, l'air autour d'Aurora s'embrasa.

Comme mille papiers se déchirant d'un coup, les molécules se divisèrent alors qu'Eponi ouvrait le feu avec les tourelles jumelles du *Prisa* et le canon central du vaisseau. Conçus pour le combat spatial, pour percer les coques adverses les plus épaisses, les projectiles blanc-bleu — réglés à leur niveau le plus chaud pour des raisons qu'Aurora ne pouvait comprendre — lacérèrent les aéroglisseurs des agents et les pauvres âmes derrière eux.

Leur couverture fondit, explosa ou se désintégra simplement alors qu'Eponi traçait une ligne régulière, ne s'arrêtant qu'à l'aéroglisseur vers lequel Renard et Vana sprintaient, et seulement parce qu'ils avaient toujours Kaia et Kashmal avec eux.

La visière d'Aurora s'assombrit pour la protéger de la lumière aveuglante des lasers, son filtre sonore s'activant pour empêcher ses oreilles de bourdonner alors que les tirs continuaient. À travers cette coupure sonore, Aurora entendit un son étrange, tout près.

Un rire. Un rire sauvage.

À ses pieds, Abbad avait la bouche ouverte, des larmes coulant de ses yeux, même avec un trou fumant dans sa poitrine là où le tir du pistolet d'Aurora, légèrement dévié par l'assaut d'Eponi, avait fait mouche.

— Eponi ! La voix de Gregor, sur la fréquence de l'escouade. Arrête de tirer. Tu vas tuer la fille.

— Je pensais m'en sortir plutôt bien en les évitant ? répondit Eponi, mais elle coupa les lasers, leur silence arrivant aussi soudainement que leur destruction. Ils sont toujours debout.

Aurora ne pouvait pas le nier : Eponi avait réduit l'équipe de Renard et Vana en cendres et fait exploser tous leurs aéroglisseurs sauf un. Les deux leaders, cependant, avaient toujours leur voie d'évacuation. Ils avaient toujours Kaia.

— Je m'occupe de la fille, dit Aurora, ramenant le pistolet en ligne pour finir le travail. Eponi, sors d'ici et aide Sai et Raquel. Gregor, trouve Rovo.

Cette fois, quand Aurora appuya sur la gâchette, rien n'arrêta le tir.

Aurora ne vérifia pas deux fois les résultats, s'élançant vers l'aéroglisseur. Vana et Renard y étaient presque, mais Kashmal, l'homme têtu, semblait avoir réalisé que sa meilleure chance ne résidait pas dans le fait de partir avec les agents. Il repoussa Renard, essayant d'éloigner Kaia de Vana.

— Attention, dit Gregor, alors que la visière d'Aurora s'allumait d'un rouge vif sur sa droite.

Écrasant des débris, Aurora jeta un coup d'œil dans cette direction, s'attendant à voir un agent à moitié mort ramper hors d'une épave, peut-être en agitant un pistolet dans sa direction. Au lieu de cela, elle vit des feux mourants, des corps fumants et le plus léger défaut dans la lumière, comme un petit pli traversant la réalité.

L'agent en combinaison frappa Aurora avec force, arrivant avec un couteau long comme une dague qu'Aurora ne pouvait voir. Le coup rebondit sur le bras droit épais et blindé d'Aurora, projetant des étincelles et donnant à Aurora le temps de se positionner face à la combinaison. En lui faisant face directement, Aurora vit que le revêtement réfléchissant avait été abîmé, avec des traces d'explosion maculant les côtés et la poitrine de la combinaison.

— Je n'ai pas le temps pour ça, grogna Aurora, levant son pistolet.

La combinaison passa à l'action, saisissant l'arme et, ce faisant, montrant à Aurora exactement où frapper. Elle activa le boost cinétique de l'armure de combat et asséna un coup à la tête de la combinaison. Le coup écrabouilla la cible, l'agent maintenant sa prise déchirante sur le pistolet et envoyant l'arme d'Aurora voler en arrière avec lui.

Dès que la combinaison toucha le sol, un flash rouge vif illumina l'épaule d'Aurora, grésillant dans la poitrine de la combinaison. Un autre suivit une demi-seconde plus tard.

— Terminé, dit Gregor.

— Merci. La visière d'Aurora montrait la voie dégagée devant elle. — Les agents ?

— Rovo.

Quoi ? Aurora fit volte-face et vit une scène différente de celle qu'elle avait laissée se dérouler autour du skiff. Vana tenait toujours Kaia maintenant, avec Kashmal immobile à côté, le pistolet de Vana pointé sur sa tête. Rovo, son costume trempé et dégoulinant, tenait Renard dans une prise de tête. Avec l'armure motorisée, dans une telle position, il pouvait écraser la vie de l'homme sans y penser à deux fois.

Aurora se précipita dans cette direction, claquant des pieds aussi vite que possible.

— Tu m'as entendu, disait Rovo alors qu'Aurora s'approchait, Kaia contre Renard. C'est l'échange.

— Dis-moi que tu as un tir, dit Aurora, transmettant à Gregor. Vana.

— J'y travaille, répondit Gregor.

— Travaille plus vite.

Vana secouait la tête. — Renard sait, tout comme moi. La fille est le trésor. Tu me laisses partir, elle vit. Je te le garantis.

— Tu n'auras pas Kaia, répéta Rovo, comme si en l'exigeant, la recrue le rendrait réel. — Tu ne l'auras pas !

Kaia, les yeux écarquillés, se tourna de Rovo vers son père, puis vers Vana. Elle ne pleurait pas, et Aurora supposa que c'était le choc qui la maintenait debout. Comment une enfant de quatre ans pouvait-elle comprendre ce qui se passait ?

— Réfléchis, Rovo, dit Vana, d'une voix basse et égale. — Tu nous laisses monter dans ce skiff, tu as une chance de la récupérer. Tu peux vivre avec ça. Tu ne veux pas savoir ce que c'est de l'autre côté.

Renard essaya de parler, mais Rovo resserra sa prise, l'homme expirant dans un souffle. Aurora s'approcha de la recrue, essayant de trouver une faille dans l'emprise de Vana sur l'enfant. Elle n'en vit aucune. Vana jouait intelligemment, elle gardait Kashmal entre elle et la position de Gregor, et avec Kaia dans ses bras, tout tir risquerait de toucher la fillette.

Comme dans une impasse d'un vieux film, les deux membres de Sever faisaient face à Vana et ses otages, le seul son provenant maintenant des skiffs crépitants et du vent sifflant à travers les pins environnants. La fumée obscurcissait le ciel au-dessus, mais au-delà, l'étoile blanche de Gillane Quatre donnait de la clarté au jour.

— Rovo, dit Aurora. — Laisse-la partir. Nous la poursuivrons et récupérerons Kaia, mais pas ici. Pas maintenant.

— Ce n'est pas une option, dit Rovo.

— C'est un ordre, répliqua Aurora. — Baisse les armes.

— Tu n'as plus le droit de me donner des ordres, dit Rovo, sa main gauche atteignant le pistolet à sa taille.

Ce geste s'avéra être la ligne à ne pas franchir pour Vana, et elle pivota son pistolet de Kashmal vers Kaia, se rapprochant du côté du skiff. La main de Rovo se figea, mais pas Kashmal. Aurora n'avait pas d'enfants, n'avait personne dans sa vie qui pouvait prétendre avoir une telle emprise sur elle, ou peut-être aurait-elle vu venir ce qui allait se passer.

Peut-être aurait-elle arrêté l'homme à temps.

Kashmal se précipita vers Vana, et l'agent retourna rapidement son pistolet et tira. Kashmal s'effondra, et Vana, écartant Kaia de cette vue, poussa la fillette dans le skiff. Rovo s'avança, mais Aurora saisit son bras, empêchant la recrue d'ajouter Kaia aux victimes de la journée.

— Elle la tuera, dit Aurora dans l'espace. — Elle tuera l'enfant, Rovo. Vana peut prendre le sang d'un corps si elle le doit.

Les moteurs du skiff démarrèrent, Vana disant à Kaia de s'attacher, tenant toujours le pistolet sur la tête de la fillette.

— Je peux prendre le tir, dit Gregor. — Elle est dégagée.

— Non, répondit Aurora, retenant toujours Rovo, la recrue jurant comme un charretier. — Ce skiff est allumé. Il s'écrasera. On ne peut pas prendre ce risque.

Vana recula, le skiff s'éleva, tourna, et s'envola, disparaissant dans la fumée. Un bruit sourd résonna aux pieds d'Aurora, et elle regarda, vit Rovo à genoux, les mains au sol. La recrue forma un poing, frappa le béton.

Au-delà de lui, silencieux et fragile, gisait Renard, le cou brisé.

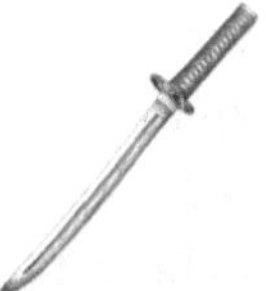

17

RÉSULTATS ET VENGEANCE

Utilisant le katana de Sai, Eponi coupa les menottes paralysantes dans les derniers soubresauts du combat. Sai avait passé la majeure partie de la bataille au sol, la joue pressée contre l'aire d'atterrissage tandis que les tirs laser fusaient au-dessus de sa tête. Quand la chaleur cessa de flamboyer, quand les cris s'estompèrent, Sai osa lever les yeux et tenter de se relever.

Malgré sa charge contre Abbad — l'idée que cet homme ait l'épée familiale de Sai avait éclipsé toute logique —, Sai savait que la meilleure façon de survivre à un combat quand on ne pouvait pas se battre était de rester à terre et hors de vue. Le bretteur n'aiderait personne en devenant une cible, et les agents l'avaient laissé dans ses vêtements civils de la veille : pas d'armure, aucune chance.

Ainsi, pendant qu'Eponi embrasait l'air de sa fusillade et que Vana s'échappait avec Kaia, Sai observait. Bien qu'il n'éprouvât aucune affection pour Kashmal, le cœur de Sai se serra quand l'homme reçut le tir de Vana. Il ne pouvait ni ne voulait imaginer ce que ce serait pour ses propres enfants de voir leur père abattu sous leurs yeux.

Aucun enfant ne méritait cela, encore moins la pétillante et joyeuse Kaia.

— Tu es blessé ? demanda Eponi en aidant Sai à se relever. Le sarcasme caractéristique de la pilote, sa teinte rieuse, ne fit pas son apparition cette fois. Si ce n'est pas le cas, ça te dérangerait de faire un tour pour voir s'il reste quelqu'un dont on devrait s'inquiéter ?

— Qu'est-ce que tu vas faire, toi ?

— Préparer le *Prisa* au départ, dit Eponi. À moins que tu ne veuilles rester plus longtemps dans ce désastre ?

Sai ne le voulait certainement pas. Reprenant son katana des mains d'Eponi, Sai jeta un nouveau regard autour de lui, cherchant ces signes révélateurs de vie. Aurora avait déjà ramené Raquel à bord du *Prisa*, et Rovo avait rapidement suivi avec Kashmal. Sai ne pouvait être sûr si la hâte de la recrue signifiait que l'homme était encore en vie. Il n'avait aucun appareil pour écouter la fréquence de l'escouade, encore moins pour poser des questions.

Et, à vrai dire, Sai pouvait bien vivre avec le silence pendant une minute.

Ses yeux se posèrent ensuite sur Abbad. Les tirs de pistolet d'Aurora avaient mis un point final à l'homme, le figeant dans une expression rieuse. La nuit dernière, dans la structure de Salinity, Abbad avait harcelé Sai sans relâche pour qu'il lui raconte des histoires sur Sever. L'homme avait prétendu vouloir devenir un soldat d'assaut, mais avait fait quelques faux pas en chemin, Renard intervenant pour un sauvetage inattendu. Sai n'irait pas jusqu'à dire qu'Abbad avait fait bonne impression, mais l'homme avait été un protecteur loyal.

Le héros choisi par Abbad ne s'en était pas mieux sorti. Personne ne s'était donné la peine de ramasser le corps de Renard, et sa forme brisée gisait seule. Sans l'aéroglisseur et quoi que ce soit d'autre autour, sans les débris fumants ailleurs sur l'aire d'atterrissage, on aurait dit que Renard avait simplement abandonné et était mort. Une histoire bien plus paisible que la réalité.

Sai se rendit compte qu'il n'éprouvait aucune pitié pour l'officier. Renard avait ordonné que Sai, Eponi et Aurora soient jetés dans le vide sur le *Nautilus*, avait essayé à maintes reprises de les faire tuer. À force d'échouer à éliminer Sever, ça finissait par vous rattraper. Malgré tout, Sai ne trouvait pas beaucoup de satisfaction dans la mort de l'homme.

Cela aurait-il semblé une plus grande victoire avec Kaia dans leurs bras ?

Probablement.

Les autres épaves en flammes et les agents carbonisés ne réservèrent aucune surprise à Sai. Eponi et les tourelles du *Prisa* avaient fait un travail définitif contre un ennemi surpassé. Que Vana et Renard aient même essayé de se battre n'avait guère de sens. Ils ne pouvaient pas gagner. Même si les agents avaient tiré juste, même si Abbad avait découpé Aurora avec le katana, Eponi aurait eu une position presque invincible pour délivrer la dévastation.

— Alors pourquoi ? dit Sai, s'agenouillant pour vérifier un autre rythme cardiaque inexistant sur un corps couvert de débris. Quel était l'intérêt ?

La fumée des aéroglisseurs fumants, s'élevant dans le ciel, n'offrait que peu de réponses.

Raquel vivait. Kashmal, à peine. Le tir rapide de Vana avait brûlé les poumons de l'homme, une blessure à laquelle Rovo compatissait et qui nécessitait de meilleurs soins médicaux que ce que le *Prisa* pouvait offrir. Raquel, engourdie et dopée par les concoctions militaires que Sever avait à bord, passa les appels pour que le personnel médical soit prêt à l'installation de Salinity que Sever avait utilisée la veille.

— Ce n'est pas un hôpital, dit Raquel, assise dans le salon central du *Prisa*. Kashmal occupait la chambre de Rovo, où l'homme demeurait inconscient. Mais ce n'est pas rien non plus. Ils pourront le stabiliser.

Sai, assis en face d'elle, acquiesça d'un signe de tête. Rovo était là aussi, tandis qu'Aurora était à l'avant avec Eponi et que Gregor, toujours en train de nettoyer son armure assistée au deuxième niveau, gardait un œil sur Kashmal.

— Pas d'agents non plus, dit Sai. Un bon choix.

— Tu n'en sais rien, dit Rovo, la tête appuyée contre le mur, fixant le vide d'un air maussade. Ils pourraient être n'importe où. Pourraient être n'importe qui. Pourraient même être toi.

Rovo regarda vers Raquel, qui prit l'accusation mieux que Sai ne l'aurait fait. Au lieu de retourner les paroles de Rovo contre lui, ou de lui asséner une réplique cinglante, Raquel prit une profonde inspiration et adressa un regard empathique à la recrue.

— Je suis désolée, Rovo, dit Raquel. Nous le sommes tous. Nous essayions tous de protéger Kaia.

— Pas Aurora, répliqua Rovo, tournant sa colère vers Sai. Elle ne voulait que vous. L'escouade avant les civils, n'est-ce pas ?

— C'est vrai, dit Sai. Pas que ça ait eu de l'importance. Ils allaient prendre Kaia quoi qu'on fasse.

— Parce qu'on l'a amenée directement à eux ! Rovo se leva d'un bond, sa tête bouillonnante maintenant à plein régime. On aurait dû laisser Kaia et Kashmal à la base. Ils n'avaient rien à faire dans un combat comme celui-là !

Sai leva un sourcil en direction de Rovo. — Si nous

étions venus sans Kaia, ils nous auraient attaqués. Ils m'auraient probablement exécuté.

Pour une fois, la frustration de Rovo ne lui offrait pas
d'autre voie à suivre, et la recrue se mit à faire les cent pas.
Sai pouvait comprendre ça aussi : vouloir être en colère
contre quelque chose, vouloir avoir une cible, un plan pour
déverser sa rage contre l'ennemi.

— Ce n'est pas fini, dit Raquel, et Sai et la recrue tournèrent leur regard vers elle. La chef de la sécurité de Salinity avait son bracelet levé et tapotait dessus. Vana s'est
envolée dans une barge, mais ça ne les mènera pas dans l'espace. Vous avez dit que Renard avait un vaisseau spécial,
non ?

— J'ai volé dedans, dit Rovo. Pourquoi ?

— Donne-moi sa description, répondit Raquel. Je suis
sûre que Renard ne l'a pas amarré sous son propre nom,
mais si nous pouvons trouver où il est amarré, je peux le
bloquer. Salinity ne le laissera pas partir.

— Alors nous aurons tout le temps nécessaire pour
retrouver Vana. Les poings de Rovo se serrèrent à cette idée.
Tu peux vraiment faire ça ?

— C'est comme si tu pensais que mon rôle était insignifiant, dit Raquel, son sourire maintenant moins triste.

Sai observa l'échange se poursuivre, la recrue décrivant
à Raquel le vaisseau de Renard et ses contours. L'idée avait
du sens, bien que Sai ne fût pas sûr de parier sur le fait que
Renard ait amarré son précieux vaisseau dans une baie standard. L'officier défunt avait été haut placé dans la hiérarchie
clandestine de DefenseCorp, il pouvait sans doute trouver
une baie hors des endroits habituels.

Mais quand Sai souleva cette inquiétude, une fois que
Rovo eut terminé sa description du vaisseau, Raquel balaya
la préoccupation d'un geste.

— Pense à cette planète comme à l'un de vos vaisseaux, dit Raquel. Oui, il peut y avoir des endroits auxquels nous ne prêtons pas beaucoup d'attention, mais personne ne fait entrer ou sortir un vaisseau de cette planète sans que nous le sachions. Si DefenseCorp a une baie privée, nous avons un œil dessus. J'y veille personnellement.

— Et une fois qu'on les aura trouvés, ce sera fini, dit Rovo. La prochaine fois, Vana ne s'échappera pas.

Après une longue douche et un changement de vêtements, Sai trouva Aurora en train de dîner légèrement sur la terrasse extérieure de l'installation. Bien plus agréable que les confins étroits et sombres de l'abri choisi par Vana et Renard, Sai respira l'air marin salé et prit la chaise en face d'Aurora sans demander la permission.

Quand Aurora sourit en coin, Sai haussa les épaules. Il prit une bouchée de, naturellement, poisson blanc. Une gorgée d'eau non salée. Il se pencha en arrière et profita longuement du spectacle du coucher de soleil orange et violet qui commençait à l'horizon.

— Rovo n'est pas content de moi, dit Aurora après une longue minute.

— Il n'est content de personne en ce moment.

— Si nous étions encore avec DefenseCorp, il serait viré pour ce qu'il a fait avec Gregor. Le sourire en coin d'Aurora disparut, sa main droite tambourinant lentement ses doigts sur la table. Ou abattu.

— Je sais, répondit Sai. Et je sais que tu veux que je m'y oppose, pour que tu puisses me dire toutes les façons dont il a mis la mission en danger, comment il a gâché ton plan, tout ça pour que tu puisses l'évacuer de ton système.

Aurora rit, l'ambiance brisée, et secoua la tête. — Tu me connais trop bien.

— Ça fait longtemps qu'on tire dans les étoiles ensemble, capitaine.

— Aujourd'hui a été une journée difficile, dit Aurora. Je n'aime pas perdre, Sai. Et je n'aime vraiment pas perdre face à un agent.

Sai secoua la tête. — Nous n'avons pas perdu. Pas une seule mort de notre côté, et nous avons éliminé Renard. Selon moi, c'est une victoire claire.

— Si on ignore l'objectif principal. Tu as vu ces combinaisons, Sai. Si le sang de Kaia contient vraiment la réponse, alors on pourrait avoir des agents invisibles n'importe où sans le moindre avertissement.

— Tu dis ça comme si c'était notre problème, dit Sai.

Il s'attendait à un autre rire, un autre hochement de tête et une reconnaissance que, non, l'Escouade Sever n'était pas la police de la galaxie. Ce n'était pas la faute de leur petit groupe si DefenseCorp lâchait un tas de tueurs invisibles sur quiconque ne signait pas de contrat.

Mais Aurora ne mordit pas à l'hameçon. Au lieu de cela, elle fixa son regard dur sur l'horizon. Ses doigts recommencèrent à tambouriner.

— Toi et moi sommes venus à Sever pour l'argent, dit Aurora. Nous nous sommes battus encore et encore et j'ai toujours pensé que le solde bancaire s'avérerait être la chose la plus importante. Elle s'arrêta, jeta un coup d'œil à Sai, esquissa le plus léger des sourires. Et c'est toujours important, mais ce n'est peut-être plus la seule chose qui compte désormais.

— La fille compte autant pour toi ? dit Sai, puis secoua la tête. Désolé, ça ne sonnait pas bien. Ce que je me demande, c'est, nous avons fait exploser et brûler des villes. Nous avons affronté des parents, et nous avons abattu des fils et des filles. Je ne veux pas non plus qu'il arrive quoi que ce soit de mal à Kaia, Aurora, mais pour l'instant, nous sommes tous là. Nous sommes vivants, avec un vaisseau réparé et une armure complète. Qu'est-ce qu'on en a à faire si DefenseCorp s'autodétruit ?

— Si je dis à Rovo qu'on s'en va, il ne nous suivra pas, dit Aurora.

Sai sentit qu'il y avait une réponse plus importante à ses mots que cela, alors il attendit. Mangea sa nourriture maintenant froide. Toujours meilleure que les packs de protéines de synthèse.

— Sai, nous avons quitté DefenseCorp après Dynas parce que nous voulions être différents. Faire nos propres choix, et ne pas avoir à gérer leurs conneries. Je pense que nous devons faire ce choix maintenant, Aurora le regarda. J'aurai besoin de ton aide. Rovo est trop en colère pour se maîtriser. Eponi est trop instable, et Gregor veut juste qu'on lui dise où frapper. Si nous voulons retrouver Vana et récupérer Kaia, j'ai besoin que l'ancien Sai soit à mes côtés.

— L'ancien Sai ? Le spadassin sourit. Qu'est-ce que ça veut dire ?

— Quand as-tu fabriqué une bombe pour la dernière fois, mon ami ?

18

AU PLUS PROFOND

La console clignotait devant lui, son large écran noir attendant de recevoir l'ordre de Gregor. Ou plutôt, sa dictée. Eponi avait configuré le programme de communication et laissé Gregor seul dans le cockpit du *Prisa*, le vaisseau amarré en toute sécurité à l'installation de Salinity. Kashmal avait été évacué dans une navette médicale de Salinity, tandis que le reste de l'Escouade Sever, Raquel incluse, terminait une longue nuit sur le pont ouvert de la plateforme.

Gregor les rejoindrait éventuellement. Les escouades devaient resserrer les liens après une journée comme celle-ci, passer une nuit ou deux ensemble à décompresser. Gregor devrait parler à Rovo, en particulier. Lui expliquer pourquoi il l'avait jeté à l'eau. Qu'il l'avait fait pour sauver Rovo d'une erreur dont il ne pourrait pas se relever.

Ce lancer, cependant, avait rompu le fil ténu qui maintenait les négociations. Gregor avait assisté à la descente vers la fusillade à travers sa visière, à l'abri des tirs de pistolet faciles. Comme s'il regardait un film grandeur nature, et un mauvais en plus.

La culpabilité n'avait jamais joué un rôle majeur dans la vie de Gregor. Il s'était fait un point d'honneur d'accepter ses choix au moment où il les faisait. Que ce soit chez DefenseCorp, ou dans les mines auparavant, on ne pouvait pas s'attarder sur les erreurs, sur ce qu'on aurait pu faire différemment. Il n'y avait pas le temps, et de toute façon, on ne pouvait pas revenir en arrière. Alors Gregor refusait de revisiter les heures passées et d'imaginer différents scénarios qui auraient laissé Kaia entre les mains de l'Escouade Sever.

Trop de peut-être. Trop de si.

Il avait passé le trajet de l'île à l'installation de Salinity avec un œil sur Kashmal, bien que l'homme semblait si loin d'une vie fonctionnelle que se concentrer sur lui, c'était glisser dans une frustration écœurante. Gregor ne pouvait pas le frapper avec un marteau pour le rendre plus sain, et il n'avait ni les outils ni les compétences pour effectuer une chirurgie miracle.

Il pouvait, cependant, attendre et voir si Kashmal avait besoin d'eau. Une main à serrer pendant que sa vie s'échappait, si une telle chose devait arriver.

Gregor a attendu la fin de cet horrible spectacle avec ses armes. Il a nettoyé et remonté le fusil longue portée, son canon marqué par les tirs laser, mais autrement en bon état. Il a essuyé l'armure énergétique, lancé les vérifications des systèmes sur ses différentes parties, et hoché la tête lorsqu'elles sont revenues positives. Pour une fois, l'homme au marteau n'avait pas été au centre du combat. Pour une fois, Gregor n'avait pas été une cible.

Faire tout cela tuait le temps, mais ne faisait rien pour apaiser une impulsion de plus en plus urgente. Gregor était chez DefenseCorp depuis des décennies, et pendant ce temps, il avait cessé de parler à sa famille. Envoyer des messages à travers les étoiles prenait toujours du temps, et avec ses parents sautant d'un rocher spatial à l'autre dans leur travail minier, il n'y avait pas beaucoup de garantie que les messages les trouveraient de toute façon. Le silence progressif s'était retourné contre Gregor à mesure que les mots de sa famille arrivaient au compte-gouttes, puis plus du tout.

Et maintenant, il était assis là, essayant de penser à quoi dire alors qu'il n'avait rien dit depuis si longtemps.

Il était bien plus facile de manier le marteau.

La console bourdonna, son écran noir clignotant en vert pour un appel entrant. L'identifiant d'Eponi défilait, et Gregor se connecta.

— Hé, t'as fini d'écrire cette lettre d'amour ? La voix d'Eponi résonna, légèrement pâteuse.

— Lettre d'amour ?

— Peu importe. Le truc, c'est qu'Aurora déclare une réunion d'escouade, maintenant. Boissons obligatoires. Alors, tu viens ?

Gregor jeta un coup d'œil à la boîte sombre et vide sur le côté droit de la console.

— Gregor ? T'es là, grand gars ?

Il cligna des yeux, se concentra sur le vert d'Eponi, esquissa un petit sourire, même si Eponi ne pouvait pas voir son visage.

— J'arrive tout de suite.

— D'accord, mais dépêche-toi, parce que Sai est déjà en train de verser...

Gregor balaya l'appel, fixa la boîte noire pendant une seconde de plus, puis la balaya aussi.

La navette ne représentait pas la meilleure façon de se remettre d'une gueule de bois, mais le cocktail de médicaments qui circulait dans le corps de Gregor faisait un bon travail pour annuler les effets secondaires d'un briefing d'escouade qui avait mal tourné. Avec Eponi aux commandes à l'avant, Gregor et Sai voyageaient avec elle vers Kaiyo. Eponi semblait avoir une réserve illimitée d'énergie, bien que Gregor supposât que sa bonne humeur provenait davantage de son choix d'abandonner le désastre de la veille à une heure plus précoce que, eh bien, l'aube.

Mais peu de choses guérissaient mieux les fissures que de dire la vérité sous l'influence d'une bouteille, en particulier une partagée sous le ciel nocturne plutôt étonnant de Gillane Quatre, avec les vagues tumultueuses en dessous faisant rebondir la lumière au-dessus.

— Alors, vous êtes de nouveau meilleurs amis ? demanda Eponi en pilotant.

— Rovo comprend, répondit Gregor, sa voix encore plus basse et réclamant de l'eau. Et je le comprends.

— Ça a l'air ennuyeux.

— Eponi, dit Sai, tout le monde ne résout pas ses différends en se battant dans la rue.

— Comme je l'ai dit, ennuyeux.

Gregor s'adossa à son siège, fermant les yeux. Rovo avait été rigide au début, s'attendant peut-être à ce que Gregor lui fasse un monologue sur le devoir et la gestion d'une mission par rapport à ses émotions. Gregor, cependant, n'était jamais partisan de la discipline. Aurora était le chef de l'escouade, tout cela relevait de son domaine. Au lieu de cela, Gregor avait choisi la voie du pardon sans vraiment dire quoi que ce soit à propos du pardon.

— J'aurais fait la même chose, si je connaissais mieux la fille, avait dit Gregor à la recrue, et Rovo avait pris cela et passé le reste de la nuit sur sa gentillesse.

Que Gregor ne sacrifierait jamais vraiment une mission pour un civil n'avait pas d'importance. L'Escouade Sever avait terminé la nuit à nouveau unie.

Eponi fit virer la navette, suivant une projection vert clair sur la verrière de la navette lui indiquant où aller. Les sources de Raquel n'avaient pas mis longtemps à trouver le vaisseau de Renard, stationné dans une baie peu utilisée destinée aux réparations et au sauvetage. La baie elle-même était située profondément dans la structure de Kaiyo, et bien qu'Eponi ait demandé s'ils pouvaient y voler directement, Raquel avait suggéré une méthode plus subtile.

Apparemment, Salinity n'était pas fan des grandes batailles éclatant dans ses villes.

Par conséquent, le trio de Sever a dû emprunter le long chemin. Raquel, Rovo et Aurora restaient prêts à intervenir avec d'autres forces de sécurité de Salinity. Si Vana et Kaia apparaissaient ailleurs, ils iraient les secourir. Une fois de plus, Rovo avait rechigné à être exclu de la force principale. Une fois de plus, Aurora avait persuadé la recrue de rester en retrait.

Raquel, cependant, avait imposé une autre exigence. Une que Gregor et Sai avaient contestée, et qu'Eponi avait accueillie avec indifférence. Pas d'armure motorisée. Kaiyo elle-même bourdonnait encore des combats précédents qui avaient détruit une aire d'atterrissage et failli faire s'écrouler un bâtiment, sans parler de la boutique de récupération incendiée. Maintenant, Sever avait aussi saccagé un lieu de vacances. Une destruction supplémentaire, et Raquel serait contrainte d'expulser l'escouade de la planète, quelle que soit la raison de leur venue.

— Elle a choisi la mauvaise équipe pour une mission discrète, dit Sai alors que la ville étincelante de Kaiyo apparaissait. Gregor va nous faire passer aux infos avant même qu'on soit sortis du skiff avec ce marteau.

— Ou ton épée, rétorqua Gregor.

— C'est pour ça que je suis là, dit Eponi. Vous deux,

vous attirez tous les regards, et moi je fais sortir la fille. Facile.

— Après qu'on aura compromis le vaisseau, corrigea Sai.

— Ouais, peu importe. Vous faites votre truc, je fais le mien.

Gregor ne pouvait pas voir le visage de Sai, mais il savait que l'homme levait les yeux au ciel malgré tout.

Eponi amarra le skiff dans un quai de chargement de Salinity, deux niveaux sous la surface de Kaiyo. L'espace, encombré de robots de fret et de travailleurs manipulant de l'eau purifiée dans des réservoirs et des boîtes de toutes tailles, bourdonnait d'une industrie qui n'avait rien à voir avec la destruction. Le travail pur au service de l'industrie toucha une corde sensible chez Gregor, et il prit son temps pour quitter la baie, absorbant l'effort.

Et donnant à tous ceux dans la baie l'occasion de jeter un œil au marteau de Gregor.

Malgré les plaisanteries de Sai, la discrétion n'était pas de mise ici. Aurora, Rovo et Salinity espéraient que Vana pourrait voir le trio se diriger vers son vaisseau et agir en conséquence. Se trahir. Ensuite, ils fonceraient, sauveraient Kaia et placeraient un laser brûlant entre les yeux de Vana. Un bon plan, particulièrement si être une diversion signifiait que Gregor trouverait de nombreuses cibles.

Un tir de sniper ne satisfaisait tout simplement pas comme un coup de marteau.

Sai menait, son katana dans son fourreau sur son dos. Bien qu'il ne portât pas d'armure motorisée, l'homme, comme les trois autres, portait un manteau long jusqu'aux chevilles, obtenu auprès des ressources de Salinity destinées à garder les travailleurs au chaud sur le pic à travers la planète. Le vêtement servait à cacher les pistolets, les couteaux de chacun et, dans le cas de Sai, quelques bombes artisanales conçues pour court-circuiter l'électronique à proximité.

Placer les bombes sur le vaisseau de Vana, et si Sai envoyait un message à la bonne fréquence, Vana découvrirait que le vaisseau ne décollerait pas. Crucialement, les bombes ne laisseraient aux jeunes enfants rien de plus qu'un petit bourdonnement dans les cheveux.

Mais pour placer ces bombes où il fallait, le trio devait atteindre le vaisseau, et peut-être même y pénétrer. Personne ne pensait que Vana avait laissé sa meilleure voie d'évacuation sans surveillance. Certains espéraient qu'elle l'avait renforcée.

Gregor, tenant son marteau sur son épaule droite, fermait la marche alors qu'ils quittaient la baie et s'aventuraient dans un monde différent. En haut, l'ambiance propre et métropolitaine de Kaiyo répondait à l'image de prospérité future que Gregor attendait des planètes riches. Il avait passé sa carrière principalement sur l'opposé — les planètes avec des sociétés saines n'avaient généralement pas besoin des services de DefenseCorp — alors marcher dans les rues propres de Kaiyo, voir les corps filer dans les tubes de transport et n'entendre aucun cri violent avait été une agréable pause.

Ici en bas ? Où les plafonds s'abaissaient, brillant d'un éclairage jaune standard ?

Eh bien, Gregor dut remettre sa mâchoire en place.

Ces lumières ennuyeuses révélaient un niveau étendu, dont les murs, bordant magasins et maisons, arboraient des fresques embrassant tous les styles artistiques que Gregor pouvait imaginer. De la musique live jouait, se heurtant puis s'harmonisant alors que les musiciens, campant leurs propres coins, menaient et suivaient à parts égales. Les foules coulaient comme des rivières, mélangeant travailleurs, acheteurs et familles. Chaque respiration apportait un poids substantiel alors que les repas de midi prenaient vie.

L'épée de Sai et le marteau de Gregor assuraient au trio de l'espace et une légère suspicion, mais comme des animaux dans une réserve naturelle, ces gens ne marchaient pas avec la violence mordant leurs pas. Les soucis d'argent ne voilaient pas chacun de leurs mots, ne plantaient pas leurs griffes dans leurs yeux.

— Merde, dit Eponi. C'est peut-être l'endroit le plus heureux que j'ai jamais vu.

— Et on va le ruiner, dit Gregor, ce fait mettant presque un frein à ses envies de balancer son marteau.

— Peut-être pas, répondit Sai. Le vaisseau est à plusieurs niveaux d'ici. Avec de la chance, ils ne sauront jamais ce qui se passe sous leurs pieds.

Avec de la chance. Gregor n'avait pas besoin de souligner à quel point les civils avaient tendance à être malchanceux quand Sever ou DefenseCorp étaient dans les parages.

— Alors, où est la descente ? demanda Eponi alors qu'ils atteignaient le centre du niveau, une cour circulaire reflétant les espaces plus grands à la surface de Kaiyo. Pas de fontaines ni de grandes statues ici, mais des bancs avaient été dispersés autour d'une petite scène au centre, parfaite pour un groupe. Je ne vois pas de panneau pour un ascenseur.

Sai, regardant son bracelet, répondit :

— Les ascenseurs auxquels nous avons accès sont par là. Pas loin.

Les ascenseurs de la taille d'une personne n'étaient pas, en fait, des ascenseurs. Plutôt que le sol plat qui aurait permis à Gregor de monter ou descendre confortablement debout, les ascenseurs que Salinity donnait à son peuple étaient ces fichus tubes. Des capsules individuelles — assez grandes pour deux si le second était un petit enfant — filant le long de chemins pressurisés. La station d'ascenseurs avait quatre tubes en vue, un pour monter et un pour descendre, avec deux autres dont les capsules filaient en transportant des gens pas intéressés à s'arrêter à ce niveau.

— Je ne monte pas là-dedans, dit Gregor.

— Oh, Gregor a peur ? le taquina Eponi alors qu'ils se mettaient dans une courte file pour descendre.

— Pas peur, juste pas envie. Gregor tapota le marteau. Trop grand.

Ce n'était pas strictement vrai. Les capsules avaient assez de place pour Gregor et son marteau, malgré leurs sièges individuels plus un. Il n'avait simplement aucune envie d'être fourré dans un œuf et propulsé.

— Je ne pense pas qu'on ait le choix, dit Sai, retournant à son bracelet pour vérifier. Je suppose qu'on pourrait demander à Raquel l'autorisation d'utiliser les monte-charges, mais qui sait combien de temps ça prendrait.

— Allez, Gregor. Ne fais pas l'enfant. Fais le manège avec nous, rit Eponi.

Il y avait des moments où Gregor souhaitait travailler seul.

Les capsules fonctionnaient par plaque de pression. Le passager suivant marcherait sur un carré peint en blanc-doré, complété par un poteau texturé pour ceux qui n'avaient pas de vue ou avaient besoin d'un second guide. Le signal attirait la prochaine capsule passant dans la fente de prise en charge, bien que la plupart du temps une capsule semblait déjà être là après avoir déposé un autre passager.

Sai, puis Eponi, montèrent dans leurs capsules et filèrent, visant trois niveaux plus bas. Une course éclair de quelques secondes. Gregor passa ensuite, la capsule vert mer et argent s'arrêtant pour lui comme un œuf posé sur le côté. Le grand homme enjamba l'ascenseur, un compte à rebours rouge vif lui donnant trente secondes pour terminer le chargement. Dès que Gregor s'installa dans le siège dur, cependant, la capsule effectua sa magie : scannant la taille de l'homme, les ceintures s'ajustèrent et le balayèrent, verrouillant Gregor en place.

Le marteau n'avait pas d'étui, et Gregor ne pensait pas qu'il entrerait dans l'emplacement de chargement, alors il le tenait à deux mains lorsque le compte à rebours de la capsule atteignit zéro. Une verrière protectrice se referma autour de lui et l'œuf pivota, pointant droit vers le bas. Un joyeux carillon retentit et la capsule se lança, filant dans le tube principal et descendant.

Vite.

Trop vite.

Les niveaux défilaient en un flou, bien plus que trois, bien au-delà de celui que Gregor avait sélectionné, tandis que la capsule le propulsait dans les profondeurs de Kaiyo.

19

JEUX DANGEREUX

L'adrénaline de la course de karting que ressentit Eponi lorsque la capsule fila en avant ne dura que le temps qu'elle remarque que le compteur d'étages ne s'était pas arrêté à celui qu'elle avait choisi. Au lieu de cela, après plusieurs secondes de trop, la capsule dévia sur le côté, déposant Eponi trois étages en dessous de sa destination. La verrière coulissa et un court minuteur indiqua à Eponi de sortir maintenant ou de subir des conséquences non définies.

La pilote posa le pied sur une plateforme déserte, à un niveau dépourvu de la gaieté de son homologue supérieur. Les lumières orange-jaune demeuraient, mais au lieu d'un agencement spacieux, la plateforme de la capsule se rétrécissait jusqu'à une porte sécurisée, hermétiquement fermée avec un scanner rouge lumineux à côté. À sa gauche, les capsules montantes filaient, offrant une option de retour facile.

Et pourtant.

Eponi avait choisi le bon étage, celui que Sai avait confirmé avec chacun d'eux avant de monter dans les capsules. L'épéiste n'était pas là, et, comme les capsules défilaient derrière elle, Gregor ne s'était manifestement pas arrêté à cet étage non plus. Ce qui signifiait que la capsule avait dysfonctionné, ou que quelqu'un d'autre lui avait dit où aller.

Elle ne se qualifierait pas de méfiante, mais Eponi savait à quoi ils étaient confrontés : les agents préféraient opérer dans l'ombre, pas de front. Séparer l'Escouade Sever et les éliminer un par un ? C'était la première page du manuel de l'agent, sans aucun doute.

Glissant sa main vers le pistolet sous sa veste, Eponi s'éloigna des tubes de capsules et se dirigea vers la cabine vitrée située près de la porte verrouillée. La lueur d'une console faisait contraster ses bleus avec les lumières des néons au-dessus de la vitre, et le dossier d'une chaise tournait en un lent cercle.

— Eh bien, si ce n'est pas de mauvais augure, marmonna Eponi, prenant son temps pour s'approcher.

Elle voulait lever son bracelet, envoyer une question à Sai et Gregor, peut-être un avertissement à Aurora et aux autres, mais Eponi ne voulait pas mourir, et détourner les yeux, sa concentration de la scène avant de l'avoir sécurisée était un bon moyen de faire un voyage express vers l'au-delà.

S'approchant de la vitre, du petit ovale où les visiteurs, évidemment, étaient censés montrer une pièce d'identité, de l'argent ou autre chose, Eponi regarda à l'intérieur, puis recula immédiatement, dégainant son pistolet et balayant la zone du regard. Rien ni personne ne se leva pour l'accueillir.

À l'intérieur de cette cabine, Eponi avait vu un cadavre froid. Le garde qui tenait ce poste ne ferait plus son travail. Plusieurs trous noir-brûlés à travers l'uniforme de Salinity donnaient la cause du décès de manière définitive. Mais pourquoi assassiner un agent de guichet au hasard ?

Cette question ne trouva pas de réponse dans le bruit soudain de la porte verrouillée qui s'ouvrit brutalement, mais elle fut reléguée au second plan dans l'esprit d'Eponi.

La porte ouverte révéla plusieurs officiers de sécurité de Salinity, armés de fusils, de pistolets à la ceinture, et arborant les regards menaçants de personnes appelées à quitter un déjeuner anticipé pour gérer un problème dont elles ne voulaient pas. Deux d'entre eux virent Eponi avec son pistolet dégainé et lui ordonnèrent de le lâcher, comme on pouvait s'y attendre, tandis que le troisième se tourna vers la cabine et jura dans le style bruyant et choqué de quelqu'un qui n'avait jamais vu de cadavre auparavant.

Eponi baissa son pistolet, mais ne le lâcha pas. Elle leva cependant sa main gauche, essayant d'afficher un visage qui disait qu'elle n'allait tirer sur personne.

— Salut, dit Eponi, je sais à quoi ça ressemble, et je vais vous le dire, ce n'est pas ce que vous croyez.

— On dirait que vous tenez toujours ce pistolet, dit le chef du trio, qui n'avait pas encore jeté un coup d'œil dans la cabine. Des trois, il semblait le plus âgé, des mèches grises se frayant un chemin autour de ses cheveux bruns et de son visage rasé de près. Lâchez-le, ou nous tirons.

Plusieurs scénarios se jouaient ici. Eponi pouvait faire ce que l'homme disait, laisser les trois l'emmener dans un centre de traitement de Salinity où un appel à Raquel et des preuves vidéo - il devait y avoir un enregistrement dans cette cabine - la disculperaient. Quelques heures passées à transpirer, et Eponi pourrait s'en sortir.

Quelques heures passées loin de la piste, pendant lesquelles Vana pourrait s'enfuir de la planète avec Kaia à sa suite.

— Désolée, mon gars, dit Eponi, sache que je ne veux vraiment pas faire ça.

Le chef fronça un sourcil, leva son fusil, mais il s'agissait des forces de sécurité de Salinity. Comme celles du hall au-dessus, elles n'avaient pas vu de véritable action depuis trop d'années. Un travail tranquille sur une planète tranquille passé à guider les touristes et les ivrognes occasionnels là où ils devaient aller.

Eponi se précipita vers la droite, se dirigeant vers la cabine tout en dégainant son pistolet et réglant son énergie au minimum. Les tirs feraient encore assez mal pour couper le souffle, mais ne devraient pas brûler la peau. Ne devraient pas calciner un poumon.

Le trio réagit avec un mélange de bravade et de panique. Le chef parvint à appuyer sur la gâchette, envoyant de l'énergie brûlante qui roussit le mur derrière Eponi. Ses copains essayèrent de lever leurs fusils, tout en reculant pour se mettre à l'abri derrière la porte. Deux secondes frénétiques et la confrontation s'était transformée en impasse, avec Eponi s'attardant derrière la cabine et les gardes de l'autre côté.

— Je vous propose un marché, cria Eponi. Envoyez l'un de vos gars regarder la vidéo. Il vous dira que je n'ai rien à voir avec ça. Ma capsule est allée au mauvais étage. C'est un coup monté.

— Si c'est le cas, la vidéo le prouvera. Pourquoi nous braquez-vous avec un pistolet ? Le chef, à son crédit, semblait vraiment confus. Sans doute se demandait-il comment son sandwich au jambon s'était transformé en potentielle fusillade. Ça n'a pas besoin de se passer comme ça.

— Parce que j'ai des endroits où aller qui ne sont pas ici, répondit Eponi. Laissez-moi monter dans une capsule et vous ne me reverrez plus jamais, promis.

Le chef, apparemment, n'était pas d'accord, car le

prochain son qu'Eponi entendit fut celui d'une grenade à gaz roulant sur le sol en béton vers elle. Le truc merveilleux avec les grenades, cependant, c'est que si on agit vite, on peut les retourner contre ceux qui les ont lancées en premier lieu. Eponi ramassa la grenade de sa main gauche et la renvoya vers le trio de sécurité d'un seul mouvement fluide, exactement comme DefenseCorp lui avait appris à le faire.

Le gaz se répandit, un nuage gris rougeâtre profitant pleinement de l'espace confiné. Eponi entendit des toux, le chef essayant en vain de terminer une phrase. Il était temps de partir. Retenant sa respiration, et remerciant Defense-Corp d'avoir entraîné ses recrues à bien le faire — les atterrissages dans l'eau n'étaient pas une blague — Eponi sprinta vers les tubes de capsules. Elle se tint sur la plateforme d'appel, tournoyant en position accroupie, son pistolet pointé vers la porte.

Elle ne pouvait pas voir le trio, et ils ne pouvaient pas la voir non plus, mais la grenade n'avait pas tant de gaz que ça. Il pourrait se dissiper avant qu'une capsule vide n'arrive à ce niveau inférieur moins fréquenté. Eponi devrait tirer, devrait les forcer à se mettre à couvert.

Mais ce n'étaient pas des ennemis, et Raquel pourrait ne pas être aussi gentille si Eponi commençait à tirer sur ses collègues.

Eponi espérait vraiment, vraiment qu'il n'y avait pas de héros dans ce groupe. Personne d'assez bête pour tenter une charge à travers le gaz pour l'atteindre. Elle observa le gaz avec des yeux larmoyants et piquants, entendit les toux, et ne vit pas âme qui vive.

Un ding retentit derrière elle alors qu'une capsule glissait en place. Eponi tomba en arrière dans l'ouverture, des taches commençant à se former devant ses yeux alors que son oxygène s'épuisait. Elle devait prendre une respiration maintenant, ou risquer d'arriver inconsciente à la prochaine destination. Elle tapa le bon niveau, espérant que la capsule le comprendrait correctement cette fois, et vida ses poumons alors que la verrière se refermait au-dessus d'elle.

L'inspiration la fit tousser — assez de gaz avait trouvé son chemin à l'intérieur pour rendre tout désagréable — mais bientôt la capsule la déposa trois niveaux plus haut, permettant à Eponi de faire une sortie haletante là où elle devait être. Se traînant sur le côté, les yeux embués, Eponi se ressaisit.

Elle avait échappé au piège. Vana, ou l'un de ses agents, avait tendu un piège à Eponi. Tout ça pour retarder ou tuer Sever, sans mettre ses propres agents en danger. Mais, une fois de plus, Eponi s'était échappée. Parce qu'elle était incroyable, géniale et brillante, tout à la fois. Eponi trouva un mur, s'y adossa, et toussa et rit en même temps.

Ils avaient encore échoué, ces perdants.

Après avoir suffisamment cligné des yeux et toussé pour se nettoyer, Eponi put enfin observer où elle avait atterri. Les lumières rouges de niveau de la capsule l'avaient assurée, même à travers le gaz, qu'elle avait trouvé le bon endroit. Et le grand panneau éclairé d'argent le confirmait : Salinity Salvage.

Toute excitation d'être enfin arrivée là où sa mission l'exigeait s'évanouit lorsqu'Eponi réalisa qu'elle n'entendait pas les bruits appartenant à un chantier de récupération. N'entendait pas les conversations entre travailleurs, le bourdonnement, le découpage, la coupe des métaux. Pas de robots se déplaçant d'un site de travail à l'autre. Le chantier de récupération, mis à part les sons réguliers inhérents à toute installation moderne, était silencieux.

Contrairement au niveau inférieur verrouillé, le chantier de récupération n'avait pas de guérite gardant son entrée. Pas de porte verrouillée. Au lieu de cela, la plateforme de capsules s'ouvrait sur un large espace vaguement organisé par des panneaux suspendus indiquant où appartenaient les différentes pièces. Tout au fond, près de ce qu'Eponi supposait être le bord extérieur du niveau, pendait une étiquette annonçant un avis pour les réparations de vaisseaux.

Eponi y serait allée directement si ce n'était pour le mouvement qu'elle aperçut. Des ombres mouvantes, jouant dans les lumières. Un groupe, marchant dans la zone. Le mur d'Eponi, un court espace destiné à séparer la plateforme de capsules des tas de débris empiétants, ne servirait en aucun cas de couverture.

La pilote s'accroupit, remonta la puissance de son pistolet. Un niveau comme celui-ci devrait être couvert de gens, et le fait qu'il ne le soit pas signifiait que les agents avaient soit créé une excuse pour vider les lieux, soit — Eponi grimaça en se faufilant — les avaient éliminés. Ce qui signifiait que quiconque restait méritait sûrement le tir qu'Eponi déciderait de leur donner.

Se cachant dans les ombres cylindriques de vieux moteurs, Eponi se faufila. Elle sortit son bracelet et envoya rapidement ces messages, un à Sai et Gregor leur demandant où diable ils étaient, un autre à Aurora et Raquel, suggérant que Salinity devrait envoyer des renforts à leur chantier de récupération.

— Tu as presque fini ? dit une voix joyeuse, et Eponi leva les yeux de son bracelet, droit dans le canon d'un fusil. Le visage de la femme qui le tenait s'étira en un large sourire, un qui semblait beaucoup trop heureux pour les circonstances. Je suis si contente de t'avoir trouvée ! Le patron ne pensait même pas que tu arriverais jusqu'ici.

Eponi, baissant son bracelet aussi lentement qu'elle le pouvait, essaya de faire correspondre le sourire avec les mots sortant de la bouche de la personne, — Ah, ouais ? Me voilà ?

Sa main droite tenait toujours son pistolet, et d'un léger mouvement, Eponi en releva le canon, prêt pour un tir dans le ventre. Eponi aurait aussi appuyé sur la détente, l'aurait fait, sauf que l'agent donna un coup de pied rapide, frappa la main d'Eponi et envoya le pistolet voler.

— Si rusée, dit l'agent, secouant la tête. J'aime aussi les jeux, que dirais-tu d'essayer le mien ?

Il y avait des moments où Eponi aurait tenté un plongeon risqué, aurait essayé un coup de poing dans le ventre et un roulé-boulé, mais le coup de pied rapide de l'agent avait prouvé que ce n'était pas une simple brute stupide. Tout mouvement brusque se terminerait probablement par un tir de fusil dans son visage, alors Eponi répondit de la seule façon qu'elle pouvait :

— D'accord, mon pote. Jouons ?

20

QUI PAIE ?

Quand Raquel a demandé à Rovo, debout dans une salle de conférence de Salinity à la surface de Kaiyo, ce qui s'était passé sur l'île, le novice ne savait pas trop quoi répondre. La première et meilleure explication était qu'il s'était laissé emporter par ses émotions et son instinct. La lutte avec Gregor s'était terminée rapidement, Rovo n'ayant pu ni surpasser ni égaler en habileté le combattant plus âgé et plus fort. Gregor avait donc jeté Rovo dans le lac en contrebas, lui disant de se ressaisir.

— Ensuite, j'ai juste essayé d'attraper Kaia, a dit Rovo, regardant par les grandes fenêtres l'océan sans fin. Notre armure de combat est équipée de grappins d'urgence, alors je l'ai lancé vers l'aire d'atterrissage et je me suis propulsé dans la bataille. Rovo a tressailli, jetant un coup d'œil vers elle. Je suis désolé, je n'ai même pas vu que tu étais à terre.

Raquel a hoché la tête, imitant le regard de Rovo vers l'extérieur.

— C'était stupide d'y aller sans plus de protection. Ça faisait tellement longtemps qu'on n'avait pas eu de vrai combat ici que j'ai juste... supposé que les négociations se passeraient sans qu'on appuie sur la détente.

— Ça ne semble jamais se passer comme ça avec nous.

— Apparemment. Raquel a froncé les sourcils. Tu n'as rien dit sur l'autre. Renard ?

Il n'y avait pas grand-chose à dire. Rovo avait attrapé l'officier parce qu'il ne voulait pas risquer la vie de Kaia en allant vers elle. Il avait pensé qu'un échange, troquer Renard contre l'enfant, serait plus facile à réaliser. Quand ça avait mal tourné, quand Vana avait abattu Kashmal et s'était enfuie avec la fille malgré tout, il n'y avait plus eu grand-chose d'autre qu'un éclair rouge brûlant. L'armure de combat avait fait son travail et rendu son verdict.

— Je n'avais pas l'intention de le tuer, a dit Rovo, mais il le méritait quand même. Ce n'était pas un homme bon.

Raquel n'a pas laissé transparaître ce qu'elle pensait de ce raisonnement. Au lieu de cela, elle a inspiré profondément, un souffle qui semblait à peine effleurer ses lèvres.

— En quelques jours depuis que ton escouade est ici, près de trente personnes sur ma planète sont mortes. Toutes affiliées à DefenseCorp. Nos propres réseaux médiatiques présentent ça comme une sorte de lutte entre entreprises, gardant Salinity hors de ça pour l'instant, mais une panique grandit dans mes rues, Rovo. Personne ne veut sortir s'il y a une chance d'être pris dans un feu croisé.

— Ça ne va pas durer beaucoup plus longtemps, a répondu Rovo. Soit Vana quittera la planète avec Kaia, auquel cas nous la poursuivrons. Soit nous les attraperons d'abord, et alors nous partirons.

— Alors qui dois-je tenir pour responsable ? a demandé Raquel. Quand tout sera fini, comment puis-je faire face à mes patrons et aux gens qui vivent ici et dire que tous ces dégâts, toute cette destruction, n'étaient qu'une malheureuse erreur ?

Rovo n'avait pas de réponse à ça. L'Escouade Sever, et la plupart de DefenseCorp, ne s'occupaient pas du nettoyage après leurs missions. La plupart des contrats qu'il avait vus excluaient explicitement cette partie : tous les dommages, tout le travail de relations publiques, incombaient à ceux qui avaient engagé l'entreprise pour intervenir. Sauf que, maintenant, Sever avait en quelque sorte fait cavalier seul.

— Tu peux blâmer DefenseCorp pour tout. Peut-être essayer de leur facturer les dégâts, a dit Rovo. Ils ont l'argent.

Raquel a ri, d'un rire sinistre.

— Tu penses qu'ils paieront ? Qu'ils feront une déclaration assumant la responsabilité ?

— Si nous gagnons, peut-être. Si nous ne gagnons pas, a dit Rovo en secouant la tête, ça n'aura plus d'importance de toute façon.

Derrière eux, la salle de conférence bourdonnait d'activité. Aurora jouait les chefs d'orchestre, parlant avec la sécurité de Salinity de l'endroit où pourrait se trouver Vana, organisant la diffusion des photos d'elle et de Kaia dans toutes les villes de Kaiyo et de Gillane Quatre — Eponi avait été assez maligne pour enregistrer tout l'échange sur l'aire d'atterrissage avec les caméras du *Prisa*. Raquel, au début, avait essayé de rester avec Aurora, mais elle avait dérivé vers Rovo quand il était devenu clair que l'expérience du capitaine de Sever l'emportait sur le rang officiel dans ce scénario.

— Tu penses que c'est si sérieux ? a dit Raquel. Je sais que je suis plus novice que toi dans tout ça, et moins familière avec DefenseCorp, mais tu le fais sonner comme si toute la galaxie pourrait en payer le prix.

— Elle le devra, a répondu Rovo. C'est l'objectif de Vana. Faire de DefenseCorp une machine invincible, peuplée de soldats en armure que personne ne peut voir, qui peuvent aller n'importe où. En ce moment, si tu veux la protection de DefenseCorp, tu choisis de payer pour ça. Si Vana arrive à ses fins, tu n'auras plus ce choix.

— Mais il lui faudrait des billions de soldats pour couvrir la galaxie. Des billions de ces armures, a dit Raquel en secouant la tête. Ce n'est pas possible. Pas possible dans un avenir proche.

— Mon père me disait toujours qu'une vie stable était celle qui valait la peine d'être recherchée, a dit Rovo en faisant un signe de tête vers l'horizon, comme si cette existence attendait juste au-delà de leur vue. Celle qui avait les meilleures chances de te permettre d'arriver à la fin en bonne forme. Une fois que DefenseCorp aura prouvé qu'elle est inarrêtable, combien de gens vont décider que c'est le meilleur moyen d'atteindre cette vie ?

Cette fois, Raquel n'a pas eu de réplique. Rovo pouvait deviner pourquoi. Salinity devait fonctionner sur un idéal similaire : une belle série de planètes — Gillane Quatre n'était qu'une des vingt que Salinity avait transformées en opérations aquatiques —, un revenu régulier sur ton compte, et un voyage aux côtés d'une entreprise qui était là bien avant et serait là bien après ta vie.

DefenseCorp aurait pu en dire autant, mais ses rangs étaient secoués par la turbulence. L'armure assistée contribuait certes à préserver des vies, mais les batailles prélevaient toujours leur tribut. La garde de garnison, en revanche, était une mission aussi confortable qu'on pouvait le souhaiter. La gestion planétaire, la taxation orbitale, tous ces emplois offraient le temps de savourer son café du matin et de réfléchir au film à regarder le soir.

Et pour ceux qui recherchaient le frisson, eh bien, les combinaisons de Vana offriraient amplement l'occasion de ravager n'importe quelle planète hésitante. N'importe quel cadre qui ne voudrait pas signer un contrat. N'importe quel pirate obstiné à défendre son indépendance.

— Pour l'instant, poursuivit Rovo, DefenseCorp a une réputation à préserver. Elle ne peut pas s'aventurer sur un territoire indésirable sans se faire des ennemis. Ça prendra fin quand personne n'osera plus riposter.

— Alors on riposte maintenant.

— On essaie, du moins.

Les appels arrivèrent simultanément. L'un, de la sécurité de Salinity protégeant les sources d'énergie au niveau inférieur de Kaiyo, signalait une attaque par un agent solitaire. Une femme, qui aurait assassiné un garde de kiosque avant de s'enfuir dans une capsule vers un autre endroit. Et le second, Vana.

Raquel prit le premier, ordonna à ses forces de ratisser les niveaux inférieurs de Kaiyo, à l'exception de la baie de récupération et de réparation. Celle-ci, toujours la cible de la mission Sever, devait rester libre de toute interférence. Et Raquel ne voulait pas que ses troupes deviennent des victimes lorsque Gregor commencerait à manier son marteau.

Vana, cependant, demanda Aurora et Rovo, alors les deux se rendirent dans un bureau privé, activèrent le flux sur une console murale et contemplèrent le visage fatigué de leur adversaire.

— Où est Kaia ? ouvrit Rovo la conversation, ne voyant que la tête de Vana devant un fond métallique gris qui aurait pu être n'importe où. Si vous avez...

— Détends-toi, Rovo, dit Vana, bien qu'aucun sourire, aucune touche parentale n'apparut cette fois-ci. La fille va bien. Nous avons fait nos prélèvements, et les tubes ont déjà quitté la planète.

— Donc vous avez ce dont vous avez besoin, dit Aurora. Vous pouvez la laisser partir.

— Je préfère être prudente, répondit Vana. Quelques jours de plus, quelques prélèvements supplémentaires, et nous aurons assez pour envisager de laisser la fille derrière nous. Accordez-nous cela et je promets que Kaia ne sera pas blessée. Vana fronça les sourcils, pencha la tête et poursuivit avant que l'un ou l'autre des Sever ne puisse trouver une réponse. Son père ? A-t-il survécu ?

— Pourquoi vous en souciez-vous ? demanda Rovo.

— Parce que je ne suis pas Renard, et je ne suis pas un monstre, répliqua Vana. Je ne voulais pas lui tirer dessus, mais je devais garder Kaia. Contrairement à votre pilote, qui a assassiné mes agents, ou vous, Aurora, qui les tuez alors qu'ils ne causent de problème à personne, je préfère laisser moins de corps derrière moi.

Rovo commença à se lever, simplement parce que se mettre debout rendrait la colère soudaine plus supportable. Rester assis semblait trop passif, et il voulait traverser cet écran pour étrangler l'agent. Aurora, cependant, saisit son bras sous la caméra et maintint la recrue sur son siège.

— Vous avez ordonné l'embuscade, dit Aurora, glaciale et régulière d'une manière que Rovo ne pouvait comprendre.

Il avait été une sorte de diplomate, mais toujours impersonnel, toujours à rédiger des messages entre deux parties dont Rovo se fichait éperdument. Aurora pouvait éteindre l'émotion comme un interrupteur, même dans les moments les plus personnels.

Une compétence à apprendre.

— Vos mots ont provoqué le feu, poursuivit Aurora.

Nous n'avions pas sorti d'arme, n'avions pas envoyé de laser. Les corps sur cette aire d'atterrissage sont de votre faute, et uniquement la vôtre.

— Je suppose qu'un soldat comme vous doit trouver un moyen d'apaiser sa conscience, dit Vana, ne prenant pas la peine de s'engager. Mon offre reste valable, Aurora. Trois jours, et vous pourrez récupérer la fille.

Aurora secouait la tête en même temps que Rovo, cette fois, — Trois jours vous coûteront beaucoup plus d'agents, Vana. Ramenez-la maintenant, et sauvez vos gens, comme vous dites vouloir le faire.

— Ils savent pour quoi ils se battent, et le prix que cela peut exiger, dit Vana. Je suis désolée que nous n'ayons pas pu trouver un accord. Je voulais vraiment rendre la fille à son père, mais si vous insistez, nous continuerons ce petit jeu.

Vana coupa le message à ce moment-là, laissant Rovo et Aurora fixer un écran vide. Le capitaine de Sever, cependant, avait un demi-sourire sur le visage, du genre qui faisait frissonner Rovo. Aurora, la prédatrice, avait trouvé un moyen d'attraper sa proie.

Une fois qu'Aurora eut passé l'appel, la décision se répercuta dans les rangs avec une rapidité qui stupéfia Rovo. Bien que n'ayant pas de nouvelles du trio Sever envoyé pour saboter le vaisseau de Vana, Aurora mit le plan d'attaque en mouvement fluide. Vana avait laissé échapper qu'elle avait envoyé des prélèvements sanguins en orbite et au-delà, mais le skiff que l'agent avait piloté n'avait effectué aucun amarrage enregistré à Kaiyo. L'agent devait se trouver sur une autre plateforme, ce qui signifiait qu'il y aurait des allers-retours pour transporter des fournitures et ramener le sang.

Salinity, une corporation aussi étroite qu'il en existe,

connaissait ses itinéraires réguliers de skiffs. Ils trouvèrent plusieurs vols supplémentaires non planifiés traversant leur espace aérien, tous avec les codes appropriés, et tous se dirigeant vers un pic particulier. À quelques heures de voyage de Kaiyo, bien à portée du conflit insulaire, et Sai avait mentionné qu'ils étaient restés sur l'une des plateformes isolées pendant sa nuit d'otage.

— Les trois autres Severs empêcheront Vana de faire une dernière tentative d'évasion, dit Aurora, briefant Rovo, Raquel et une escouade de sécurité qui avait été préparée depuis le début de l'opération. Rovo et moi mènerons l'assaut. Vous arriverez derrière, sécuriserez la zone et empêcherez tout vol avec la fille.

— Les pics n'ont qu'un seul ascenseur, dit Raquel quand Aurora lui passa la parole. Nous tenons ça et la plateforme d'atterrissage au sommet, et c'est une bouteille qui ne peut pas être ouverte. Gardons ça serré, simple, efficace. Si nous faisons ça correctement, nous rendrons notre planète à nouveau sûre.

Rovo était assis à côté de la femme dans le skiff, filant au-dessus de l'eau. Cinq autres suivaient, chargés de forces de sécurité armées et dangereuses, bien que la plupart n'aient pas vu d'action depuis des années. Plus haut, Salinity avait déployé une partie de sa maigre force aérienne pour fournir un soutien de chasseurs au cas où Vana parviendrait à s'échapper vers l'orbite.

Une opération serrée. Un plan parfait.

— Prêt à récupérer Kaia ? demanda Raquel, une fois de plus équipée, et paraissant petite à côté de Rovo dans son armure assistée rutilante.

— Plus que ça, dit Rovo. Nous ne laisserons pas Vana s'échapper. Pas cette fois.

21

DANS LE PIC

Pendant le vol, Aurora passait son temps à scanner les actualités de Kaiyo, faisant défiler les derniers titres sur sa visière, tout en vérifiant la fréquence de l'Escouade Sever. Gregor, Sai et Eponi avaient cessé toute communication il y a plusieurs heures, et étant donné leur mission, ce n'était pas de bon augure. Aurora n'arrivait pas à imaginer que Vana, même si elle avait réuni tous les agents, ait pu neutraliser les trois membres de Sever sans qu'un seul appel de détresse ne soit lancé... et pourtant.

Raquel et Rovo volaient derrière dans un autre aéroglisseur. La directrice de la sécurité de Salinity avait dit avoir lancé une alerte à toutes ses forces sur Kaiyo, leur demandant de garder un œil ouvert pour repérer Sever. Il y avait déjà eu des contacts étranges, et quand Aurora avait pressé Raquel pour obtenir plus de détails — le corps dans la cabine et l'incident de la grenade à gaz associée la préoccupaient le plus —, la femme n'avait fait que secouer la tête en promettant à Aurora qu'elle en saurait plus que Raquel elle-même.

Tout cela pour dire qu'Aurora avait les nerfs à vif, les

yeux plissés, et qu'elle voulait faire quelque chose plutôt que de rester assise à attendre des nouvelles. Un assaut sur un pic océanique extérieur semblait être exactement ce dont elle avait besoin.

Les aéroglisseurs n'essayaient pas de dissimuler leur approche. En plein jour, sous un autre ciel sans relief de Gillane Quatre, l'assaut se dessinait, l'aéroglisseur d'Aurora en tête. Le pic, leur cible et là où Vana devait se cacher, jaillissait de l'océan comme une cheville d'argent plantée dans du papier bleu ondulant. Son sommet, une large plate-forme plate avec ces barrières laser ceinturant les bords, accueillait déjà un aéroglisseur.

— Survolez l'aéroglisseur, dit Aurora au pilote. Et ouvrez le toit.

— Ouvrir le toit ? Le pilote leva les yeux vers le dôme de verre au-dessus de l'aéroglisseur. Le logo en forme de goutte de Salinity ornait la vitre par ailleurs impeccable. Alors que nous n'avons pas encore atterri ?

— Faites-le, répondit Aurora, adoptant à nouveau ce ton qui ne tolérait aucune désobéissance. L'autorité n'a pas besoin d'être donnée. Gardez le contrôle de l'aéroglisseur quand je sauterai et faites demi-tour pour déposer les autres.

Elle vit le pilote se murmurer une question à elle-même, mais Aurora s'en moquait. Tant que ses ordres étaient suivis, peu importait ce que pensait le pilote.

Le toit s'ouvrit, laissant entrer le vent hurlant. Aurora ne sentit rien, à l'abri dans l'aéroglisseur, mais les cheveux du pilote et les mèches plus courtes des deux soldats de Salinity entassés derrière tourbillonnaient. L'armure d'Aurora traitait cette nouvelle variable comme elle avait traité tout le reste jusqu'à présent : pas une menace pour ses systèmes optimisés, prête et réparée après les coups reçus autour des quais d'amarrage de Kaiyo.

La plateforme d'atterrissage du pic défilait en dessous, et Aurora activa les propulseurs cinétiques de sa combinaison en sautant. Les propulseurs lui donnèrent quelques mètres supplémentaires en un instant, suffisamment pour dégager son aéroglisseur et l'envoyer en chute libre droit vers l'appareil amarré. En tombant, Aurora dégaina son fusil, visa vers le bas et tira deux salves avant l'impact.

Les lasers frappèrent le toit de l'aéroglisseur, brûlant deux trous et affaiblissant sa cohésion. Quand le poids plein et en chute d'Aurora atterrit, le verre n'eut aucune chance. Il se brisa alors qu'Aurora le traversait, les sièges en dessous ne résistant guère mieux. Les lourdes bottes de l'armure motorisée traversèrent nettement le plancher de l'aéroglisseur, brisant des tuyaux et provoquant l'embrasement de la batterie.

Aurora n'attendit pas de brûler, mais, levant les jambes boostées par la réserve cinétique de l'armure motorisée rechargée par la chute, elle grimpa et sortit sur la plateforme proprement dite. Les forces de Salinity atterrirent pour la rejoindre.

— Décidé de faire une entrée remarquée ? lança Rovo alors que l'aéroglisseur endommagé craquait et explosait derrière Aurora.

— Décidé de ne pas risquer une fuite, répondit Aurora. Maintenant, ils ne peuvent pas s'échapper.

Pendant que les forces de Salinity débarquaient, Aurora et Rovo se dirigèrent vers l'ascenseur menant à l'intérieur du pic. L'unique console qui en dépassait exigeait des identifiants, que Raquel fournit. La femme hésita avant d'envoyer la plateforme vers le bas, regardant Aurora.

— Si on s'entasse tous sur la plateforme, on sera vulnérables, dit Raquel. Mais...

— On s'en sortira bien seuls, dit Aurora. Envoyez-nous. Quand il remontera, revenez avec vos forces.

— Vous ne savez pas combien elle en a là-dessous, protesta Raquel, mais Aurora savait reconnaître un vrai argument quand elle en voyait un, et Raquel ne se battait pas vraiment ici.

Les forces de Salinity autour d'eux étaient armées, certes, mais elles étaient inexpérimentées. Elles ne pouvaient pas affronter des agents entraînés de Defense-Corp, pas sans perdre au moins cinq contre un, voire pire. Aurora ne voulait pas avoir à surveiller leurs arrières en plus du sien.

— On s'en sortira bien, dit Aurora. Envoyez-nous.

— C'est la personne la plus redoutable que je connaisse, ajouta Rovo. Sauf peut-être Gregor avec un marteau. Peut-être. Faites-lui confiance, Raquel.

Cette approbation sembla la convaincre. Raquel entra la commande et descendit de la plateforme alors qu'elle entamait son décompte avant la descente. Aurora dirigea Rovo pour qu'il se place face à elle, tous deux éloignés du centre de la plateforme. Mieux valait se placer loin de l'endroit le plus facile à viser, mieux valait avoir un angle pour regarder par-dessus et autour.

— Elle te fait confiance, dit Aurora à Rovo sur la fréquence à courte portée de Sever. C'est bon.

— On veut toutes les deux voir Kaia en sécurité, répondit la recrue. Il s'avère que c'est facile de tisser des liens quand il s'agit de sauver un enfant.

— Garde ce lien solide, répliqua Aurora. Ça nous aidera plus tard.

L'ascenseur s'abaissa en grinçant, passant sous la plateforme. Juste sous la surface, l'engagement de Salinity pour la fonctionnalité devenait évident : le décor, à l'exception d'une grande étiquette peinte en blanc donnant un numéro au pylône, était inexistant. Une lumière bleutée fantomatique montait d'en bas, enveloppant la plateforme et provenant de tubes pulsant d'eau.

— Nous aider plus tard ? dit Rovo. Quoi, tu penses déjà à de futurs contrats ? Je ne crois pas que Salinity voudra de nous sur la planète après toute la destruction que nous avons causée.

— On verra, répondit Aurora.

Elle avait travaillé suffisamment longtemps avec DefenseCorp pour savoir que certains de leurs meilleurs clients récurrents subissaient toutes sortes de désastres de la main de DefenseCorp. Ce qui importait, c'était qu'à la fin, à travers tout le feu, les explosions, la fumée et la mort, le travail soit accompli comme il se devait.

Celui-ci ne serait pas différent.

— Quand tout cela va dégénérer, dit Aurora en scrutant les murs et la lumière bleue à la recherche de surprises cachées, j'ai besoin que vous m'écoutiez. Faites ce que je vous dis.

— Je croyais qu'il ne s'agissait plus d'ordres ?

— Ça a changé quand tu as foiré sur l'île, dit Aurora. Jusqu'ici, pas d'agents accrochés aux murs. Pas de bombes clignotantes, de mines installées pour faire exploser Sever en morceaux. Je risque ma vie, Raquel et ses forces risquent les leurs. Tu seras professionnel et compétent, ou tu seras dehors.

Rovo ne répondit pas tout de suite. Bon signe. Aurora n'avait pas voulu imposer ce niveau de discipline devant l'escouade, mais elle avait pris cette décision au fil des heures qui avaient suivi le désastre de l'île. La performance désespérée de Rovo avait mis l'escouade en danger, et son geste irréfléchi de briser le cou de Renard avait tué une excellente chance d'obtenir des informations. Aurora pouvait gérer les électrons libres.

Elle ne serait pas la baby-sitter d'un enfant.

— Attendez, dit Rovo, joignant le geste à la parole en se retournant bruyamment. Aurora aurait demandé de quoi parlait la recrue, si ce n'était que son ton indiquait qu'il était passé au-delà de sa réprimande vers quelque chose de plus dangereux. Vous voyez ça ?

Aurora suivit son regard, bien qu'ils se trouvaient de part et d'autre de l'ascenseur descendant. Les tubes bleus s'élevaient maintenant le long de la plateforme, plaçant les deux membres de Sever entre leurs tunnels aquatiques jumeaux. Rovo regardait celui le plus proche de lui, à un endroit situé à deux mètres et quelques au-dessus de sa tête.

Le tube, à cet endroit, semblait vaciller. Des ombres noires filaient à travers ce qui aurait dû être de l'eau parfaitement claire.

— Bougez ! cria Aurora, levant son fusil mais retenant son tir. Elle ne pouvait pas simplement tirer sur les tubes, ce qui pourrait provoquer une explosion qui briserait le pylône, les noierait tous, ou pire encore. Combinaisons !

Rovo passa le premier test. La recrue se baissa, ses mains atteignant et tirant l'arme en forme de faux en deux parties qu'il transportait depuis Wexer. La glitch noire bougea, ses lignes tranchantes tombant et atterrissant, avec un bruit sourd approprié, sur la plateforme.

Il y avait eu six combinaisons sur le *Nautilus*. Deux avaient été démontées par Gregor, mais les quatre autres, dont une que Vana avait emportée, étaient probablement arrivées ici. Sai avait dit en avoir trouvé une brûlée sur l'île, un coup de chance. Ce qui en laissait trois.

Rovo fit tournoyer la faux vers le son, l'extrémité crochue frappant vers l'intérieur tandis que, d'un mouvement du poignet, la recrue déployait la partie barre en un bouclier élégant, quoique fin. Aurora ajusta sa visée, mais la combinaison avait toujours les tubes remplis d'eau de l'autre côté, rendant un tir manqué fatal. Le pilote de la combinaison bloqua le coup de Rovo avec un long couteau épais, les mêmes lames qu'ils avaient sur le *Nautilus*.

Aurora se déplaça vers la gauche tandis que Rovo adoptait une posture défensive, bloquant plus qu'il n'attaquait. Son adversaire semblait adopter une approche mesurée, piquant et sondant pour tester les réflexes de Rovo, plutôt que de presser dans une tentative frénétique d'égaliser les chances en infériorité numérique.

Ce qui signifiait...

Déjà en train de se retourner lorsque le second *bruit sourd* retentit, Aurora sacrifia une fois de plus son fusil pour bloquer l'attaque d'un ennemi, celle-ci un coup tranchant visant le visage d'Aurora. Le fusil encaissa le coup en son centre, fendant le bloc d'alimentation de l'arme et laissant échapper le gaz ionisant, inoffensif, dans l'air. Le couteau se coinça dans les entrailles du fusil, et Aurora arracha la grosse arme, jetant les deux armes au sol où le couteau, adoptant le même tissage que la combinaison dont il provenait, devint noir pour se fondre avec le sol de la plateforme.

— Je déteste vraiment cette technologie, marmonna Aurora, en sautant vers l'espace d'où était venu le coup.

Sans les tubes bleus lumineux derrière elle, la combinaison ne se trahissait pas, et le saut d'Aurora manqua sa cible. Aurora n'avait pas plaqué, simplement, rien depuis si longtemps que la sensation momentanée de flottement semblait lâche, étrange, avant de se terminer par un dur impact-et-roulade sur la surface de l'ascenseur. Appuyant ses mains sur le sol pour arrêter la glissade, Aurora lança ensuite son bras gauche vers le centre de la plateforme, où elle espérait que la combinaison s'était déplacée.

Un second couteau s'abattit, frappant le bras d'Aurora et laissant une entaille dans son armure. La visière s'alluma en rouge face à la menace, verrouillant la combinaison et donnant à Aurora une cible à viser. Gregor avait mentionné cette assistance lors de sa propre bataille sur le *Nautilus*, et maintenant Aurora voyait le surlignage rouge comme sa seule chance de contrer son adversaire invisible.

Se remettant sur ses pieds, Aurora dégaina son propre long couteau, la lame raffinée destinée à être le dernier recours d'un soldat de DefenseCorp ayant épuisé ses munitions. Elle avait des pistolets, mais ces fichus tubes empêchaient Aurora de revenir aux armes à énergie. À la place, elle frappa droit devant elle, une estocade qui aurait touché la combinaison au ventre si le même couteau n'avait pas jailli pour dévier le coup.

Le mouvement donna à la main gauche d'Aurora l'opportunité de délivrer un coup de poing boosté cinétiquement, que la combinaison invisible fit de son mieux pour esquiver. Un coup normal, à vitesse humaine normale, aurait volé juste au-dessus de la combinaison en train de se baisser, mais un coup porté à une vitesse plus rapide que la biologie seule ne le permettrait attrapa la combinaison en plein mouvement. Aurora sentit l'impact remonter dans son bras, entendit les claquements métalliques alors que sa cible rebondissait sur le sol.

Et vit ce délicieux second couteau voler et se planter dans le mur du pylône, tombant hors de portée alors que la plateforme descendait. Aurora l'ignora, se dirigeant en avant et ramassant le premier couteau au sol, son camouflage forçant Aurora à le saisir par la lame. Elle ignora les coupures dans ses gants, retourna l'arme et s'approcha de son ennemi marqué par la visière pour le coup de grâce.

— Un peu d'aide ici ? cria Rovo, attirant l'attention d'Aurora sur sa droite.

La recrue avait perdu son bouclier, l'objet gisant sur l'ascenseur à sa gauche. Rovo maniait son arme crochetée d'avant en arrière, essayant de tenir à distance ce qui ressemblait à deux couteaux. L'armure de Rovo montrait que cette stratégie ne fonctionnait pas très bien, avec de profondes entailles et quelques parties étincelantes parsemant sa poitrine et sa taille.

Tenant son couteau volé en l'air, Aurora laissa sa visière repérer l'autre combattant. D'un lancer puissant, Aurora projeta le couteau vers la cible, hochant la tête lorsque la lame s'enfonça dans le dos de la combinaison, faisant trébucher celle-ci. Rovo asséna un violent coup de pied, mettant l'ennemi à terre.

— Merci, dit Rovo, en plantant sa botte sur la combinaison tandis qu'Aurora maintenait la sienne dans une prise de tête. Apparemment, j'ai besoin de plus d'entraînement au corps à corps.

— Tu as besoin de beaucoup de choses, répondit Aurora, puis elle tourna son attention vers les captifs.

Ou du moins, elle l'aurait fait, si l'ascenseur n'avait pas atteint sa fin de course, s'encastrant dans la base du pic. Les attendant, armes au poing, se tenaient plusieurs autres agents. Parmi eux, les bras croisés et le regard furieux, se dressait la raison de l'attaque : Vana, en personne.

— Chaque fois que je vous vois, j'espère que c'est la dernière, dit Vana. Et chaque fois, ce n'est pas le cas. Changeons cette tendance, voulez-vous ?

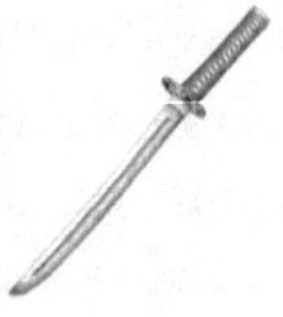

22

DESCENTE ET MONTÉE

Dix niveaux plus bas, Sai sortit de la capsule, son katana levé, prêt à tout.

Sauf à de la nourriture.

La capsule l'avait déposé dans une serre, un niveau rempli de plantes gavées de tant de protéines fertilisantes qu'elles s'entassaient dans chaque centimètre qui leur était alloué. Depuis la plateforme de la capsule, Sai pouvait voir les allées, surveillées par des robots roulants qui coupaient et saisissaient fruits, herbes et légumes. Une légère brume flottait dans l'air, veillant à ce que les plantes ne soient pas assoiffées. Pas âme qui vive en vue.

— Donc pas d'embuscade, dit Sai en baissant son katana tout en continuant d'observer les alentours.

Aucun agent ne surgit pour le descendre, aucun danger ne se manifesta pour mettre fin à ses jours.

Levant son bracelet, Sai tapa un message à Eponi et Gregor, leur demandant où leurs capsules les avaient envoyés. Il semblait évident que quelqu'un ayant accès aux capsules avait brouillé leur trajet, mais la question était maintenant : pourquoi ? Qu'avaient-ils à gagner en envoyant Sai à l'étage des fruits et légumes ?

Sai secoua la tête. Ce n'était pas son problème d'essayer de comprendre. Il se tourna vers sa droite, prêt à reprendre une capsule pour remonter, et vit la raison. La plateforme montante était couverte de ruban adhésif, des panneaux indiquant que le quai de chargement était instable. Des fissures dans le tube de verre derrière le ruban montraient que ce n'était pas un mensonge. Quelqu'un avait dû bâcler un chargement.

Le ruban adhésif expliquait pourquoi Sai avait été envoyé ici. Un retard. Plus de temps pour Vana d'atteindre son vaisseau et de décoller. Eponi et Gregor rencontraient probablement leurs propres problèmes.

Il devait bouger.

Balayant son bracelet, utilisant l'accès que Raquel avait donné à chacun d'eux, Sai parcourut rapidement le plan de l'étage de son niveau. Les escaliers, naturellement, se trouvaient à l'opposé de l'étage. Il allait devoir faire une petite randonnée, et peut-être prendre un en-cas au passage.

La marche à travers la serre n'était pas vraiment désagréable. Passant tant de temps dans l'espace, Sai voyait rarement des plantes dans leur floraison naturelle. Celles-ci étaient luxuriantes, heureuses. Dynas avait de la faune, certes, mais cette planète était un bourbier marécageux où la mort rôdait à chaque pas. Il était bien plus facile d'apprécier une fleur ou deux avec un sol ferme sous les pieds et des robots inoffensifs qui passaient en trottinant.

Sai ressentait l'urgence — vraiment, il savait qu'il devait continuer à avancer — mais Vana n'aurait pas fait des coups comme ça si elle avait eu une réponse substantielle à l'attaque de Sever. Cette manœuvre ne retarderait Sai que de quelques minutes, donc soit Vana était désespérée et tentait tout ce qu'elle pouvait, ou bien...

Il écarta une branche de pommier qui dépassait et se mit à courir. Vana avait certes séparé Sever, mais Eponi et Gregor feraient exactement ce que faisait Sai : essayer de retourner au vaisseau. Si Vana avait envoyé chaque membre de Sever à un niveau différent, alors chacun pourrait revenir à un moment différent. Ce qui aurait été un combat difficile pour les agents de Vana face au trio uni pourrait devenir un combat facile avec chacun arrivant à son tour.

Sai vérifia à nouveau son bracelet en atteignant l'autre côté du niveau. Aucune réponse.

Pas bon signe.

La porte de l'escalier n'avait pas de verrou, bien que l'entrée ait un panneau utile suggérant d'utiliser les capsules plutôt que les nombreuses marches montant et descendant. Au-delà du panneau se trouvaient les escaliers eux-mêmes, des marches peu profondes à la semelle en béton portant la marque luisante de l'eau. Des gouttes résonnaient partout, et Sai en sentit une s'écraser sur sa tête alors qu'il s'engageait.

Apparemment, Salinité ne se souciait pas trop de ses escaliers, ni des fuites qui pouvaient s'y infiltrer.

Peu importait. Sai avait sept niveaux à grimper avant d'atteindre sa cible. Escaladant le premier ensemble, sautant deux marches à la fois tandis que son katana se balançait dans son dos, Sai envisagea de percer jusqu'au niveau suivant et de prendre une capsule. Cela pourrait cependant prendre encore plus de temps, et qui sait ce que le niveau suivant pourrait être : une rencontre avec un garde de sécurité surpris ou un robot chargé de tenir à l'écart les invités non autorisés pourrait prendre plus de temps que Sai ne voulait en perdre.

Trois niveaux plus tard, Sai et son rythme cardiaque regrettaient sa décision.

Deux niveaux après cela, haletant et martelant les marches humides, Sai faillit percuter la personne qui attendait sur le palier suivant.

L'homme arborait un large sourire, des vêtements amples suggérant une importante perte de poids sans renouvellement de garde-robe, et un pistolet à la main.

— Tu es en retard, dit l'homme en levant son arme et en tirant.

Normalement, des marches mouillées seraient un danger pour la sécurité. Normalement, Sai aurait considéré les imbéciles qui laissaient leur voie d'accès devenir si dangereuse comme, eh bien, des imbéciles.

Les imbéciles sauvèrent la fichue vie de Sai.

La vue de l'homme, alors que Sai était totalement concentré sur le fait de monter une marche après l'autre, le fit tressaillir si brusquement que ses jambes glissèrent. Sai tomba en arrière, le laser passant au-dessus de sa tête pour frapper le mur de la cage d'escalier derrière lui. La glissade salvatrice se vengea une demi-seconde plus tard lorsque Sai heurta les marches, son katana offrant un premier contact terrible. Le choc coupa le souffle à Sai, bien qu'il eut à peine le temps d'y penser avant que son poids ne l'entraîne à nouveau dans les escaliers, le faisant s'effondrer en tas sur le palier en dessous de l'homme.

Qui rit, qui ricana comme si la chute de Sai était la chose la plus drôle qu'il ait vue de la journée.

— Je n'ai jamais vu une esquive comme celle-là ! cria l'homme, se penchant en avant avec ses mains sur ses genoux, son pistolet sur le côté. Tomber dans les escaliers ? Classique. Tout simplement classique.

Sai luttait contre des objectifs concurrents : comprendre

pourquoi il ne cessait de tomber sur des maniaques avec ces agents, et remettre son corps en mouvement.

— Je veux dire, dit l'homme, entre deux hoquets de rire. Vana disait que tu étais le meilleur des meilleurs, mais te voilà, comme un figurant dans un mauvais film. Il secoua la tête, essuya des larmes apparentes. J'ai presque de la peine à te griller, mon pote.

— Alors ne le fais pas, dit Sai, reprenant assez son souffle pour répondre. Qui t'y oblige ?

La main gauche de Sai, travaillant sur le pistolet à sa ceinture, s'approchait de la gâchette.

— M'y obliger ? L'homme se regarda. C'est moi qui m'y oblige, mec. Je n'ai pas le choix ! C'est comme, si je n'obtiens pas la prochaine dose, tout part en enfer, tu comprends ce que je veux dire ?

La prochaine dose ?

— Non, je ne comprends pas ce que tu veux dire, répondit Sai, continuant à manipuler le pistolet. Il l'avait maintenant sorti de l'étui, le gardant toujours caché derrière son dos. Il devait orienter sa main gauche, prête à le sortir et à tirer d'un seul mouvement. Que veux-tu dire par dose ?

L'agent glissa dans un sourire plus subtil, se reprenant. Il visa à nouveau avec son pistolet, et Sai tira. Le tir fila dans les escaliers, atteignant l'agent en pleine poitrine. L'agent regarda le trou brûlant, haussa les épaules, et Sai tira à nouveau, sa main gauche sortant son propre pistolet pour une meilleure visée. L'agent riposta, perçant le gilet de Sai.

Suffisamment de chaleur se répandit pour faire savoir à Sai que le gilet avait fait son travail, qu'il ne fallait pas trop lui en demander. L'agent n'avait pas autant de chance : le deuxième tir de Sai le frappa à un endroit d'où il ne pourrait pas revenir, et l'homme s'effondra lourdement.

— Je vais devoir remercier Raquel, marmonna Sai en se levant et en commençant à monter les marches.

Salinity avait fourni les gilets, après avoir objecté à l'envoi de Sai, Eponi et Gregor en armure de puissance complète. Les paniques à l'échelle de la ville étaient mauvaises pour les affaires. Ils avaient fait un compromis avec le tissu absorbant les lasers, qui fonctionnait très bien tant que les ennemis visaient la poitrine et ne touchaient que quelques fois. Étant donné la moyenne de l'Escouade Sever, Sai serait un homme mort avant longtemps.

Sai regarda l'agent en passant, essayant de comprendre ce que l'homme avait dit. Parler d'une dose, et ce rire, comme quelqu'un perdant le contrôle de lui-même... ça rappelait à Sai Abbad, le sbire de Renard et Vana. Sai l'aurait mis sur le compte d'une étrange coïncidence, sauf qu'il avait eu une rencontre profonde et intime avec un virus il n'y a pas si longtemps.

Peut-être qu'Helix n'avait pas arrêté. Peut-être que le sang de Kaia n'était pas le seul jouet génétique avec lequel Vana s'amusait.

Sai gravit les dernières marches en courant, son pistolet sorti et prêt pour toute autre surprise. Aucune n'interrompit le voyage jusqu'au niveau de récupération, marqué par des lettres blanches griffonnées sur la lourde porte. Pas de serrure sur celle-ci, rien d'autre qu'une poignée ordinaire. Se mettant sur le côté, Sai ouvrit lentement le passage, gardant la masse de la porte entre lui et ce qui se trouvait au-delà.

LA SPIRALE

La capsule descendit jusqu'au fond. Gregor observa le compteur de niveaux descendre, les lumières autour du tube et la fréquence des arrêts ralentissant à mesure que la distance entre chaque niveau augmentait. À un moment de la descente, la capsule passa sous la surface de l'eau, une sensation marquée par rien d'autre qu'un indicateur à côté des niveaux : une petite ligne d'eau éclairée en bleu.

Après les premières secondes d'acclimatation à la sensation de chute, Gregor fit l'hypothèse raisonnable que Vana et ses agents avaient modifié les commandes de la capsule de Sever, les envoyant à différents endroits. La question était maintenant de savoir si ces endroits avaient été choisis pour une raison ou au hasard.

Difficile de croire qu'un nombre aléatoire aurait choisi l'endroit le plus profond disponible.

Gregor garda une prise ferme sur son marteau lorsque la capsule s'ouvrit. Contrairement aux autres plateformes au-dessus, celle-ci n'avait que deux tubes. Un montant, un descendant, tous deux se terminant exactement là où se tenait Gregor, baigné dans une lumière bleu profond, comme si les concepteurs avaient décidé de jouer la carte de l'ambiance sous-marine. Pas que beaucoup de gens le verraient.

La pointe de Kaiyo se rétrécissait jusqu'à une fin surprenante. Gregor s'était attendu à une petite pièce, peut-être quelques consoles surveillant diverses choses que Kaiyo voulait contrôler. Au lieu de cela, la capsule poussa Gregor dans un espace en forme de champignon. Pas très grand, mais magnifique.

Le verre renforcé s'éloignait en arc de la plateforme de la capsule, s'épanouissant en une chambre circulaire. À cette profondeur, toute lumière de surface avait cessé son voyage et s'était dissipée, laissant une obscurité faiblement pénétrée par de douces diodes blanches lacant le verre en motifs de lignes droites. La vie marine, peut-être attirée par la chaleur de la structure ou par la nouveauté de la lumière à cette profondeur, se rassemblait autour, nageant dans la visibilité puis disparaissant dans les ombres.

Époustouflant, d'une certaine manière, et Gregor décida qu'il ne regrettait pas vraiment le tour de Vana, ne serait-ce que parce qu'il n'aurait jamais vu cela autrement.

Au-delà de la vue sur la mer, cependant, la chambre adoptait des objectifs plus fonctionnels. Un escalier marqué offrait la possibilité de descendre plus bas pour toute maintenance nécessaire à l'ancrage profond de Kaiyo, courant sous le sol de Gillane Quatre. Une console imposante faisait acte de présence, accroupie contre un mur, avec le logo de Salinity brillant sur un écran verrouillé. Un distributeur de protéines et d'eau se trouvait en face, à proximité d'une table, de chaises et de ce qui semblait être un canapé pouvant se transformer en lit.

Quelqu'un faisait des quarts ici-bas, gardant un œil sur le fond absolu.

Gregor laissa son marteau glisser de ses mains, faisant claquer sa tête sur le sol. Sans menace immédiate, et sans autre moyen de quitter ce niveau, Gregor se dirigea vers l'appel de la capsule montante et se tint dessus.

Trop tard. La capsule dans laquelle il était arrivé s'élança et remonta avant que Gregor ne l'atteigne, disparaissant vers la surface. Qui sait combien de temps il devrait attendre qu'une autre fasse le voyage jusqu'ici.

Alors que le bruit de son marteau s'estompait, une réponse résonna depuis la cage d'escalier. Le martèlement régulier de pieds sur des marches. Les sons entremêlés amenèrent Gregor à penser qu'il pourrait y avoir plus d'une personne qui montait, peut-être plusieurs. Étant donné l'unique canapé ici-bas, il était logique que Salinity n'ait qu'un seul travailleur à la fois à cette profondeur.

Ce qui signifiait que les chances n'étaient pas nulles que quelque chose cloche.

Ce qui signifiait que Gregor ferait mieux de ramasser son marteau et de trouver un meilleur endroit.

Quittant la plateforme de la capsule, Gregor se dirigea vers le côté opposé de la cage d'escalier, attendant là où quiconque montant les marches devrait avoir le dos tourné. Comme la cage s'enfonçait directement dans le sol, seule une légère rambarde en métal séparait Gregor de sa cible approchante, et le grand homme pouvait asséner un coup de marteau par-dessus cette rambarde sans problème.

Pourtant, quand le moment vint, quand une tignasse ébouriffée de cheveux blonds clairsemés apparut, Gregor ne frappa pas. L'opportunité alléchante passa parce que Gregor vit l'uniforme cramoisi de DefenseCorp, avec les barres noires marquant une carrière d'agent. Cela seul n'aurait pas arrêté le coup, sauf que l'uniforme pendait en lambeaux sur les épaules de l'homme, et en dessous se trouvait quelque chose qui figea Gregor sur place.

On n'oublie pas une vue comme celle de Felix.

L'ancien humain, sur Dynas, avait été une sorte de premier succès pour le travail viral qui s'y déroulait. Gregor n'avait jamais vraiment compris l'objectif, mais Felix avait été séquestré au fin fond du marais de la planète, où l'homme avait enduré des tests et avait été maintenu en vie tandis que la mutation virale refaçonnait son corps. Felix avait été capable de propager le virus aux gardes et aux autres personnes qui avaient fait l'erreur de s'approcher trop près de lui, et la marque de cette propagation se manifestait par des excroissances sombres et pulsantes le long des victimes.

Des marques qui ressemblaient beaucoup à ce qu'il voyait maintenant.

La dernière fois que Gregor avait vu Felix, l'homme n'était plus qu'une coquille vidée par l'infection. Le virus, selon Felix, mangeait et mangeait et mangeait jusqu'à ce qu'il ne reste plus rien. Cette fois-là, Gregor avait balancé le marteau et délivré Felix de son tourment.

Cette fois, il poserait d'abord quelques questions.

— Tu peux t'arrêter là, dit Gregor alors que l'homme approchait de la dernière marche. Derrière l'homme, une seconde personne, une femme celle-ci et semblant en encore plus mauvais état, suivait, voûtée. Un pas de plus et ce sera ton dernier.

— Comme si c'était une menace, l'homme parlait comme un sifflement à travers du gravier. Tu ne peux pas t'attendre à ce qu'un condamné se soucie d'un départ anticipé.

Puis, comme s'il trouvait ses propres paroles hilarantes,

l'homme laissa échapper un rire sec. La femme, en bas, se joignit à lui, sa voix aussi faible qu'un murmure.

— Parce que vous êtes infectés ? demanda Gregor.

— C'est si évident maintenant ? L'homme se retourna, défiant Gregor de frapper, et faillit dégringoler les escaliers. D'une main, il se rattrapa au mur de la cage d'escalier, jetant un regard à Gregor comme pour dire : n'est-ce pas amusant ? — Seulement deux jours depuis qu'ils nous ont coupés. Deux jours, et voilà ce qui arrive.

Gregor garda son marteau dans sa main gauche et dégaina son pistolet de la droite. Il ne voyait pas d'arme sur l'homme, et la femme, qui s'était laissée tomber à quatre pattes sur les marches, ne semblait pas capable de quoi que ce soit de dangereux.

— Qui vous a coupés ? demanda Gregor. Et pourquoi êtes-vous ici ?

L'homme, apparemment décidant que se tenir debout demandait trop d'efforts, s'assit sur la marche du haut et pencha la tête vers Gregor. Sous le menton de l'homme, dominant son cou, se trouvait une autre excroissance, noire et frémissante. L'estomac de Gregor se retourna. Il ne craignait pas la mort, mais ça ?

— Tu es celui qu'on est censés attaquer, dit l'homme, hochant la tête vers le marteau de Gregor. Te tuer, a dit Vana, et on aurait nos doses. Un autre rire, sifflant et court. Comme si on allait vivre assez longtemps, même si tu étais assez gentil pour mourir pour nous.

Un bruit de souffle attira l'attention de Gregor au-delà de l'homme, vers les tubes à capsules. Son appel avait été entendu, et une nouvelle capsule attendait. Gregor pouvait laisser ces deux-là, remonter, là où Eponi et Sai pourraient avoir besoin de lui. La mission l'appelait.

Mais Felix et la mémoire de l'homme l'appelaient aussi.

Il y avait des réponses qui l'attendaient ici, des réponses qu'il ne trouverait peut-être jamais s'il partait maintenant.

— J'ai déjà vu votre infection, dit Gregor, choisissant d'opter pour la vérité crue. Ces deux-là étaient trop loin pour jouer à des jeux. Sur Dynas. Celui-là n'a pas vécu longtemps.

— Helix, répondit l'homme alors que la femme, rampant lentement, venait s'asseoir à côté de lui sur les marches. Une façade, mais une grande. Renard en avait convaincu tellement que les percées étaient presque là. Un environnement contrôlé, libre de tester.

— Trois ans, dit la femme, et Gregor dut se concentrer pour entendre sa voix. Trois ans que nous étions là. À observer, suivre, protéger Anaskya et son travail. C'est ce qu'on obtient ?

— Renard a promis qu'on n'aurait plus jamais à s'inquiéter de l'argent, dit l'homme. Si Helix marchait bien, DefenseCorp aurait un approvisionnement sans fin de soldats fanatiques et invincibles. Aucune planète ne pourrait résister. Ceux d'entre nous à l'avant-garde, qui travaillaient avec lui, seraient récompensés.

— Une fausse promesse, ajouta la femme.

— Je ne pense pas, répliqua l'homme, fronçant les sourcils vers elle. Renard y croyait. Je pense qu'il l'aurait fait aussi, si elle n'était pas arrivée.

Gregor tapa son marteau sur le sol, ramenant les deux têtes vers lui. — Tu veux dire Vana ? Ils acquiescèrent, lentement et ensemble. Quand est-elle arrivée ?

Les deux se regardèrent, puis regardèrent Gregor. — Après le *Nautilus*. Renard était désespéré, et Vana avait les réponses pour nous tous. Elle a dit que tu suivrais, et qu'on devait se préparer. On devait être plus forts.

Des semaines s'étaient écoulées entre le combat sur le *Nautilus* et l'arrivée de Sever sur Gillane Quatre. Plus qu'assez de temps pour changer de stratégie, pour que Renard et Vana convainquent leurs agents que c'était la voie à suivre. Cependant, Gregor devait trouver une pièce manquante.

— D'où venait le virus ? Les doses ? demanda Gregor. Ils n'auraient pas pu être sur le *Nautilus*.

— Comment le sais-tu ? répondit l'homme. Ce vaisseau est grand. Beaucoup de secrets là-dedans.

— Je le sais, dit Gregor. Deepak n'aurait pas autorisé un agent contagieux comme le vôtre sur son vaisseau.

L'homme haussa les épaules, mais la femme se pencha en avant, manquant de tomber dans les escaliers. — Promets-le nous et je te le dirai.

— Promettre quoi ?

— On s'est déjà occupé du pauvre homme qui vivait ici. C'était il y a des heures. On aura bientôt besoin de plus, et les seules personnes ici sont nous-mêmes, dit la femme. On a fait le mauvais choix, et on a assez souffert. S'il te plaît. Fais ce pour quoi tu es venu.

— Personne ne devrait avoir à blesser celui qu'il aime, dit l'homme, s'appuyant sur la femme. Pas même nous.

S'il y avait de la sympathie à trouver pour les deux agents, Gregor n'alla pas la chercher. Le couple avait pris d'innombrables décisions les menant à ce point, y compris des années sur Helix. Un seul jour sur cette planète, dans cette ville maudite, aurait dû révéler leur erreur.

Mais Gregor pouvait échanger de la miséricorde contre des informations.

— Vous aurez ce que vous méritez, dit Gregor. Maintenant expliquez.

Travaillant ensemble, car il semblait que tous deux

avaient besoin de fréquentes pauses pour reprendre leur souffle haletant, les deux dépeignirent une sombre histoire sur les suites de l'insurrection ratée du *Nautilus*. Plusieurs centaines d'agents entassés dans le grand transport, bientôt rejoints par Vana, Renard et leur otage. Le fait qu'ils n'avaient pas réussi avec le *Nautilus*, qu'un message avait été envoyé à travers DefenseCorp avertissant de soulèvements similaires, avait gâché le triomphe potentiel que plusieurs combinaisons expérimentales, ainsi que la connaissance de la localisation de Kaia, avaient été capturées.

Un vol direct vers Gillane Quatre n'avait eu qu'une interruption qui avait tout changé. Une interception avec un vaisseau endommagé, piloté par un mercenaire et contenant un médecin sinistre. Gregor connaissait le nom avant qu'ils ne le disent, Anaskya ayant laissé une tache assez grande dans sa mémoire. Elle avait monnayé ses connaissances, et Renard avait arrangé des livraisons rapides des restes du travail d'Helix sur Dynas pour rejoindre le transport en orbite au-dessus de Gillane Quatre.

Mais les injections étaient l'idée de Vana. Renard avait fait partir Anaskya vers une autre installation, avec le processus de fabrication des combinaisons. Se préparant pour quand les agents auraient capturé Kaia.

— Vana, cependant, avait parlé avec votre homme, l'otage, dit la femme, arrivant à la fin de l'histoire. Il n'arrêtait pas de lui dire qu'on n'avait aucune chance. Qu'on serait submergés. Alors elle nous a dit, et on a cru que le grand secret d'Helix avait été son succès, et qu'on serait les premiers à l'introduire dans la galaxie.

— Regarde-nous, rit l'homme. Et maudits soient ces rires. Un effet secondaire, apparemment, des doses qui nous ont gardés en vie si longtemps. Tant de puissance, et maintenant Vana nous jette à notre mort.

— Elle a mal calculé, dit Gregor, soupesant le marteau et contournant la cage d'escalier. Il avait entendu ce qu'il avait besoin d'entendre, et maintenant sa part du marché arrivait à échéance. Aucune drogue ne peut remplacer la compétence.

— Pas encore, dit la femme, se rapprochant de l'homme. Mais demain ? Peut-être.

— Prêt ? dit Gregor, en position.

Leur étreinte servit de réponse.

24

COUPS

L'agent au sourire narquois avait dit qu'elle voulait jouer à un jeu. Pour Eponi, ce jeu avait commencé et s'était terminé rapidement, avec un violent coup de pied à la tête et une période d'inconscience qui s'était conclue par l'arrivée furtive de Sai sur la rampe d'embarquement. La désorientation se mêlait à la ménagerie de douleurs qui parcourait son corps, un ensemble à couper le souffle qu'Eponi ne pouvait repousser qu'en se concentrant sur Sai.

Mais elle avait été trop lente. Son avertissement était arrivé trop tard.

Maintenant, Sai lui tournait le dos tandis que les agents grimpaient la rampe pour lui faire subir ce qu'ils venaient de lui infliger. Elle devait aider le sabreur et, à sa grande surprise, Eponi constata que ses mains n'avaient pas été menottées. Elle n'était pas du tout attachée au canapé, mais allongée là comme si l'agent, regrettant la raclée, l'avait déposée pour qu'elle se remette.

Peu probable.

Le premier visage fit son entrée en agitant un gros tuyau

métallique, une barre vert-noir corrodée qui devait avoir servi à acheminer le liquide de refroidissement d'un vaisseau dans une vie antérieure. Eponi ne distinguait pas grand-chose d'autre derrière le corps de Sai qui lui bloquait la vue, alors elle essaya de s'asseoir.

Mauvaise idée.

Quelque chose se retourna dans son estomac alors qu'elle faisait ce mouvement, révélant d'autres ecchymoses, et les yeux d'Eponi s'écarquillèrent tandis qu'elle tentait de garder ses entrailles en place.

— Ne bouge pas, dit Sai, en rangeant son pistolet et en mettant son katana en position de combat. Je m'en occupe.

La plupart du temps, Eponi aurait protesté contre l'idée que Sai ait besoin de faire quoi que ce soit pour elle, mais aujourd'hui ? Maintenant ? Ça ne la dérangeait pas de laisser Sai s'en charger. La bravoure et la vanité pouvaient attendre que ses entrailles ne ressemblent plus à des fruits pourris en train de se décomposer.

De plus, si ces deux-là s'en prenaient vraiment à Sai avec des armes de fortune, il n'aurait pas besoin d'aide.

Sai semblait penser la même chose, car il demanda carrément aux agents qui approchaient ce qu'ils faisaient.

— C'est étrange d'approcher une cible sans tirer un coup de feu, dit Sai, assez fort pour être entendu jusqu'en bas de la rampe. Quel est votre plan ?

— Les règles sont claires, répondit l'homme armé de la barre, qui continuait d'avancer. On n'obtient les doses que si on n'endommage pas le vaisseau.

Eponi essaya de comprendre quelle « dose » pourrait pousser quelqu'un à s'approcher de Sai et de son katana levé, tandis que l'homme à la barre passait à l'action. L'agent bondit sur le dernier mètre de la rampe, atterrissant avec un coup bas vers les genoux de Sai. Le sabreur fit un mouvement pour bloquer, abaissant rapidement le katana pour intercepter la barre. Le bout de ferraille résista mieux que prévu, encaissant le coup et accrochant le tranchant du katana dans ses aspérités.

Ramenant la barre en arrière d'un coup sec, l'agent arracha le katana de la prise du membre d'Escouade Sever, son visage s'illuminant d'un sourire narquois, avant de recevoir le poing libre de Sai en pleine figure. Le coup étourdit l'agent, et Sai enchaîna avec une frappe descendante sur la main tenant la barre, faisant tomber l'arme et son propre sabre au sol. Avant que Sai ne puisse poursuivre, comme si la bataille sur la rampe du vaisseau s'était transformée en jeu de foire, un autre agent remplaça celui à la barre qui chancelait. Eponi reconnut celui-ci, l'agent qui l'avait assommée d'un coup de pied.

Si le premier agent était arrivé lourdement avec la barre, celui-ci déploya des débris plus petits. Des éclats, peut-être d'un demi-mètre de long chacun, furent lancés vers Sai et accrochèrent sa veste, déchirant le gilet en dessous. Sai recula, feignit d'atteindre le katana, toujours coincé dans la barre, et attira l'agent à double lame dans une forte poussée en avant là où Sai aurait dû se trouver.

Le coup dans le vide amena l'agent à franchir la dernière marche dans le vaisseau, exposant tout son corps lorsque Sai dégaina son pistolet, inclina la tête et tira. Une fois, deux fois, et l'agent, l'air trop choqué pour parler, tomba en arrière et chuta de la rampe. Plutôt que de poursuivre, Sai se dirigea vers le panneau de contrôle à proximité, le frappant et fermant brusquement la rampe.

— Jolis mouvements, dit Eponi alors que le vaisseau se scellait, sans qu'aucun autre agent ne se risque à entrer.

— Combat déloyal, répondit Sai en retirant son katana de la barre et en examinant rapidement la lame.

— Avec une victoire nette et propre, répliqua Eponi.

Une fois de plus, elle essaya de se redresser sur le canapé. Une fois de plus, la nausée et la douleur faillirent la terrasser, mais une fois qu'Eponi se fut assise, elle trouva quelque chose à quoi s'accrocher. Un barreau au-dessus d'un lac d'acide bouillonnant, mais un barreau quand même.

— Ça va ? demanda Sai, l'observant d'un air inquiet.

— Super bien, répondit Eponi, baissant les yeux vers le sol métallique du vaisseau. Vana ne voulait pas que l'engin soit sali, mais... Dis, tu peux vérifier s'il y a quelque chose dans ce vaisseau ?

— D'accord, dit Sai, sauf que je ne sais pas combien de temps on va tenir. Ils pourraient être capables d'ouvrir la rampe de l'extérieur.

— Donne-moi ton pistolet. Eponi tendit mollement une main. S'ils l'abaissent, je leur tirerai dessus.

— Hmm. Sai, cependant, fit ce qu'Eponi suggérait et lui tendit l'arme. Ne meurs pas devant moi.

— Oh, ce ne sera pas devant toi. Ne t'inquiète pas.

Sai laissa échapper un rire forcé, glissa le katana dans son fourreau et partit d'un pas lourd dans le vaisseau pour trouver, avec un peu de chance, quelque chose contenant des médicaments qui pourraient remettre Eponi en état de combattre.

Drogues, doses. L'agent avait parlé des doses comme si c'était de l'argent, mais en mieux. Être prêt à risquer sa vie, une seule fois, pour une dose signifiait que ce que Vana mijotait était important.

Bon sang, vu son état, peut-être qu'Eponi pourrait en obtenir un peu. Pour se remettre d'aplomb.

Surtout avec le bip de la rampe qui signalait un déverrouillage extérieur. Le geste de panique de Sai ne leur avait gagné que quelques minutes, rien de plus.

— Hé, mon pote, lança Eponi, détestant la façon dont les mots brûlaient sa gorge meurtrie. Les agents avaient rendu sa chose préférée — lancer des piques — misérable, et ça n'allait pas se passer comme ça. Comment se passe cette recherche ?

Sai apparut comme s'il avait été invoqué, surgissant dans la chambre centrale et jetant un regard mécontent à la rampe qui commençait à descendre de nouveau. Ses mains tenaient une trousse de premiers secours standard, utile pour les coupures et les occasionnels malaises dans l'espace.

— Il y a des antidouleurs là-dedans, dit Sai. Pas grand-chose d'autre qui pourrait aider.

— Donne-moi ça, répondit Eponi, et Sai s'exécuta.

Renard devait être de ceux qui fronçaient les sourcils devant les plaisirs engourdissants de la médecine moderne. La trousse contenait le moins de bonnes choses qu'Eponi ait jamais vu, mais elle fit avec en avalant quelques pilules analgésiques pendant que Sai se mettait en danger. L'effet ne serait pas instantané, mais Eponi pourrait peut-être se lever avant que les agents ne les tuent tous les deux.

— Tu crois qu'ils vont monter en file indienne encore une fois ? demanda Eponi.

— On ne peut qu'espérer.

Au lieu de cela, personne n'apparut. La rampe descendit, toucha le sol, et le panneau de contrôle bipa en conséquence. Sortir, entrer, les deux étaient possibles et aucun ne semblait se produire.

Toujours sur le canapé, serrant le pistolet, Eponi fit signe à Sai de se mettre de côté, de se coller contre la paroi intérieure du vaisseau, dégageant sa zone de tir. Si les agents en bas voulaient attendre le duo de Sever, eh bien, Sai et Eponi pouvaient attendre aussi.

Les faire venir à nous ? signa Sai, utilisant les signaux manuels que Sever avait développés au fil des ans.

Je ne vais pas à eux, répondit Eponi, souhaitant que le langage des signes ait un vocabulaire plus large pour qu'elle puisse placer les jurons appropriés là où ils appartenaient. Eponi estimait que ses chances de se tenir debout sans tomber sur son propre visage étaient catastrophiques, il n'y avait donc aucune chance d'un exode héroïque.

Sai sembla comprendre et se mit en position. Dehors, des voix montèrent par la rampe. Des discussions entre plusieurs agents, rapides et se mêlant de temps en temps à cet étrange rire. Peu de choses amplifiaient plus les vibrations effrayantes que des gens complotant votre perte et riant en le faisant. Les minutes passèrent, la conversation continua, et Eponi atteignit sa limite.

— Vous montez ou pas ? cria Eponi à travers l'ouverture. Je commence à m'ennuyer ici !

En réponse, deux petites capsules sombres rebondirent et passèrent par la rampe. Tout soldat de DefenseCorp qui avait passé plus d'une semaine dans la compagnie savait ce que ces capsules signifiaient. Eponi ferma hermétiquement les yeux, essaya de porter ses doigts à ses oreilles.

Les grenades aveuglantes firent leur travail. Outils éprouvés qui existaient bien avant qu'Eponi ne grâce la galaxie de sa présence vivante, ces maudites choses gagnèrent leur vie en flamboyant à travers ses yeux fermés, en faisant éclater ses oreilles avec une telle force que sa tête déjà étourdie résonna. Incapable de garder une quelconque composition avec son corps en mode panique, Eponi bascula en avant du canapé et heurta durement le sol métallique du vaisseau.

Cette chute lui sauva la vie.

Les oreilles sifflantes, les yeux aveuglés, Eponi ne pouvait ni entendre, ni voir. Elle pouvait, cependant, sentir. Des tremblements parcouraient le sol et touchaient ses doigts alors que des pieds martelaient la rampe. Eponi traça ces secousses, pointa le pistolet dans leur direction et pria le ciel de ne pas être sur le point de tirer sur Sai.

Elle appuya sur la gâchette. Une fois, deux fois, trois fois. Les flashs du pistolet s'ajoutèrent à la douleur colorée derrière ses yeux, mais Eponi sentit le bruit sourd plus lourd lorsque le corps de quelqu'un heurta le sol. Avant qu'elle ne tire une quatrième fois, cependant, le pistolet quitta ses mains, glissant sur le sol. Un pied s'abattit violemment sur son bras gauche, et Eponi sentit un os se briser. Une douleur aiguë, un cri, et seule l'adrénaline, seuls les analgésiques qu'elle avait avalés, l'empêchèrent de sombrer dans une obscurité totale.

Levant les yeux, sa vision revenant à un flou gris, Eponi vit l'agent debout sur elle. L'homme arborait ce large sourire, avait son pied planté, et ce qui ressemblait à une ombre sombre grandissant sur son cou. L'agent jouait avec un couteau de combat, le tenant à deux mains pour le plonger dans le dos d'Eponi. Elle ne pouvait pas mettre ses jambes en position pour un coup de pied, et allongée sur la poitrine, le bras piégé sous la jambe de l'agent, Eponi n'avait pas beaucoup d'options.

— Ne bouge pas maintenant, dit l'agent, en poignardant vers le bas.

Eponi se recroquevilla. Elle roula sur le côté, haletant à la douleur lancinante de son bras gauche cassé, et prit le couteau dans le flanc. La plongée, un coup déterminé contre un ennemi qui n'était pas censé esquiver, trancha le milieu d'Eponi, mais n'alla pas profondément, accrochant surtout des vêtements sur son chemin vers le sol. Eponi continua à bouger, mettant sa main droite sur la jambe gauche de l'agent, utilisant la traction comme levier pour balayer l'agent de ses pieds.

Ce mouvement n'aurait pas fonctionné si l'homme avait été sur un sol plat, mais le bras d'Eponi, bien que cassé, ne fournissait pas de stabilité. L'agent tomba en arrière, heurtant le sol en premier avec son derrière. Derrière lui, Eponi vit Sai, désarmé, luttant contre une autre paire. Ils semblaient aussi travailler avec des couteaux, prenant soin de ne pas endommager le vaisseau sacré de Vana.

Eponi vit aussi son pistolet, gisant à quelques mètres sur le sol. Poussant avec ses pieds, Eponi se précipita vers lui, traînant son bras douloureux. L'agent se leva, riant tout du long, et la poursuivit. Eponi essaya de lancer un coup de pied en rampant, mais l'homme ne fut pas dupe cette fois. Il la dépassa, se pencha et ramassa le pistolet qu'elle convoitait. Il retourna la crosse et frappa Eponi sur le côté avec, un coup qui brouilla sa vision.

Un coup qui vida Eponi. Ses batteries épuisées, sa course terminée. Elle essaya de bouger, essaya de trouver l'effort pour continuer à se battre alors que l'agent levait à nouveau le couteau. Son corps ne répondait plus, ne pouvait plus gravir cette montagne par-dessus la douleur, le choc, la surcharge. Comme un kart qui aurait été jeté dans une manœuvre de trop.

Un bruit sourd résonna à travers le vaisseau, parcourant les doigts d'Eponi. Des renforts, peut-être. Condamnant Sai aussi. L'agent, cependant, s'arrêta dans son coup mortel, tournant le visage vers la rampe, son sourire se transformant en froncement de sourcils. Eponi aurait aimé se retourner aussi, mais son cou ne semblait plus vouloir fonctionner de cette façon.

— Non. Un seul mot, plus grondé que parlé.

L'espoir d'Eponi trouva une lueur là. Et quand le marteau siffla, s'écrasant contre l'agent et apportant sa ruine dans le coin le plus éloigné de la pièce, l'espoir d'Eponi trouva une flamme.

Elle perdit connaissance une seconde plus tard, aux sons infiniment doux de Gregor faisant ce qu'il faisait mieux que quiconque.

25

L'ASCENSION

Pour un moment de triomphe, la mise hors d'état de nuire des deux combinaisons dans le pic n'avait pas duré longtemps. Rovo, tout juste sorti d'une tentative relativement stable d'utilisation de la faux, passa brusquement d'une victoire enthousiaste à une rage bouillonnante lorsque Vana et son cercle d'amis apparurent, pistolets en main, autour de l'ascenseur descendu.

L'armure de puissance de Rovo lui donnait une vision presque entièrement bordée de rouge, mettant en évidence les menaces potentielles dans littéralement toutes les directions, sauf droit vers le haut. Malheureusement, l'armure ne lui permettait pas de voler. Autre point fâcheux, Aurora semblait négocier avec le ravisseur de Kaia.

— Remettez-nous la fille et nous vous laisserons partir, disait Aurora, maintenant toujours, comme Rovo, son adversaire en combinaison qu'elle avait plaqué au sol. Vous avez déjà obtenu ce dont vous aviez besoin d'elle.

— C'est une déclaration audacieuse quand on est encerclé, répondit Vana. Je propose un autre échange : vous nous laissez quitter ce monde avec la fille, et nous vous laissons garder vos vies.

L'offre parut un peu étrange à Rovo : pourquoi Vana n'éliminerait-elle pas simplement les deux Severs ici et maintenant, pour ensuite négocier avec Salinity, qui serait une entité plus neutre dans toute cette affaire ? Raquel avait déjà déclaré que son objectif principal était d'empêcher que davantage de citoyens de Gillane Quatre ne meurent dans le conflit. Elle serait malléable.

Mais peut-être que Vana ne le savait pas.

— Vous avez entendu mon offre, rétorqua Aurora. Ce n'est pas une négociation.

Vana soupira.

— Alors vous êtes prêts à mourir pour la fille ?

— Je le suis, intervint Rovo. Comme l'a dit Aurora, vous n'avez plus besoin d'elle. Pourquoi faites-vous cela ?

— Une police d'assurance.

Vana semblait vouloir continuer, mais son bracelet vibra. Cette fois, le soupir fut plus profond qu'avant.

— Mais il semble que mon assurance ne soit plus aussi bonne qu'elle l'était. Peut-être, Aurora, que je vais accepter votre offre.

Rovo cligna des yeux. Il ne s'attendait pas à ce revirement.

— Alors où est la fille ? dit Aurora. Remettez-la-nous, nous monterons et partirons, et ensuite vous pourrez partir.

— Elle n'est pas ici, fit Vana en désignant d'un geste tous les agents armés de pistolets. Pensez-vous que ce soit un endroit pour une enfant ? Une fois que nous avons fait les prélèvements, je l'ai fait déplacer. Après notre départ, je vous enverrai les coordonnées pour la retrouver.

— Comme si on pouvait vous faire confiance, dit Rovo.

— Comme si vous aviez le choix, répliqua Vana, et Rovo

détestait à quel point Vana avait toujours l'air si calme. Comme si tout semblait se dérouler selon son plan. Protestez, battez-vous, faites ce que vous voulez, mais si vous voulez retrouver la fille, vous aurez besoin de mon aide.

Aurora jeta un coup d'œil à Rovo, et dans ce regard, Rovo vit la réponse qu'il cherchait. Le bleu voulait que Kaia soit vivante, en sécurité, mais il ne pouvait pas faire confiance à Vana. Pas après les pièges, les doubles jeux, la coercition continue. Raquel et Salinity avaient la planète sous étroite surveillance. Les agents ne pourraient pas la faire sortir, et Salinity retrouverait l'enfant sans trop de problèmes.

Rovo devait le croire, car l'inverse, laisser partir Vana maintenant...

— Je fais un autre pari, dit Rovo.

— Quoi ? demanda Vana, et Rovo répondit en lançant le couteau volé par-dessus la foule environnante.

La lame frappa le gros tube qui faisait circuler l'eau à travers les serpentins de chauffage. Le verre, conçu pour résister aux tremblements de terre et à la chaleur, n'était pas fait pour supporter un coup direct d'un objet conçu pour trancher l'armure. Le couteau perça, le tube se fissura, et le jet commença.

— Canots de sauvetage ! Le cri de Vana s'éleva au-dessus de la panique soudaine alors que l'eau bouillante jaillissait dans la chambre de l'ascenseur.

Deux portes, menant vers un endroit inconnu de Rovo, s'encombrèrent d'agents se précipitant pour les franchir. Aucun ne songea à tirer sur Rovo et Aurora. Aucun ne pensa à se mettre en travers de leur chemin alors que les deux Severs empruntaient une voie différente.

Aurora fit le mouvement le plus rapide, bondissant de son soldat immobilisé pour attraper Vana alors que la chef des agents se précipitait vers l'une des portes. Au moment où Aurora saisissait le bras de Vana, le tube d'eau se fissura davantage, le verre se pliant sous la pression du jet, le transformant en déluge. La structure commença à trembler, les alarmes retentirent, et les agents continuèrent à fuir.

— Raquel ? cria Rovo dans son bracelet, s'éloignant de la combinaison immobilisée et laissant cet agent, lui aussi, courir vers les portes. Dans une combinaison comme celle-là, l'homme ne rentrerait jamais dans un canot de sauvetage de toute façon. Faites évacuer vos hommes de cet endroit !

— Que se passe-t-il ? Rovo pouvait à peine entendre Raquel par-dessus le bruit.

— Petit problème avec le pic ! Surveillez les agents qui partent dans les canots de sauvetage, ils auront besoin d'être récupérés. Ou vous pouvez simplement les abattre.

— Rovo ! cria Aurora, et le bleu réalisa que l'eau dans le pic avait atteint ses chevilles et montait rapidement. Il est temps de bouger !

La capitaine Sever tenait fermement Vana dans son bras gauche, tandis que sa main droite dégageait le grappin de l'armure de puissance et se préparait à le lancer vers le haut. Au-dessus, le long pic s'étirait avec ses lumières bleues — et maintenant clignotantes rouges d'alarme. Ils auraient pu passer par les sorties après les agents et espérer que leurs ennemis leur laissent de la place dans les canots de sauvetage.

Peu probable.

Donc cela signifiait monter. En faisant la course contre l'eau.

Pendant un bref instant, Rovo envisagea simplement de nager. De faire la planche dans l'eau qui montait. Cette idée s'évanouit rapidement lorsque sa visière l'alerta de la chaleur croissante à ses pieds. Ce n'était pas de l'eau de mer froide, mais un liquide presque bouillant, surchauffé tandis que le pic remplissait son objectif. De plus, le pic avait été endommagé. Des circuits potentiellement exposés. À tout moment, la mare grandissante pourrait se transformer en piège mortel électrifié.

Cool.

Aurora sauta, lançant le grappin en bondissant. Le crochet mordit dans le tube d'eau plus haut, s'accrochant au verre et tenant bon. Avec la fuite en dessous, l'eau ne giclait plus de la nouvelle fissure.

— Joli lancer, dit Rovo, en se baissant pour récupérer son bouclier-faux perdu sous l'eau et le rangeant à sa ceinture. Fais-moi signe si tu as besoin d'un coup de main.

— Bouge-toi, c'est tout, lui cria Aurora.

Plutôt que d'utiliser le grappin, Rovo sortit son couteau de combat, le mit dans sa main gauche, tout en gardant sa faux à long crochet dans l'autre. Activant les propulseurs cinétiques, Rovo s'élança hors de la mare qui lui arrivait aux genoux et planta ses armes dans la paroi du pic. Le métal, comme le verre, n'avait pas été conçu pour résister à des poussées brusques, et les lames de Rovo s'y enfoncèrent bien.

Maintenant, le bleu devait faire quelque chose qu'il n'avait jamais fait auparavant : grimper, en utilisant des couteaux comme mains.

Rovo commença avec la faux, un mouvement saccadé qui le fit monter d'un mètre. Le couteau de combat n'offrait pas une prise aussi profonde, et il fallut quelques coups pour que l'arme soit suffisamment stable pour que Rovo puisse y mettre du poids, mais il avança. L'armure assistée compensait son propre poids, faisant ce qu'elle pouvait pour augmenter la force de préhension.

Malgré tout, Rovo avait l'impression de soulever un camion.

Aurora, de l'autre côté, adopta une approche différente. Une qui semblait, franchement, plus intelligente. Utilisant les crampons de l'armure assistée, Aurora fixa ses jambes sur le côté du pic, utilisant les propres stabilisateurs de la combinaison pour l'aider à se tenir droite, avec Vana blottie contre sa poitrine, pendant qu'Aurora retirait puis lançait le grappin plus haut.

Vana ne semblait pas se débattre. Peut-être qu'elle ne voulait pas se faire cuire dans l'écume bouillonnante en dessous d'elles.

Un choix raisonnable.

Après le troisième étirement et déplacement avec la faux, Rovo abandonna son couteau de combat et adopta la méthode d'Aurora. Rovo avait beaucoup de fierté, mais il savait reconnaître quand il avait fait le mauvais choix. Attrapant son grappin, Rovo visa le tube de son côté, lançant le grappin vers le verre. Le crochet s'accrocha, comme celui d'Aurora, et Rovo ressentit ce bref frisson qui survient quand on réplique le mouvement d'un mentor.

Avec une traction sur le grappin, l'armure assistée se mit en action, enroulant le fil métallique du grappin et tirant Rovo plus haut. En dessous de lui, l'eau continuait de monter, mais pas assez vite pour que Rovo se sente vraiment menacé. Ce ne serait pas une ascension rapide jusqu'au sommet, mais avec les grappins, ils y arriveraient. Pas de problème.

À moins que le pic ne décide de se briser.

La structure n'avait pas très bien géré l'afflux d'eau. Ses alarmes hurlaient, les lumières clignotaient, mais la mare grandissante faisait trembler les murs tandis que Rovo et Aurora, avec Vana blottie contre elle, grimpaient. De forts grondements résonnaient dans l'air, ponctués de craquements alors que les joints et les moulures se fendaient, se brisaient et se fracassaient autour d'eux.

— Je pense qu'on devrait se dépêcher ! cria Rovo à travers le pic. Il avait maintenu le rythme d'Aurora, l'ayant rattrapée maintenant. Il semblait malvenu d'abandonner la capitaine qui portait la prisonnière. Tu peux aller plus vite ?

— Si je lâchais Vana dans l'eau, répondit Aurora en lançant à nouveau le grappin vers le haut.

Pas la pire des idées. Rovo était convaincu que Salinité pourrait retrouver l'enfant, mais si Sever avait déjà Vana, il semblait judicieux de la garder en vie. Du moins, jusqu'à ce qu'ils aient Kaia entre leurs mains.

Rovo avait brisé une nuque sur Gillane Quatre. Il pouvait en faire une deuxième.

Cette pensée ébranla le bleu alors qu'il grimpait d'une autre prise sur le pic. Rien de tel qu'une petite introspection au milieu d'une crise. Et pourtant, Sever semblait toujours être dans l'une d'entre elles. Le martèlement continuel contre la volonté de Rovo l'avait-il usée jusqu'à ce qu'il ne lui reste plus qu'une colère frustrée ? Où la fin, sauver Kaia, justifiait plus que les moyens meurtriers ?

Toute réponse à cette question devrait attendre, car le tube que Rovo utilisait pour son grappin se détacha du mur. Non, le mur lui-même se brisait. L'eau jaillissait entre les panneaux métalliques, douchant Rovo de liquide glacé. L'eau de mer froide plongeait dans la mare chaude en dessous, soulevant un nuage de vapeur qui transformait la vue à l'intérieur du pic en un brouillard impénétrable.

Rovo enfonça profondément sa faux dans le mur, espérant que cette section ne céderait pas tout de suite. Levant son bracelet à sa bouche, il lui dit de contacter Raquel, et le bracelet obéit à ses ordres.

— Rovo ? La voix de Raquel résonna, se connectant à la visière du bleu. Où êtes-vous tous les deux ? J'ai le dernier skiff, on vous attend...

— Ouvre l'écoutille supérieure, dit Rovo. S'il te plaît, maintenant !

— Je m'en occupe, dit Raquel tandis que Rovo sentait son grappin se détacher et tomber. Sans pouvoir voir, il devrait revenir à l'escalade manuelle. Vous êtes proches ?

— Je ne peux pas dire, dit Rovo. On se rapproche. Tiens bon et on y arrivera.

— Le pic n'est pas en très bon...

La connexion de Raquel fut coupée lorsque la voix d'Aurora, prenant la priorité sur le canal de l'escouade, interrompit : — Rovo, vas-y. Je ne peux pas utiliser le grappin avec ce brouillard. Monte en haut, lance ta ligne et on s'en servira pour sortir.

Une course contre l'eau qui montait maintenant rapidement avec plus d'eau s'infiltrant de tous les côtés. Peut-être pas aussi brûlante pour la peau, mais même le meilleur nageur ne pourrait pas échapper à l'ensevelissement dans le pic qui s'effondrait.

Le brouillard de vapeur se dissipa lorsque la lumière du jour brilla d'en haut. Raquel avait fait son mouvement, ouvert l'écoutille, et Rovo continua à grimper vers elle, revenant à la combinaison couteau et faux, s'accrochant autour des panneaux muraux défaillants, jusqu'à ce qu'il atteigne le sommet du pic. Maintenant, il devait aller à l'horizontale, grimpant le long du plafond du pic tandis que la structure se désintégrait autour de lui.

Tu sais, juste une journée normale dans l'Escouade Sever.

En dessous, Aurora et Vana s'accrochaient au mur, l'eau les rattrapant. Le désordre bouillonnant continuait de soulever de la vapeur, bien qu'au moins les alarmes mouraient maintenant, leurs générateurs défaillant alors que le pic poursuivait son effondrement vers le fond de l'océan.

Rovo essaya d'enfoncer la faux dans le plafond, mais les murs ici étaient plus épais, conçus pour supporter des vaisseaux d'atterrissage. L'arme ne mordait pas, encore moins ne pouvait supporter le poids de Rovo. Il lui fallait une autre tactique. Utilisant ses crampons, Rovo se réorienta, se tournant face au centre du pic. Il descendit d'un mètre, s'appuyant sur la faux, pour se donner un meilleur angle.

— Qu'est-ce que tu fais, Rovo ? demanda Aurora d'une voix toujours empreinte d'autorité, mais avec une pointe d'inquiétude.

— J'assure, répondit Rovo.

Poussant l'énergie, Rovo se propulsa du mur dans un saut plus horizontal que vertical. Le bond amena la recrue au-dessus du vide central, l'auréolant un instant de lumière du jour. Rovo tendit le bras, étendu avec la faux, et faillit se l'arracher quand l'engin s'accrocha. Suspendu au-dessus de la tige du pic et d'une tombe aquatique très, très profonde en dessous de lui, Rovo refusa de regarder vers le bas.

Au lieu de cela, il poussa le peu d'énergie qui restait du saut dans les propulseurs de ses bottes. La poussée, sans rien contre quoi s'appuyer, n'était pas grande, mais la faux tint bon, et la main gauche de Rovo réussit à s'élever suffisamment pour s'agripper. D'autres mains se joignirent à elle lorsque Raquel et quelques gardes loyaux de Salinity se précipitèrent, prêts à tirer tandis que Rovo faisait un effort avec la faux.

L'arme mordit la surface du pic et, avec l'aide de l'armure assistée, ainsi que du trio humain plus ou moins utile — l'armure assistée était trop lourde pour que leurs tractions soient plus qu'un apport mineur —, Rovo rampa sur la surface du pic.

Et faillit rouler.

Le pic penchait sur le côté, transformant la plateforme plane en colline. Les deux skiffs qui restaient à proximité n'étaient plus vraiment amarrés, mais flottaient à côté. Cette inclinaison, bien que Rovo ne s'en soit pas rendu compte à l'intérieur, avait rendu possible la réussite de son saut désespéré. Parfois, le désastre joue en votre faveur.

— Rovo ! La voix d'Aurora retentit. Quand tu veux !

Se retournant, Rovo lança son grappin vers Aurora. Baignée dans les vestiges bleus scintillants, couplés à la lumière du jour, sa capitaine et sa captive, avec l'eau léchant les talons d'Aurora, avaient l'air fantastiques. Aurora attacha le grappin à sa ceinture, puis se propulsa avec ses propulseurs cinétiques, s'élançant vers la sortie.

Vana grimpa en premier alors qu'elles approchaient, montant sur les épaules d'Aurora. Rovo tendit la main et saisit celle de Vana. Il la hisserait, la passerait, puis tendrait la main vers Aurora. Simple comme bonjour.

L'agent monta facilement, atteignant la surface du pic.

— Merci pour le sauvetage, dit Vana. Mais tu ne devrais vraiment pas être si gentil.

Rovo, déjà en train de se déplacer pour atteindre Aurora, jeta un coup d'œil vers Vana.

— Quoi ?

— Tu finiras toujours par être blessé, dit Vana, et alors que Raquel et ses deux gardes s'avançaient vers elle, Vana appuya sur le déclencheur du grappin sur la combinaison de Rovo.

Le câble se libéra, sifflant par-dessus le bord. Aurora, accrochée à l'extrémité du grappin, chuta avec le câble, disparaissant dans la mer tumultueuse.

26

POUR UNE BAIGNADE

Aurora percuta l'eau avec un calme né de mille situations périlleuses surmontées. L'armure assistée réagit de manière similaire, suivant sa programmation pour fermer hermétiquement chaque valve et interstice afin de garder Aurora au sec et, plus important encore, de lui permettre de respirer l'oxygène stocké dans les poches de l'armure, prévu pour des situations comme celle-ci.

Non pas que DefenseCorp conseillait à ses utilisateurs d'armures assistées de faire des plongées profondes — la combinaison finirait, à terme, par manquer d'énergie et perdre sa capacité à maintenir un flux d'air, laissant son pilote enfermé dans un cocon éternel au fond d'un océan ou d'un autre. Les mêmes principes s'appliquaient au vide spatial, bien que l'espace offre au moins à son voyageur condamné une meilleure vue avant de le transformer en glace.

Aurora assimila toutes ces pensées en un éclair tandis que la combinaison s'enfonçait dans un pic où elle avait déjà passé beaucoup trop de temps. L'astuce de Vana lui revint en mémoire alors qu'Aurora sortait son propre grappin, le trouvait inutile dans l'eau, puis essayait de nager. Ses jambes et ses bras, boostés par l'énergie cinétique parcourant la combinaison, faisaient un travail admirable pour la propulser vers le haut. L'eau qui avait bouilli, prête à cuire une version antérieure de la Sever en un repas vapeur, ne déclenchait maintenant que les capteurs de chaleur moyenne de l'armure, apparemment refroidie par l'océan environnant.

— Si on remplaçait ça par un maillot de bain, je pourrais presque apprécier, marmonna Aurora tandis que ses coups de pied atteignaient le bord extérieur du pic.

Ce qui avait été un mur lisse s'effondrait et se pliait sous la pression de l'eau qui déchirait le bâtiment. D'une certaine manière, cela facilitait la tâche d'Aurora, car ce mur offrait maintenant de nombreuses prises. Aurora trouva une prise et tira, se hissant par à-coups successifs. La surface n'était pas si loin, scintillant dans la lumière du jour.

Le défi, maintenant, n'était plus tant une lutte contre la noyade qu'une course pour savoir si Aurora pourrait atteindre la surface avant que le pic ne cède et ne s'effondre complètement. Nager dans l'armure assistée était déjà assez difficile, le faire tout en esquivant des plaques de métal qui tombaient ?

— Aurora, tu es toujours là ? La voix de Rovo grésilla dans le communicateur, sur la fréquence de l'Escouade Sever.

— Non, j'ai disparu, répliqua Aurora. Je suis en train de grimper.

— Dépêche-toi. Les skiffs ont du mal à rester au niveau de la plateforme maintenant.

— Où est Vana ?

— Raquel est avec elle. Elles retournent à la base de Salinity.

— Pas toi ? Aurora avait envie de frapper Rovo, mais elle se contenta d'un autre effort pour atteindre et tirer. Encore un mètre ou deux et elle serait de retour à l'air libre, prête pour l'ascension finale. Pourquoi as-tu laissé partir Vana ?

Rovo ne répondit pas tout de suite. Bien. Au moins, le bleu avait le bon sens de réaliser quand il avait fait quelque chose de stupide.

— Tu dis toujours que l'escouade passe avant tout, répondit Rovo. Je ne voulais pas t'abandonner.

— Je ne suis pas entourée d'ennemis ou en train de me vider de mon sang, Rovo, dit Aurora. Tu peux monter sur ce skiff ?

— Il est déjà parti.

Le juron d'Aurora coïncida avec un autre effort qui la fit émerger à la surface turbulente. L'eau agitée giflait sa visière, perturbant ses capteurs qui essayaient de trouver le meilleur spectre. Pas que cela importait : il aurait fallu qu'elle soit totalement aveugle pour manquer le grand trou étincelant au milieu du pic.

Moins facile à voir mais tout aussi crucial était le bras de Rovo. Le bleu l'avait tendu vers le bas dans un long geste, se balançant pour qu'Aurora puisse faire un saut propulsé par la nage. La capitaine de Sever fit ce que la situation exigeait, poussant aussi fort qu'elle le pouvait, ajoutant un coup de pied supplémentaire avec le dernier peu d'énergie cinétique de sa combinaison — chargée pendant qu'elle faisait du sur-place. Comme un dauphin métallique et laid, Aurora fendit la surface et s'étira.

Dans un film, Aurora sentait que le moment aurait été joué au ralenti.

En temps réel, elle n'avait aucune chance.

Au moment où Aurora se libérait du tourbillon, le pic de Salinity vivait son dernier instant en tant que structure solide. Les fibres qui le maintenaient droit se courbèrent et se brisèrent sous la pression de l'eau, offrant un excellent craquement au mouvement spectaculaire d'Aurora tout en signalant l'échec de ce même mouvement.

La plateforme d'atterrissage du niveau supérieur s'inclina sur le côté, projetant Rovo en arrière de son perchoir et hors de vue. Aurora entendit le cri surpris du bleu traverser la fréquence, se mêlant à son propre cri alors que le saut l'amenait à portée de main du sommet du pic, sans prise possible. Sa main droite glissa sur le métal, et Aurora tomba la tête la première.

L'eau s'écoulait selon des lois physiques décidément pas en faveur d'Aurora. Au lieu d'une chute de retour dans la piscine profonde, Aurora fut frappée par une vague d'eau qui la poussa vers le trou qu'elle avait essayé d'atteindre. Seulement cette fois, au lieu d'une main secourable et d'une traction vers une évasion vaillante, l'eau propulsa Aurora à travers, la projetant dans les airs loin au-dessus de la surface de l'océan.

La tête d'Aurora, sortant en premier, entraîna son corps dans une culbute alors qu'elle tendait le bras et s'accrochait au rebord de la plateforme d'atterrissage. Faisant pivoter ses bottes, Aurora activa les crampons, les enfonçant dans la surface plate. L'eau se déversait sur elle et autour d'elle, la visière la protégeant des yeux.

— Où es-tu ? appela Rovo, ce qui était surprenant car Aurora pensait qu'il aurait plongé dans une chute qui lui aurait brisé le dos à la surface de l'eau.

— Accrochée à l'extrémité du pic. L'évaluation d'Aurora était strictement exacte pour le moment, mais la chute continue du pic, un effondrement au ralenti alors que la structure séparait sa moitié supérieure de sa base, forcerait une évacuation d'une seconde à l'autre. Et toi, où es-tu ?

— J'ai sauté sur un skiff, dit Rovo. On va venir te chercher.

— Négatif, dit Aurora, sentant le sommet du pic continuer sa rotation. Vous me récupérerez dans l'eau après.

L'eau rugit sa fureur, puis ralentit jusqu'à un filet ruisselant alors que l'effondrement se poursuivait, séparant le sommet de la tour du flux océanique en dessous. L'estomac d'Aurora fit un bond lorsque la capitaine de Sever bascula dos vers la mer, se retrouvant maintenant la tête en bas grâce à ses crampons. Les câbles qui se rompaient et les plaques qui craquaient produisaient une cacophonie stridente alors que la tour entamait sa chute verticale. Le viseur d'Aurora calcula une chute d'environ cent mètres, et elle allait heurter l'eau suivie d'on ne sait combien de kilos de métal brisé.

Pas génial.

Aurora prit une profonde inspiration. DefenseCorp n'avait aucune formation pour ça — normalement, l'artillerie ou les bombardements orbitaux détruisaient tous les bâtiments importants avant l'arrivée de Sever. Au lieu de cela, elle devait s'en remettre à son instinct. À son élan.

Relâchant sa prise sur le rebord de la plateforme d'atterrissage, mais gardant ses bottes verrouillées, Aurora se balança. Au sommet de sa trajectoire, alors que la tour tombait vers l'océan, Aurora libéra ses bottes. Déverrouillée, avec le poids de l'armure qui l'entraînait, Aurora vola — autant qu'une personne dans une combinaison encombrante pouvait voler — vers le bas et loin de la tour qui s'effondrait.

La vitesse supplémentaire propulsa Aurora dans l'eau comme un missile, et elle tendit les bras pour fendre les vagues, plongeant profondément. Sa trajectoire l'amena directement vers la structure encore debout de la tour, ses lumières sous-marines offrant à Aurora une cible alors que la moitié qui s'effondrait entrait dans la mer derrière elle. Le métal qui tombait poussa l'eau en avant dans un jet puissant, faisant culbuter Aurora jusqu'à ce qu'elle s'écrase contre la moitié inférieure de la tour.

Son armure gémit en même temps que les muscles d'Aurora, et ses yeux clignotèrent de quelques couleurs froides alors que son cerveau se secouait. La pression mouvante de l'eau maintint Aurora plaquée contre le côté de la tour pendant un long moment, mais l'aspiration inverse commença rapidement. Utilisant ces crampons — Aurora voulait trouver qui les avait fabriqués et leur offrir autant d'argent qu'elle pouvait — la capitaine de Sever se fixa à la paroi extérieure, regardant l'eau se précipiter à nouveau autour d'elle.

La moitié supérieure de la tour dérivait vers le bas, des bulles s'élevant tout autour de l'immense structure comme une procession funéraire naturelle. Aurora la regarda glisser devant elle, s'enfonçant plus profondément dans les abysses de l'océan. Elle venait d'être à l'intérieur de cette chose, venait d'essayer d'atteindre son sommet, et maintenant la voilà partie, disparue à jamais dans une obscurité qu'Aurora espérait ne jamais avoir à pénétrer.

— Capitaine ? La voix de Rovo, grésillante à travers toute cette eau, se fit entendre.

Aurora ne répondit pas immédiatement. Elle respira. Attendit. Réconcilia le fait qu'elle n'était pas sur le point de mourir avec ce qui venait de se passer.

— Aurora ? Rovo mit un peu de tranchant cette fois, un peu de panique. Dis-moi que tu es là, s'il te plaît.

— Je suis là, dit Aurora, sans bouger. N'osant pas déverrouiller ses bottes. Je suis sous l'eau. Accrochée aux restes de la tour.

Nager jusqu'à la surface, ou y grimper, semblait une tâche impossible. Son viseur indiquait qu'il lui restait assez d'air pour trente minutes. Aurora pouvait se permettre de se ressaisir.

— Tu es blessée ?

Aurora ferma les yeux.

— Pas blessée. Fatiguée, mais pas blessée.

Si souvent, ce n'était qu'après que le moment soit passé qu'Aurora ressentait de la peur, de l'inquiétude pour ce qui s'était produit. Dans ces fractions de seconde, verrouillant les bottes ou sautant pour attraper la main de Rovo, l'objectif primait dans l'esprit d'Aurora. Les actions physiques nécessaires pour atteindre cet objectif écrasaient toutes les émotions qui auraient pu se mettre en travers du chemin.

Maintenant ? Maintenant Aurora avait le temps de reconstituer le tout.

— C'était un bon tir, dit Aurora.

— Quoi ?

— Pour briser la tour. Tu savais que ça arriverait ?

Rovo rit, le son las et excité d'un vainqueur.

— Je n'en avais aucune idée. Je pensais que ça pourrait projeter un peu d'eau. Peut-être déclencher une alarme qu'on utiliserait comme diversion. Les prendre par surprise.

— Au lieu de ça, tu as coûté cher à Salinity. Raquel ne sera pas contente.

— Mais on est en vie, dit Rovo. Ça doit compter pour quelque chose.

— On verra combien, répondit Aurora. Prenant une autre grande inspiration, elle soupira. Amène mon véhicule à la surface. Près de ce qu'il reste. Je vais faire l'ascension.

— À bientôt, capitaine.

Le skiff, avec Rovo et Aurora serrés sur les sièges arrière, retournait vers l'installation de Salinity aussi vite que le pilote pouvait le pousser. La combinaison d'Aurora gouttait une flaque sur le sol, sa peinture noir et blanc brillant sous la lumière du jour, un joli contraste avec le visage frustré de sa pilote. Ils avaient laissé les agents dans leurs capsules de secours, flottant sur les vagues. La sécurité de Salinity viendrait les chercher plus tard, les inculperait de peu importe quoi, tant que les agents étaient mis hors d'état de nuire.

— Raquel ne répond toujours pas ? demanda Aurora à Rovo pour la quatrième fois en une heure depuis qu'ils s'étaient envolés.

— Non, mais elle est probablement occupée, répondit Rovo. Peut-être.

Raquel avait emmené Vana, supposément vers la même installation où Aurora et Rovo se dirigeaient maintenant. Mettre l'agent, une combattante redoutable qui, clairement, n'avait rien à perdre, dans un skiff sans aucun membre de Sever à ses côtés avait été une décision stupide. Le silence de Raquel pouvait signifier que la femme était impliquée dans la mise en cellule de Vana, mais Aurora savait de quel côté elle parierait.

Une inquiétude tout aussi grande venait des trois autres. Gregor, Sai et Eponi avaient accompli la mission, plaçant les grenades EMP sur le vaisseau de Renard, mais ça n'avait pas exactement été un succès furtif. Les agents savaient que Sever tenterait quelque chose sur l'engin, et Eponi avait été sérieusement battue. Sai et Gregor avaient carbonisé les agents qui montaient la garde, et tous deux croyaient que personne n'avait vu les grenades être placées, donc cette partie du plan pourrait encore fonctionner.

Si Vana se souciait même du vaisseau, sachant maintenant qu'il était compromis.

Dans tous les cas, les trois étaient dans leur propre skiff, filant vers l'installation de Salinity pour discuter des prochaines étapes. Pour, espérons-le, découvrir de Vana où elle avait caché Kaia.

— Essaie l'installation, dit Aurora. Raquel devrait être revenue maintenant, non ?

— Elle devrait, répondit Rovo, puis fit ce qu'Aurora avait demandé. L'appel fut lancé et revint presque immédiatement.

Raquel n'avait pas atterri, et son skiff n'avait fait aucun appel.

Aurora aurait juré, mais à la place, elle fit ce qu'elle devait faire : elle commença à élaborer des plans. La prochaine fois, ce serait elle qui s'occuperait de Vana.

Personne d'autre.

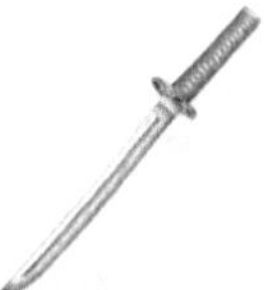

27

CICATRICES DU PASSÉ ET DU FUTUR

Avec Gregor portant Eponi et Sai brandissant son katana comme un phare protecteur, le trio quitta le vaisseau de Renard et se fraya un chemin à travers le chantier de récupération vers les capsules. Avec l'aide de Gregor à l'intérieur du vaisseau, les agents attaquants avaient été réduits à l'état de chair et d'os mutilés. Bien que le vaisseau ait échappé à des dégâts sérieux, l'intérieur aurait néanmoins besoin d'un nettoyage en profondeur pour retrouver son intégrité.

Le combat moderne, souvent rempli de lasers, avait tendance à être plus propre. Les tirs brûlants cautérisaient les blessures, laissant les victimes blessées ou mortes, mais sans les démonstrations physiques révélatrices. Même le katana de Sai, assez tranchant pour des coupes nettes, évitait les grands désordres. Le marteau de Gregor, cependant, rappelait les jours anciens et brutaux : ses coups laissaient derrière eux un récit barbare qui ombrageait les pas de Sai.

L'Escouade Sever et Sai avaient dansé avec la mort trop

de fois depuis Dynas. La variété faisait grimacer Sai alors que le trio montait dans les capsules. L'attente pendant qu'Eponi chargeait lentement la sienne, tandis que Gregor se glissait prudemment dans la sienne, rejouait les dommages subis. Sai s'était retrouvé presque projeté dans le vide, injecté d'un virus meurtrier, face à qui sait combien de pistolets, de fusils et de tourelles de vaisseaux spatiaux.

À un moment donné, il fallait regarder autour de soi et s'émerveiller d'être encore en vie.

La réponse, bien sûr, se déplaçait devant lui, avec Gregor aidant Eponi à s'installer dans son siège. Ce n'était qu'ensemble que l'Escouade Sever avait une chance contre les ennemis qui ne cessaient d'apparaître devant eux. Ce n'était qu'ensemble qu'ils pouvaient s'entraider à travers les écorchures, les coups de couteau et les cicatrices qui s'accumulaient sur leurs corps et leurs âmes.

Sai, face au chantier de récupération silencieux, son katana prêt, seul sur la plateforme, rit doucement. Il était à nouveau dramatique. Il pouvait être enclin à de telles choses, une perspective lointaine qui, Sai devait le croire, provenait de ses enfants et de l'élargissement de l'univers de Sai qui accompagnait leur place dans celui-ci. Pendant longtemps, il avait pu faire taire l'appel insistant à retourner auprès de sa famille.

Mais avec chaque tir que Sai tirait, avec chaque coup qu'il donnait, cet appel devenait plus fort.

Le cri pour l'argent, quant à lui, s'estompait.

Sai savait qu'il restait maintenant par loyauté et amour pour les quatre autres qui voyageaient à ses côtés. C'était, et devrait être, suffisant pour le mener de ce combat au suivant.

Car il y aurait toujours un suivant.

Des navettes ramenèrent le trio à l'installation de Salinity à l'extérieur de Kaiyo qui servait de base de facto à l'Escouade Sever. Alors qu'auparavant les officiers et les travailleurs de Salinity traitaient l'Escouade Sever avec un mélange de déférence et d'agacement - des intrus sur leur territoire - ils grognaient maintenant ouvertement lorsque Sai passait. Au début, ces expressions déconcertèrent les trois, mais quand l'absence de Raquel, son enlèvement lors d'un raid raté mené par Rovo et Aurora, fut connue, Sai comprit.

DefenseCorp était vindicative. Faites du tort à ses équipes et, indépendamment du contrat, DefenseCorp n'épargnerait aucune ressource pour vous traquer et vous détruire. Cette position allait de pair avec la protection de la réputation de DefenseCorp en tant que principal fournisseur de destruction de la galaxie. Sai lui-même, avant et après avoir rejoint l'Escouade Sever, avait joué des rôles dans des missions conçues simplement pour donner une leçon par le feu et les flammes.

La vengeance, cependant, nécessitait une cible. Avec Raquel et les autres troupes dans la navette avec elle disparues, et leur ravisseur présumé évanoui, la frustration trouvait trop facilement une marque sur les intrus. L'étrange escouade qui était tombée sur Gillane Quatre et avait apporté tant de chaos dans la vie d'hommes et de femmes de famille, de personnes qui se croyaient depuis longtemps retraitées des jours remplis de tirs laser et des nuits à surveiller leurs arrières.

Sai comprenait, mais quand il aida Eponi à descendre de la navette et à se diriger vers l'unité médicale de l'installation, un endroit à trois lits plus destiné aux maux de tête qu'aux os brisés, il ne lui restait plus beaucoup de sympathie à partager.

— Vous facturerez le temps à qui vous voudrez, dit Sai

au médecin sur place et à ses robots de soutien alors qu'ils s'agglutinaient autour d'Eponi, examinant les blessures et endurant la description arrogante d'Eponi sur la façon dont elles étaient arrivées. Ce n'est pas une question d'argent, il s'agit de remettre un joueur dans une partie que vous ne pouvez pas vous permettre de perdre.

— Que nous ne pouvons pas nous permettre de perdre ? Le médecin semblait aussi sceptique que Sai ne l'avait jamais vu, les deux sourcils levés et la bouche glissant dans un sourire narquois. C'est une déclaration audacieuse de la part d'une bande de terroristes de DefenseCorp.

Un choix de mots fort. Sai aurait saisi cette insulte et l'aurait exploitée un autre jour, mais après celui-ci, avec ses muscles qui criaient au repos et son cerveau lui disant qu'il devait trouver Aurora et élaborer une stratégie pour la suite, l'homme choisit de ne pas insister.

— Juste... aidez-la, dit Sai. Je sais que ce n'est pas ce à quoi vous vous attendiez, et je sais que vous ne nous aimez peut-être pas, mais elle ne s'est pas fait ça toute seule. Nous essayons de sauver un enfant. C'est tout.

Si Sai avait été plus en forme, il aurait mentionné Kashmal, que Kaia était la fille d'un employé de Salinity, mais ces arguments logiques se brisèrent et s'envolèrent dans la brise mentale qui embrouillait le crâne de Sai.

Incroyable comment un homme pouvait passer de la découpe avec précision à, quelques heures plus tard, tenir à peine le coup.

Le médecin dut le remarquer, car ce regard dubitatif disparut rapidement pour laisser place à une réponse pleine de froncements de sourcils : — Je ne suis pas sûre qu'elle soit la seule à avoir besoin d'aide. Dites-moi que vous ne repartez pas bientôt ?

— Cela dépend du moment où nous trouverons la fille,

répondit Sai. Parce que quand nous la trouverons, je serai prêt.

Le médecin regarda à nouveau vers Eponi, pinça les lèvres : — Alors je ferai ce que je peux pour m'assurer qu'elle le soit aussi.

— Nous les avons toutes plantées, dit Sai, de retour sur le belvédère ouvert alors que le soir s'installait à l'horizon. Aurora avait la même table, et Sai la rejoignit. Pas d'alcool cette fois, pas de fête. L'ambiance semblait sombre et âpre. Trois grenades, toutes liées à mon bracelet. À moins qu'elle ne quitte la planète sans qu'on le sache, je pourrai les déclencher.

— Au moins, nous avons eu un succès aujourd'hui, dit Aurora.

— J'ai entendu, répondit Sai. La recrue a abattu un spike entier ? Je dirais que c'est impressionnant si je n'étais pas inquiet que l'argent sorte de nos comptes.

— C'est un combat que je ne mènerai pas maintenant, répliqua Aurora. Sa main, tenant une fourchette, picorait les légumes dans son assiette, un mélange orange et vert perdant de sa chaleur dans la fraîcheur extérieure. Quand tu as dit à quel point c'était effrayant sur Dynas, quand tu es descendu sous les eaux du marais pour récupérer cette mine ?

— Ouais. L'armure de combat n'est pas vraiment faite pour nager.

— Maintenant je comprends. Aurora se raidit. Après toutes les fois où nous sommes sortis, je n'ai jamais été aussi profondément sous l'océan. Le minuteur d'oxygène te met vraiment la pression.

— Le tic-tac constant, qui te dit combien de temps il te reste avant d'étouffer et de mourir ?

— C'est difficile de se concentrer, dit Aurora. Surtout

quand tu dois dire à une recrue quoi faire.

Sai esquissa un sourire, le laissant à moitié formé jusqu'à ce qu'Aurora le lui rende. Ils passèrent quelques minutes à manger pendant que la terrasse se remplissait d'employés de Salinity venant prendre leur propre dîner. Avec Eponi à l'infirmerie, Gregor faisant une sieste, et Rovo parti affronter ses propres démons, les deux gardèrent les choses calmes.

— Kaia n'était pas du tout là ? demanda Sai lorsque le ciel atteignit la plus belle teinte d'orange. Vana t'a manipulée ?

— Je ne pense pas, répondit Aurora. Elle a toujours été en avance sur nous. Toujours prête, toujours à divulguer les bonnes informations pour nous amener là où elle veut.

— Attends, dit Sai. C'est ton humeur qui parle. Nous sommes en train de gagner. Nous avons éliminé tellement d'agents, Renard, et maintenant nous avons saboté son seul vaisseau ? Les murs se resserrent autour de Vana, et elle va devenir désespérée.

Ce mot attira l'attention d'Aurora. Elle leva un doigt, l'agitant dans l'air sans viser rien en particulier. Une habitude qu'Aurora avait, et que Sai avait remarquée après avoir observé sa capitaine traverser d'innombrables missions qui avaient mal tourné.

— Tu as peut-être raison, médita Aurora. Désespérée. Si on croit Vana quand elle dit avoir réussi à faire sortir le sang de Kaia de la planète...

— C'est probable, quoi qu'en dise Raquel. Gillane Quatre a du trafic aérien partout, et un agent pourrait monter dans un transport.

— Alors la seule raison pour laquelle Vana est encore ici, c'est qu'elle n'a pas trouvé le moyen de se mettre elle et Kaia en orbite sans risquer sa vie, Aurora s'arrêta à nouveau, cette fois-ci se mettant à tapoter sur la table pour huiler son esprit. Elle perd des agents, elle perd des cachettes. Si ça continue, il n'y a qu'une seule issue possible, et Vana va le savoir.

— Donc elle va tout miser sur un dernier coup.

— C'est ce que je ferais, dit Aurora. Bon sang, c'est ce que ferait DefenseCorp. Ils ne s'engagent jamais dans des conflits longs et épuisants. DefenseCorp mise toujours tout, utilise chaque once de force qu'ils peuvent rassembler.

— Ce qui serait quoi ? Sai croisa les mains, les doigts entrelacés, presque comme si la poignée du katana était entre elles. Vana ne peut pas partir en vol commercial. Nous n'avons laissé aucune preuve sur le vaisseau que nous avions planté quoi que ce soit.

— Elle pensera que c'était une attaque, une tentative de la trouver elle ou Kaia. Elle retournera au vaisseau et l'utilisera. Elle n'a pas le choix. Aurora se pencha en avant, les coudes sur la table. Tu as dit aussi que les agents étaient étranges. Gregor a mentionné la même chose. Maintenant, on dirait que les agents pourraient être en train de mourir.

— Nous n'aurions pas dû laisser partir Anaskya.

— Une autre fois. Aurora balaya le regret d'un geste. Les agents ne sont pas sans cervelle. Ils se retourneront contre Vana si elle ne leur donne pas une chance de survivre.

— Un hôpital, dit Sai, traçant les lignes. Vana va les envoyer sur un hôpital. Elle dira qu'il y a un remède là-bas. Les agents vont s'y précipiter, créer une panique. Salinity va intervenir, et dans le chaos, Vana s'échappera vers l'orbite.

Aurora n'adhéra pas tout à fait à la suggestion de Sai. Elle se rassit dans sa chaise, envoya un regard vers l'horizon, comme si les nuages épars pouvaient fournir une meilleure idée.

— Non ? demanda Sai.

— Je ne sais pas, dit Aurora. Ça... semble trop simple. Si cette maladie est nouvelle, comment un hôpital quelconque pourrait-il avoir un remède ?

Sai haussa les épaules, — Ces agents ne semblaient pas très lucides, Aurora. Quoi qu'Anaskya leur fasse, ils ne sont plus les mêmes. Vana pourrait les tromper.

Aurora ne semblait toujours pas convaincue, mais toute conversation ultérieure prit fin lorsque Rovo arriva lourdement, portant son propre plateau et l'air harassé.

— J'ai vérifié toutes les fréquences, dit Rovo, s'asseyant à leur table. J'ai scanné toutes les fréquences de DefenseCorp avec le Bug. Rien. Pas un mot sur Kaia ou Raquel. Juste le bruit habituel sur les contrats, et sur le fait qu'on fout un sacré bordel.

— Difficile de contredire ça, dit Sai. Bien joué pour avoir détruit un spike entier, Rovo. Je suis fier de toi.

Rovo secoua la tête, apparemment pas prêt à en rire. Ce que Sai pouvait comprendre.

— J'ai quand même appris quelque chose d'utile, dit Rovo, se redressant un peu. Salinity a détecté une nouvelle arrivée dans le système. Deepak est là, avec le *Nautilus*.

Aurora sourit, le premier sourire sincère que Sai avait vu depuis leur retour à l'installation. Sai, lui aussi, ne put s'empêcher de le lui rendre. L'arrivée du croiseur marquait la fin définitive des chances d'évasion de Vana. Une fois le gros vaisseau en position, ses chasseurs pourraient mettre un filet orbital autour de la planète. Rien ne partirait sans une inspection minutieuse.

— C'est fini, alors, dit Aurora. Nous attendons et nous observons. Vana va devoir faire son mouvement bientôt, ou Deepak va la piéger ici. Reposez-vous, mais gardez vos armes à portée de main. Quand Vana tentera quelque chose, nous l'attraperons.

— Avec Kaia et Raquel, ajouta Sai, plus pour Rovo qu'autre chose.

La recrue semblait avoir besoin d'un peu de réconfort, tout comme Sai avait besoin de sommeil.

28

UNE BELLE NUIT

La sieste de Gregor s'était prolongée plus longtemps que prévu, mais il n'avait pas mis de réveil et méritait ce qu'il avait obtenu : un réveil tardif en soirée, avec la cuisine fermée et la seule nourriture disponible provenant de quelques distributeurs automatiques. Ces objets lumineux offraient des produits à base de protéines, des vitamines synthétiques et toutes sortes d'autres en-cas conçus pour durer jusqu'à l'infini et au-delà. Gregor se frotta les yeux et fixa la liste peu attrayante.

De retour sur le *Prisa*, les autres membres de l'escouade, à l'exception d'Eponi et de ses besoins médicaux, étaient tous en train de s'effondrer ou presque après cette longue journée. Les installations de Salinity reflétaient l'heure tardive, la plupart du personnel qui passait la nuit — beaucoup prenaient des navettes pour retourner à Kaiyo en fin de journée — étant déjà installé dans ses quartiers. Cette solitude rendait la décision de Gregor d'autant plus difficile.

En homme d'action, Gregor regardait le choix décevant sans trouver de réponse facile. Il avait besoin de quelqu'un derrière lui pour le pousser à faire un choix. Au lieu de cela, et Gregor pensa que cela pouvait être dû à sa sieste qui l'avait amené dans cette zone intermédiaire entre sommeil et éveil, il parcourut encore et encore la liste, éliminant lentement les rangées et leurs options de marque.

— Celui-là, marmonna Gregor, s'adressant plus à un spectre invisible qui regardait et attendait qu'à lui-même.

Son choix, un mélange de vitamines et de protéines aromatisé au bacon, tomba dans la fente après que le bracelet de Gregor eut transmis les détails de son compte bancaire à la satisfaction de la machine. Saisissant la solution emballée pour son estomac grondant, Gregor fit son deuxième choix important :

Il mangerait la chose sur le pont, plutôt que de retourner dans les quartiers exigus du *Prisa*.

Au moins, le pont ne lui rappellerait pas les possibilités encore non réalisées. Eponi n'avait pas encore eu l'occasion d'accéder au poste de pilotage du *Prisa*. Quand elle le ferait, la pilote remarquerait probablement que Gregor n'avait pas utilisé le relais de communication, et les taquineries commenceraient. Gregor pourrait y mettre fin, il pourrait retourner au vaisseau maintenant et envoyer un court message à l'univers.

Pourtant, il prit l'autre direction, le long de couloirs faiblement éclairés, passant devant des centres de contrôle et des salles de conférence vides. Bien que Gregor ne sache pas tout ce que Salinity gérait d'ici, l'installation semblait être la principale base de la compagnie pour faire fonctionner Gillane Quatre. Le siège de Kaiyo s'occupait davantage des tâches administratives, tandis que l'arrière-boutique se tenait hors de vue ici, parmi les vagues. La vie de bureau semblait être une chose étrangère, un chemin jamais ouvert à un homme né sur un rocher spatial tournoyant, et Gregor n'avait jamais ressenti l'envie de l'explorer.

En voyant les bureaux vides, les chaises vides, les salles de pause avec des annonces pour divers repas-partage et événements d'entreprise, l'attrait échoua à nouveau à capturer le désir de Gregor.

Mais Gregor put trouver et trouva du réconfort dans le calme du pont. Illuminé par un doux éclairage rouge entrelacé autour des bords extérieurs, une concession à la pollution lumineuse qui offrait à Gregor une vue luminescente sur la carte étoilée au-dessus. Des constellations inconnues et scintillantes dansaient les unes avec les autres dans l'obscurité, une autre vue étrangère appelant Gregor avec toutes ces planètes inconnues et leurs problèmes.

Comment pouvait-on se contenter d'un seul foyer quand tant d'autres attendaient d'être explorés ?

Les chaises thermiques rendaient l'assise confortable, donnant à Gregor l'occasion de finir la nourriture bon marché dans une paix détendue. Les sons, que Gregor remarqua lorsque ses propres pas ne s'y ajoutaient plus, ne correspondaient pas tout à fait à la vue. L'installation semblait plus bruyante cette nuit-là que d'habitude, ses tâches nocturnes provoquant un lourd bourdonnement et vrombissement en contrebas. Le bourdonnement se répercutait sur les vagues, s'enroulant et montant, de sorte qu'on aurait dit qu'un million d'insectes volaient de concert. Ponctuant ce bruit constant venaient des coups périodiques et aléatoires, de légers chocs sur du métal. Un tuyau ou deux ayant besoin d'entretien, ou un générateur luttant pour rester cohérent.

Pour une entreprise aussi minutieuse que Salinity, ces sons discordants semblaient inhabituels. Cependant, avec Sever et Vana qui sillonnaient leur planète, de telles routines avaient peut-être été repoussées. Le *Nautilus* avait sûrement bouleversé ses programmes après les combats dans ses couloirs.

— Bientôt, marmonna Gregor, nous vous aurons remis à la normale.

Un nuage froid s'échappa avec ses mots. Le pull de Gregor et sa masse corporelle le maintenaient confortable, mais Gillane Quatre, surtout loin des villes et de leurs biomes réchauffants, embrassait un climat froid et balayé par le vent. Même après leur séjour sur la froide Wexer, Gregor n'avait pas surmonté les horreurs transpirantes sur Dynas, et l'homme, ayant fini son en-cas, se leva et alla à la rambarde pour recevoir un baiser venteux avant de retourner au *Prisa*.

Loin en contrebas, la lumière des étoiles recouvrait un océan fantomatique. Des vagues peu profondes marchaient à sa surface, leur tension allant et venant comme des formes luttant sous un filet piégeur. Gregor reçut la gifle glacée qu'il recherchait, inspirant l'air et sentant qu'il délivrait une caresse choquante et douce à ses poumons.

Peu de choses étaient plus rafraîchissantes.

Ses yeux retournèrent vers les vagues, attirés par un scintillement qui semblait d'abord être un tour de la nature. Une vague penchant dans la mauvaise direction, l'ondulation noire plus solide qu'elle n'aurait dû l'être. La ligne — non, le bloc — continuait de bouger, se rapprochant de l'installation. Gregor estima que l'engin ne devait être qu'à quelques mètres au-dessus de la surface de l'eau, et les ondulations révélatrices de son passage, maintenant que Gregor les cherchait, apparaissaient pendant quelques instants avant que la vague suivante n'efface les preuves.

Un vaisseau de Salinity, faisant une approche tardive au niveau de la surface, sans feux de navigation ?

Gregor suivit la trajectoire de l'engin alors qu'il se dirigeait vers les robustes piliers ancrant l'installation à la croûte de Gillane Quatre. L'appareil s'inclina vers la droite de Gregor, et là, partiellement cachée par la masse de l'installation, Gregor vit quelque chose qui glaça son sang plus que le vent froid ne l'aurait jamais pu.

Le skiff sans lumière n'était pas seul.

Plusieurs autres blocs noirs s'attardaient autour du pilier, et des formes plus petites grimpaient le long du poteau métallique. Ces bruits sourds que Gregor entendait s'amplifiaient à mesure que les corps distants plantaient des grappins dans les côtés du pilier, et le gémissement ? Les skiffs, planant au-dessus de l'eau.

Aucune visite amicale ne commençait par une entrée furtive à minuit.

Gregor leva son bracelet, avec l'intention de contacter Sever par radio et de donner l'alerte. Lorsque le petit ordinateur arriva à ses lèvres, un corps surgit par-dessus le bord du balcon. De sa main droite, saisissant et éloignant le bracelet de Gregor de sa bouche, l'agent l'empêcha d'appeler son escouade. De sa main gauche, poignardant vers l'estomac de Gregor, elle essaya de l'empêcher d'appeler qui que ce soit à jamais.

Mais une surprise en valait une autre : Gregor recula de la balustrade du balcon, suffisamment pour que le couteau ne lui entaille que la peau. Le pas tira l'agent, toujours agrippé au bracelet de Gregor, par-dessus et sur le balcon principal, où Gregor saisit le bras armé de la femme. La faisant pivoter, Gregor projeta l'agent dans un enchevêtrement de table et de chaises, les faisant s'effondrer dans un fracas.

Maudissant sa décision d'avoir quitté le *Prisa* sans arme, Gregor retourna à son bracelet. Cette fois, un tir vint de derrière. Dur et brûlant, le projectile s'écrasa dans l'épaule de Gregor, la douleur le poussant en avant dans un plongeon tournant. Un autre laser passa là où sa tête s'était trouvée, traçant sa lumière bleu-noir au-dessus de la mer.

— Arrêtez de tirer ! chuchota fortement l'agent que Gregor avait jeté, se relevant du tas. Pas avant qu'on ait le feu vert !

Son bras droit semblait en feu tandis que Gregor se relevait, faisant face à l'agent qui lui avait tiré dessus. Cet homme échangea son pistolet contre un autre de ces couteaux de combat, des choses aux longues dents avec des bords conçus pour percer les armures corporelles qui feraient grésiller un laser. L'agent derrière lui serait sur pied dans une seconde. À la gauche de Gregor, le salut potentiel se trouvait à l'intérieur de l'installation.

Gregor feinta en avant, comme s'il avait l'intention de se précipiter sur le deuxième agent. L'homme mordit à l'hameçon, reculant et se mettant en position défensive alors même que Gregor s'élançait vers la porte du balcon. Les grandes enjambées de Gregor auraient dû en faire une évasion facile, mais les agents étaient de sacrés agents pour une raison : ils avaient toujours un autre tour dans leur sac.

Quelque chose mordit durement dans la jambe gauche de Gregor, et bien qu'il sentit le grappin se déchirer — emportant une bonne quantité de peau avec lui — la résistance soudaine déséquilibra Gregor. Il bascula en avant, levant ses bras juste à temps pour éviter une vilaine chute face contre terre sur la surface texturée. Gregor heurta le sol et roula, se retournant pour voir la femme suivre son tir de grappin d'un bond, poignard dirigé vers la poitrine de Gregor.

De sa main gauche, Gregor trouva une chaise et la fit balayer en travers, frappant l'agent en plein vol et l'écrasant sur le côté. Elle fit un sacré boulot pour rester silencieuse en s'effondrant. Gregor se redressa à temps pour recevoir un violent coup de pied du copain de l'agent, un coup qui embrouilla les pensées de Gregor et fit tourner le monde.

Mais l'instinct restait l'instinct, et celui de Gregor avait été aiguisé comme une lame de rasoir.

Ignorant la douleur dans son épaule, le monde flou éclairé par les étoiles, Gregor se leva et se jeta sur l'autre agent. De sa main droite, Gregor saisit et força le couteau de l'agent à s'éloigner tandis que sa gauche délivrait un coup après l'autre dans le ventre de l'agent, sa poitrine, et partout où Gregor pouvait trouver prise. Les coups continuèrent alors que Gregor faisait reculer l'agent, jusqu'au bord, et avec une dernière poussée, Gregor le projeta par-dessus la balustrade.

Celui-ci ne fut pas si silencieux. Le cri paniqué de l'homme résonna alors qu'il plongeait vers un claquement dur dans l'eau loin en dessous.

Pivotant, Gregor vit que trois autres agents l'avaient rejoint sur le balcon, l'encerclant avec leurs pistolets dégainés. Derrière eux, Gregor vit les soldats de Vana se frayer un chemin à travers les portes du balcon, se précipitant à l'intérieur de l'installation. Aucune alarme ne sonnait, aucun appel à se préparer. Bientôt, il ne resterait plus personne pour entendre une alerte si elle venait.

Gregor frappa son bracelet, ouvrant la transmission sur la fréquence de Sever. S'il devait mourir, il le ferait en sauvant son escouade.

— Venez me chercher ! cria Gregor, assez fort pour que le micro le capte. Ou êtes-vous des lâches trop effrayés pour mourir ?

L'agent du milieu inclina la tête, rit : — Si on échoue ici, on est déjà morts. Tuez-le et partons.

Gregor fit face aux canons avec un large sourire, puis se jeta sur la droite. Il allait mourir, mais il mourrait en combattant. Alors que Gregor commençait à bouger, les douces lumières rouges virèrent au blanc vif. D'autres lumières s'allumèrent, éclatant alors que quelqu'un dans la base réalisait que quelque chose n'allait pas. Des alarmes stridentes retentirent, brisant le silence. Le flash, le son, firent dévier les tirs des agents de quelques millimètres. Ils brûlèrent le dos de Gregor, lacérèrent ses cheveux et laissèrent une cicatrice le long de son cou. Effleurèrent son coude gauche et laissèrent son pull brûlant.

Mais ils ne tuèrent pas le monstre de Sever, et c'était une erreur.

Gregor atteignit l'agent à sa droite, la soulevant dans une étreinte écrasante et tourbillonnant, utilisant l'agent pour encaisser les prochains tirs de pistolet alors que Gregor continuait son recul, se repliant dans le coin du balcon. Les tirs s'arrêtèrent lorsque les agents réalisèrent qu'ils criblaient leur amie.

— Lâchez-la ! cria le même qui avait parlé avant.

Gregor l'ignora, continuant de reculer jusqu'à sentir la balustrade dans son dos. Sa main droite bougea, trouvant ce qu'elle cherchait le long de la ceinture de l'agent.

L'agent répéta son ordre. L'otage de Gregor gémit, à peine vivante. À peine serait suffisant.

— Aucun de nous ne meurt aujourd'hui, dit Gregor. Si nous avons de la chance.

Tenant fermement l'agent, Gregor les propulsa en arrière, par-dessus la balustrade. Ensemble, ils plongèrent à travers la lumière des étoiles, vers les vagues tumultueuses.

29

FRACAS DE CONVALESCENCE

Eponi détestait se réveiller. Le sommeil était toujours tellement plus agréable que l'événement qui y mettait fin. Aujourd'hui, non, ce soir ne faisait pas exception, avec un éclaircissement progressif de sa vision trouble dans une pièce qu'elle ne reconnaissait pas, avec des moniteurs faiblement éclairés, une perfusion branchée, et un lit mou qui faisait que son dos remettait en question, comme souvent, les choix de vie d'Eponi.

Eponi rassembla ses souvenirs du trajet de retour vers l'installation de Salinity, suivi d'une anesthésie et d'une opération dont elle ne se souvenait pas, qui avait laissé son avant-bras gauche dans un épais plâtre. Cette chose la démangeait dans la lumière bleu-gris. Cette sensation poussa son corps à finir de se réveiller, atteignant un seuil biologique lui rappelant qu'Eponi avait absorbé des liquides pendant des heures sans avoir eu l'occasion d'aller aux toilettes. Un geste confirma la présence d'une sonde urinaire, confirma que son corps avait encore des ecchymoses partout et les douleurs qui les accompagnaient.

À sa droite, Eponi vit le bouton d'appel pour l'infirmière

de l'établissement. Ou les infirmières ? Eponi ne se souvenait pas de la taille de l'aile médicale, et, franchement, elle s'en fichait. Après avoir été portée par Gregor, assise dans un skiff, puis plongée dans ce lit pendant la majeure partie de la journée, Eponi voulait bouger. Elle voulait sentir, ne serait-ce que pour un instant ou trois, ce que c'était que de fonctionner par ses propres moyens.

Elle retira la sonde urinaire — passez un séjour ou deux dans une infirmerie de DefenseCorp et vous apprenez à vous libérer vous-même —, balança ses jambes sur le côté droit, évitant le pied à perfusion et, avec un grognement, Eponi parvint à faire la même chose qu'elle avait réussi à un an : se tenir sur ses deux pieds.

Un vertige la frappa. Le moniteur à sa gauche, un écran utile affichant toutes ces données de santé qu'Eponi aurait préféré ne pas connaître sur elle-même, émit un bip d'alerte. Le son s'arrêta quand Eponi arracha les capteurs. Elle attendit que l'infirmière arrive en trombe, lui demandant ce qu'elle foutait. Au lieu de cela, enroulant sa blouse d'hôpital autour d'elle, Eponi compta dix secondes avant de faire un autre pas, puis un autre, réussissant à atteindre la porte de la chambre sans aucune interruption.

— Bandes de feignants, marmonna Eponi, tirant le pied à perfusion avec elle.

Les liquides miracles, comme Eponi aimait appeler les perfusions, étaient la seule chose qu'Eponi garderait attachée aussi longtemps que possible. L'eau, et tous les médicaments inclus, avaient tendance à la faire se sentir mieux que l'alternative. Ça valait le coup de les garder, même si le pied rendait la marche une danse maladroite.

La porte de la chambre ne se verrouillait pas de l'intérieur, alors Eponi se leva pour tapoter son bracelet contre le scanner, seulement pour se rappeler que ce foutu ordinateur était maintenant recouvert d'un plâtre. Inutile. Sur le *Nautilus*, on donnait aux membres d'équipage avec des bracelets cassés ou des plâtres comme celui d'Eponi une carte spéciale à transporter pour ouvrir les portes, commander de la nourriture, etc. Ici, cependant, elle ne pouvait qu'espérer qu'une pression du doigt fonctionnerait.

Pour quitter la chambre d'un patient ? Ça marchait.

L'aile médicale de Salinity occupait quatre pièces autour d'un poste d'infirmières équipé de consoles de surveillance. Eponi n'était pas sûre de ce que faisait Salinity qui mettait ses employés dans suffisamment de risques pour nécessiter cet espace hospitalier, mais la distance de Kaiyo pourrait justifier l'équipement. Quoi qu'il en soit, le petit service brillait d'un blanc doux, assombri pour la nuit. Les bips des moniteurs et le bourdonnement occasionnel d'un appareil effectuant ses processus fournissaient une ambiance standard.

Eponi se dirigea d'abord vers ce poste d'infirmières, son armada d'écrans protégeant le bureau et son occupant de la vue. Idéalement, l'infirmière pourrait aider Eponi à retirer sa perfusion et l'autoriser à retourner sur le *Prisa*, ou au moins l'informer de quand elle pourrait être libérée. Piloter un vaisseau avec un plâtre ne serait pas le plus facile, mais rester allongée dans cette chambre toute la journée pendant que Sever partait chercher la bagarre ne jouerait pas non plus.

Les agents de Vana lui avaient fait ça, et Eponi voulait se venger.

Ces pensées sanglantes s'envolèrent quand Eponi vit l'infirmière, ou ce qu'il en restait. Affalée sur le bureau, avec une coupure précise à la gorge, l'infirmière avait soigné son dernier patient. Eponi absorba la vue pendant une demi-seconde, cataloguant toutes les raisons potentielles — patient fou ? Accident ? — et opta pour quitter l'aile médicale dès que possible.

En se retournant, Eponi aperçut la silhouette vêtue de noir qui se précipitait vers elle, le couteau de l'homme étant la seule chose qui reflétait la lumière. Eponi fit pivoter son pied à perfusion, la chose peu maniable s'écrasant contre l'agent et lui faisant trébucher les jambes. L'homme tomba devant elle, une douleur lancinante traversant le bras d'Eponi alors que le tube s'arrachait. Une douleur de plus à ajouter à toutes les autres.

Face à un choix, Eponi opta pour le combat. Elle aurait pu s'enfuir, essayant de sortir de l'aile et d'atteindre la base plus large, mais un agent en noir signifiait qu'il devait y en avoir d'autres — après tout, qui choisirait l'aile médicale comme cible principale pour une attaque en solo ? — et quitter le service sans arme et paniquée pour tomber sur les amis de l'agent ne se passerait pas bien, euh, pas du tout.

Eponi donna des coups de pied, frappant l'agent une fois, deux fois alors qu'il essayait de se démêler du pied à perfusion. Les coups étaient bons, mais l'agent n'était pas venu pour cette mission protégé par du papier. Il grogna, continua à bouger, et se releva, reculant tandis qu'Eponi travaillait à nouveau ses pieds.

Une stratégie perdante, celle-là. Si Eponi laissait l'agent se stabiliser, il serait libre de la poignarder comme l'infirmière. Si elle le combattait, Eponi y irait avec une seule main et déjà battue. Pas bon non plus.

Alors elle courut.

De retour dans sa propre chambre.

Trois pas à l'intérieur, une pression du doigt sur le panneau fermant la porte derrière elle. Une deuxième tape éteignit les lumières. Déjà petite, Eponi s'accroupit, prit une respiration, et pria pour que l'agent la prenne pour une employée de Salinity paniquée.

Elle entendit le pied à perfusion bouger, l'agent riant doucement pour lui-même alors qu'il retrouvait son équilibre. Le rire ramena Eponi aux rencontres précédentes à Kaiyo. Cet agent avait-il besoin d'une dose, ou en avait-il déjà trouvé une ?

Est-ce que ça importait même en ce moment ?

Une fois de plus, Eponi examina le plâtre sur son bras gauche, recouvrant son bracelet. Bien qu'il n'y ait pas de bon moment pour se casser un bras, il y avait certainement des moments *plus opportuns* que celui-ci.

Des pas se rapprochèrent, faisant trembler le sol sous la porte de la chambre et envoyant des vibrations dans les pieds d'Eponi. L'agent aurait pu être plus discret : cette maladresse signifiait qu'il ne prenait pas Eponi au sérieux, ce qui lui donnait au moins un avantage sur l'homme.

Stupide. Tout le monde devrait s'attendre à trouver un membre de l'Escouade Sever dans l'infirmerie. Ils se blessaient toujours.

Eponi ne pouvait pas verrouiller sa chambre, et l'agent ne prit pas la peine d'être circonspect. Il frappa le panneau assez fort pour qu'Eponi l'entende, et la porte glissa, révélant l'agent qui regardait droit devant lui, son couteau prêt à en finir avec le pauvre patient qui avait eu le malheur de se promener au mauvais moment.

Au lieu de cela, Eponi asséna un coup de rein à l'agent, puis se leva rapidement et lui donna un coup de tête dans le menton. Elle entendit les dents de l'homme craquer, ignora la douleur supplémentaire que le coup de tête ajoutait à sa propre symphonie de souffrances, et se saisit du bras armé de l'agent. La formation de l'agent eut suffisamment de vie pour tenter une demi-tentative de coup de couteau, qu'Eponi attrapa dans sa blouse tout en tirant le bras qui attaquait vers elle.

Eponi planta un pied, aidant l'élan de l'agent à le porter plus loin. Le croc-en-jambe envoya l'agent au sol. Il tomba, se retournant dans un roulé qui s'arrêta sur l'encadrement de la porte. Alors qu'il plaçait ses mains sous sa poitrine pour se relever, Eponi revint à ses coups de pied.

Cette fois, elle visa le crâne.

Cette fois, l'agent s'effondra, inconscient.

— Gregor serait impressionné, marmonna Eponi en dépouillant l'agent de ses effets.

La blouse d'hôpital n'offrait pas de place pour un couteau, mais Sai ou Gregor avaient eu la gentillesse d'apporter des vêtements. Eponi, lentement et avec précaution, les enfila. Utilisant les liens de la blouse, Eponi improvisa un holster de cuisse fonctionnel pour le couteau, et garda le pistolet de l'agent dans ses mains.

En quittant la chambre, le sentiment de triomphe d'Eponi mourut d'une mort laide. Un agent avait rôdé dans l'infirmerie, probablement pour s'assurer qu'aucune résistance ne puisse émerger des malades et des blessés. Les chances semblaient minces qu'un seul agent représente l'intégralité du raid, une attaque planifiée uniquement pour éliminer Eponi, ou peut-être l'infirmière. Si les agents de Vana attaquaient l'installation, et qu'aucune alarme ne s'était déclenchée, alors les choses pourraient être... sinistres.

Le premier mouvement d'Eponi la ramena au bureau des infirmières, cherchant un moyen de déclencher une alarme. Le poste de travail était lié à un identifiant Salinity, ne présentant à Eponi rien de plus qu'un écran de verrouillage inutile, bien que d'apparence conviviale. Le bracelet de l'infirmière était mort avec elle, et aucun gros bouton rouge ne s'offrait comme moyen de sauver la situation.

Si seulement plus d'organisations prenaient les possibles assauts et invasions aussi au sérieux que DefenseCorp, qui parsemait ses vaisseaux de moyens de déclencher une réponse à l'échelle du navire.

Un rapide tour de l'infirmerie confirma à Eponi qu'elle était la seule patiente encore présente : trois lits vides et des chambres silencieuses signifiaient qu'elle pouvait laisser l'infirmière comme seule victime. Eponi fit une pause devant sa chambre et le corps inconscient de l'agent, jeta un coup d'œil vers l'infirmière. Elle tenait le pistolet, et dans un combat ouvert, Eponi n'hésiterait pas à tirer un tir mortel.

Mais Aurora avait réprimandé Rovo pour avoir tué Renard, gâchant une source potentielle d'information. Celui-ci pourrait aider Sever à comprendre ce qui s'était passé ici, et ensuite Salinity pourrait exercer sa propre vengeance sur l'homme.

Bien sûr, tout cela dépendait de la tournure que prendrait la nuit pour Eponi.

Elle se faufila dans le couloir, un corridor circulaire entourant la structure circulaire de Salinity. De temps en temps, le couloir s'ouvrait sur d'autres zones, avec des rayons centraux divisant la base en quatre quadrants. Les baies d'amarrage se trouvaient à l'opposé d'où se tenait Eponi maintenant, avec la cafétéria et diverses salles de réunion entre les deux.

Des bruits accueillirent Eponi alors qu'elle quittait furtivement l'infirmerie, le battement constant des bottes sur le métal, ponctué par des cris étouffés occasionnels ou le bruit sourd d'un autre corps heurtant le sol. Les agents étaient donc venus en force.

La gauche mènerait Eponi à la cafétéria, et quelques

détonations dans cette direction semblaient indiquer qu'un combat se préparait. Même dans ses meilleurs jours, Eponi aurait été réticente à se précipiter vers un engagement sans armure assistée, et maintenant elle n'avait qu'un bras et un corps qui aurait dû être au lit.

La droite la menait vers le cœur productif de l'installation, où les bureaux, les salles de conférence et les laboratoires conçus pour aider Salinity à améliorer la qualité de l'eau faisaient leur travail. Si Eponi avait raison, tous ces espaces grouillaient sous les trois autres quadrants et descendaient jusqu'au fond de l'océan. Pas qu'Eponi allait monter dans une autre capsule pour le confirmer.

Il faudrait longtemps avant qu'elle ne remonte dans l'une d'elles.

Jetant de rapides coups d'œil derrière elle, Eponi se précipita aussi vite qu'elle l'osait le long du corridor éclairé de bleu. À sa droite, les murs cédaient la place à des fenêtres et au mobilier terne au-delà, attendant les réunions matinales qui n'auraient définitivement pas lieu.

— Tuez-moi alors, vint une voix rauque du corridor devant, masquant la lâcheté par un courage momentané. Vous ne passerez pas cette porte.

— Nous n'avons pas besoin de vous tuer, vint la réponse, sonnant aussi visqueuse que tout ce qu'Eponi avait jamais entendu. Nous pouvons, cependant, vous faire souhaiter que nous l'ayons fait.

Eponi ne put s'empêcher de lever les yeux au ciel face à cette réplique. Elle avait espéré mieux de la part des agents, car ces maudites ombres étaient toujours DefenseCorp, et on ne méritait pas de travailler pour le videur de la galaxie si on ne pouvait pas trouver une meilleure menace.

Ralentissant sa marche, Eponi laissa ses yeux guider le virage, révélant deux agents tenant un homme qui semblait porter un uniforme d'entretien contre le mur. Derrière lui, une porte verrouillée semblait mener plus profondément dans les entrailles de l'installation.

— Alors allez-y, répliqua l'homme. La plupart de nos gens sont là-bas, en train de dormir, et si vous pensez...

L'agent qui le plaquait contre le mur sortit un couteau et le plaça sous la gorge de l'otage.

— On se fiche de vos gens, dit l'agent. On veut l'Escouade Sever. Où sont-ils ?

— Jamais entendu parler.

L'homme couvrait-il Sever, ou n'avait-il vraiment jamais entendu le nom des soldats en armure assistée actuellement installés dans sa base ? Eponi n'en était pas sûre, mais elle savait qu'elle n'allait pas laisser ce couteau faire son travail.

— Salut, dit Eponi en tournant au coin. Vous me cherchez ?

Les deux agents se retournèrent. Eponi tira sur le premier, celui qui tenait le couteau contre l'homme d'entretien, et l'abattit d'un tir mortel. Le second se colla au mur, levant son propre pistolet alors qu'Eponi tirait un deuxième coup, manqué. L'agent n'eut pas la chance de profiter du moment de répit, car l'homme d'entretien fit bon usage de sa liberté retrouvée pour frapper l'agent à la tête par derrière.

Le coup fit son effet, envoyant l'agent au sol et ouvrant la voie à une nouvelle fouille d'Eponi. Deux pistolets, un donné à l'homme d'entretien, l'autre dépouillé de sa batterie. Deux couteaux ajoutés au harnais de cuisse d'Eponi.

— Merci, dit l'homme de maintenance, déjà en train de relever sa manche et de tapoter sur son bracelet.

— Dis-moi que tu as un système d'alarme.

— Le mieux qu'on ait, c'est une alarme incendie, répondit l'homme. Ça allumera les lumières et fera bouger les gens.

— Alors déclenche-la, et suis-moi.

Mais l'homme ne suivit pas Eponi lorsqu'elle s'engagea dans le couloir en direction des baies. Quand elle jeta un regard frustré et curieux en arrière, l'homme de maintenance avait ouvert sa porte verrouillée et s'apprêtait à entrer.

— Mes amis sont par là, dit l'homme. Je ne les laisserai pas mourir seuls. Sauve les tiens, je sauverai les miens.

Courageux, stupide. Eponi lui fit un signe de tête et s'élança alors que les lumières de la station s'allumaient, accompagnées d'une alarme forte et stridente. À chaque fois auparavant, Eponi avait trouvé ces sons désagréables, agaçants, des rappels de l'évidence.

Cette fois-ci, le bruit lui donnait de l'espoir.

30

À TRAVERS LE BRUIT

L a tête de Rovo heurta le plafond bas au-dessus de sa couchette, dans une chambre partagée avec Gregor sur le *Prisa*. Le bruit qui avait provoqué ce brusque redressement, des alarmes retentissant dans tout le vaisseau, poussa Rovo à se lever d'un bond et à enfiler un semblant d'uniforme de combat. Le *Prisa* n'était pas un paquebot de luxe, et ses quartiers exigus offraient des casiers intégrés pour chaque membre de l'Escouade Sever, deux couchettes superposées, et peu d'espace entre elles. Rovo attrapa un t-shirt, un vrai pantalon, des bottes et, rangé au fond du casier, un fusil.

Tout en s'habillant, son esprit embrumé essayait de déterminer quelle alarme retentissait. Chacune avait une tonalité et un rythme différents, qu'il s'agisse d'un incendie, d'un intrus ou des boucliers du vaisseau en train d'être détruits. Le ping aigu et insistant correspondait à la deuxième définition : quelqu'un essayait d'accéder au *Prisa* sans y être autorisé.

Pendant que Rovo enfilait ses vêtements, bras et jambes s'agitant dans tous les sens, il réalisa qu'il n'avait pas encore heurté Gregor. Le colosse aurait dû prendre toute la place — c'est pourquoi Rovo devait toujours attendre que Gregor ait fini de se préparer pour entrer ou sortir — mais personne ne bousculait Rovo, personne ne grognait que le bleu bougeait trop lentement.

La couchette de Gregor était vide.

Soit l'homme au marteau avait entendu l'alarme et avait réagi sans réveiller Rovo, ce qui semblait peu probable, soit il était parti plus tôt. Dans tous les cas, c'était une question à laquelle Rovo ne pouvait pas répondre et sur laquelle il ne pouvait pas perdre plus de temps.

Sai bouscula Rovo alors que le bleu quittait ses quartiers, l'épéiste paraissant bien plus composé avec son gilet pare-laser, son katana prêt dans une main et un pistolet dans l'autre.

— Va au cockpit, dit Sai, se dirigeant vers les marches en colimaçon menant au milieu du *Prisa*. Aurora est déjà à la rampe. Je vais la soutenir.

— Où est Gregor ?

— C'est ton compagnon de chambre, non ? répliqua Sai sans s'arrêter.

Rovo obéit aux ordres, descendant maladroitement les marches en colimaçon derrière Sai avant de bifurquer à gauche depuis le centre du *Prisa* vers le cockpit. Les deux rangées de sièges du *Prisa* étaient vides, le siège du pilote semblant esseulé sans Eponi assise dedans. Rovo choisit la place du copilote, se glissant dedans et tapotant les consoles pour les réveiller tandis que ses yeux s'aventuraient à travers la vitre vers le chaos au-delà.

Il ne fallut pas chercher bien loin pour repérer ce qui avait déclenché les alarmes : Aurora dansait un ballet de tirs laser avec un groupe d'agents, tous se faufilant entre les montants du *Prisa* pour trouver un abri et donner la mort.

Deux corps fumants vêtus de noir indiquaient que le score actuel était en faveur d'Aurora, mais les agents semblaient se disperser. Si suffisamment d'entre eux passaient derrière Aurora, elle n'aurait plus de couverture, plus aucune chance.

La main de Rovo se porta sur son fusil, et pendant une seconde, il pensa qu'il aurait le temps de retourner au centre du *Prisa*, de se précipiter dehors et d'annuler l'embuscade avant qu'elle ne commence.

Il n'eut pas à le faire.

Sai bondit dans la bagarre avec une fureur contenue. Une entrée ralentie par les égratignures et les coups reçus ces derniers jours, mais Sai réussissait encore à porter des tirs qui comptaient. L'un d'eux atteignit un agent qui regardait vers Aurora, carbonisant la poitrine de l'homme et l'envoyant au sol. Un second érafla un mur, poussant sa cible de l'autre côté du montant, juste là où le fusil d'Aurora fit son œuvre.

Les autres agents, voyant les probabilités s'inverser, détalèrent vers la seule sortie de la petite baie. Tirant en retraite, leurs pistolets obligeaient Aurora et Sai à rester à couvert, Aurora utilisant un montant et Sai se glissant derrière la rampe d'embarquement pour rester en vie. Rovo observait, se demandant s'il devait activer les canons principaux du *Prisa*.

Certes, ils déchireraient l'installation comme du papier, réduisant le bâtiment en miettes et carbonisant tout le monde d'ici jusqu'à l'océan... mais il aurait les agents.

— Raquel va déjà être assez en colère comme ça, marmonna Rovo, regardant le trio atteindre la porte de la baie.

Trois éclairs résolurent le dilemme de Rovo. Le trio d'agents s'effondra, les deux derniers concentrant encore leurs tirs vers Aurora et Sai lorsque des coups de pistolet éclatèrent dans l'autre direction. Avançant d'un pas quelque peu chancelant, Eponi fit son entrée. Elle tenait son pistolet prêt à tirer à nouveau, avec un impressionnant assortiment de couteaux autour d'une cuisse. Le plâtre sur son poignet gauche ne faisait que rendre son allure plus ridicule, et Rovo ne put réprimer un sourire.

C'était bien le genre de l'Escouade Sever de transformer une embuscade en une occasion de frimer.

— Tu vas couper ces alarmes, ou tu veux que je devienne sourde ? La voix d'Aurora résonna avec force dans le communicateur du *Prisa*.

— J'y suis, désolé. Rovo s'exécuta, faisant taire les cris stridents sur la console.

Sauf que tous les bruits ne s'arrêtèrent pas. Les alarmes principales s'éteignirent, mais un bip insistant continuait de provenir du haut-parleur juste à côté de Rovo, celui destiné aux alertes du cockpit. Balayant les différents programmes sur la console, Rovo en trouva la cause : un message, arrivant avec une haute priorité de Kaiyo.

L'ancien vaisseau de Renard décollait, et Salinity avait besoin de savoir quoi faire. Ils avaient des chasseurs prêts à décoller, pour faire exploser l'appareil.

— Hey, dit Rovo, ouvrant le canal de communication alors qu'Aurora et Sai aidaient Eponi à monter dans l'appareil. L'épéiste et Aurora semblaient sur le point de retourner dans la base pour aider à repousser les agents, et Rovo ne pouvait pas laisser cela se produire. Vana est en train de s'échapper.

Les employés de Salinity sur la base seraient en difficulté, mais les forces de sécurité de Raquel envoyaient des renforts. Il leur faudrait un moment pour atteindre l'installation, mais il fallait faire des choix. Aurora ne contesta pas l'évaluation lorsque Rovo eut fini d'exposer ce qu'il avait vu.

— Vana s'enfuit avec Kaia, et peu importe ce que nous faisons ici, dit Aurora. Elle pourrait revenir avec des renforts, en combinaisons, et aucun garde de sécurité de Salinity n'aurait la moindre chance. Eponi, fais-nous décoller.

— Et Gregor ? demanda Sai.

— C'est lui qui a donné la première alerte, répondit Aurora. Il m'a réveillée. La capitaine fronça les sourcils et jeta un coup d'œil à son bracelet dans le cockpit bondé. Il est soit mort, soit caché, mais sa position indique qu'il est en dessous de nous.

Eponi se faufila devant Rovo et prit place dans le siège du pilote tandis qu'Aurora et Sai essayaient de mieux localiser où Gregor était parti.

— Tu es sûre de pouvoir piloter ? demanda Rovo.

— Ce n'est pas parce que j'ai un bras cassé, que je sors à peine de chirurgie et que je viens de survivre à un passage à tabac, dit Eponi en haussant un sourcil, que je ne peux pas piloter.

— D'accord, alors.

À la demande d'Eponi, l'installation de Salinity répondit par son fonctionnement automatisé, ouvrant la baie et laissant entrer l'air frais de la nuit. La lumière des étoiles remplaça les lampes du plafond, baignant les agents morts ou blessés d'une lueur argentée. Rovo ne s'attarda pas sur la vue, cependant, car la console réclamait son attention.

— Elle se dirige vers l'orbite, dit Rovo. Nous n'avons pas beaucoup de temps.

Pourtant, alors qu'Eponi faisait décoller et sortir le *Prisa*, Aurora demanda à la pilote de faire pivoter l'appareil vers le bas et autour. Ils avaient localisé Gregor, et l'homme semblait être près de l'océan. S'il était tombé à l'eau, ils ne pouvaient pas le laisser nager.

Un Rovo plus jeune aurait peut-être protesté. Il aurait suggéré que tout moment non consacré à poursuivre Kaia et Raquel — en supposant que les deux otages étaient avec Vana — était un pas dans la mauvaise direction. Mais chaque fois qu'il s'écartait des principes d'Aurora de priorité à l'escouade, les choses semblaient mal tourner.

De plus, ils avaient maintenant une autre alternative.

— Sai, qu'en est-il des EMP que tu as placées ? demanda Rovo.

— Elles sont toujours à portée du signal, répondit Sai, assis derrière Rovo tandis qu'Eponi faisait sortir le vaisseau en le faisant tourner autour de l'installation. Toute la base avait allumé ses lumières vives, dont beaucoup clignotaient en rouge alors que les alarmes continuaient. Des silhouettes bougeaient à l'intérieur, bien que Rovo ne puisse dire s'il s'agissait d'agents ou de personnel de Salinity. Si Vana était encore au sol, je les ferais exploser. Mais maintenant ?

Rovo pouvait suivre cette logique assez facilement : désactiver le vaisseau en plein vol, et Vana ainsi que les otages plongeraient dans les eaux froides. Une mauvaise fin pour une mauvaise décision.

— Alors quoi ? dit Rovo. Quel est l'intérêt de placer les bombes si on ne peut pas les utiliser ?

— L'orbite, répondit Aurora. Elles couperont les moteurs dans l'espace. Le système de survie aussi, mais si nous les suivons, il y aura assez d'oxygène pour tenir jusqu'à ce que nous les sauvions.

— Tant qu'ils ne dépassent pas la portée du signal, ajouta Sai. Ce qui pourrait nous poser problème.

— Voilà notre gars, interrompit Eponi, pointant de son bras plâtré vers le pare-brise. Elle pilotait d'une seule main, sa main droite enroulée autour du manche de vol tandis que la gauche utilisait ses doigts libres pour taper sur tout ce qui était nécessaire.

Rovo n'avait pas vraiment compris ce que signifiait rejoindre une escouade comme Sever lorsqu'il avait signé le contrat de travail. Missions spéciales, disait le briefing. Dangereuses, mais très bien rémunérées. Groupe professionnel, compétences avancées requises.

Apparemment, les compétences avancées signifiaient être capable de piloter avec un seul bras.

— Rovo, Sai, dit Aurora, Gregor ne répond pas. J'ai besoin que vous deux vous occupiez de la récupération.

Rovo échangea sa place avec la capitaine, suivant Sai vers l'arrière du *Prisa*. En y allant, Rovo entendit la voix d'Aurora ouvrir une transmission avec Salinity, leur disant de faire décoller leurs chasseurs. De suivre Vana, pas de tirer.

Et, s'ils le pouvaient, d'envoyer aussi une navette de sauvetage.

Restait à savoir si cette navette sauverait des otages ou ramasserait des corps.

Eponi ouvrit la rampe d'embarquement du *Prisa* en faisant pivoter le vaisseau en position. Rovo jeta son premier coup d'œil à Gregor, suspendu mollement avec ses bras enroulés autour d'un agent tout aussi inconscient. Ils pendaient à quelques mètres au-dessus des vagues agitées, l'embrun marin s'élevant tandis que les réacteurs du *Prisa* tourbillonnaient l'eau.

— Comment ? demanda Rovo, alors que les deux corps semblaient flotter dans l'obscurité.

— Grappin, dit Sai, descendant la rampe. Cherche la ligne.

Rovo la vit en suivant Sai, tous deux avançant prudemment. La ligne sombre montait jusqu'à la base rétrécie de l'installation, s'enfonçant dans un mur latéral pas si loin au-dessus. Un excellent lancer à réaliser en tombant, bien que cela n'expliquait pas pourquoi ni Gregor ni l'agent ne semblaient être conscients.

Ensemble, en communiquant constamment avec Eponi, ils approchèrent suffisamment l'extrémité de la rampe pour que Rovo et Sai puissent saisir les deux pendus et les tirer à bord. Déposant les deux corps, Rovo effectua quelques vérifications. Les pouls étaient positifs pour les deux, bien que l'agent semblait avoir de sérieuses blessures au laser.

Le choc d'être jeté sur le sol dur du *Prisa* sembla réveiller lentement Gregor, ses yeux s'ouvrant en papillonnant, lançant à Rovo un regard interrogateur.

— Tu es à la maison, mon pote, dit Rovo. Bienvenue à la fête.

— Quelle fête ?

— La meilleure sorte, répondit la recrue alors que le *Prisa* s'élançait vers le haut et au loin, filant vers les étoiles. Celle où on sauve des gens bien et on cogne des méchants.

— Ce sont de bonnes fêtes, acquiesça Gregor, puis grimaça. Sa main alla à sa tête, où Rovo vit un bleu commencer à se former. J'ai appris que, lorsqu'on arrête une chute avec un grappin, il faut faire attention à la tête de son ami. L'arrêt nous a tous les deux heurtés.

— Eh bien, tu as gagné ce combat, dit Rovo en faisant un signe de tête vers l'agent. Elle est en mauvais état.

Gregor s'assit, Rovo l'aidant à le faire, — Et les autres ? Les agents sont venus en force.

— On en a eu quelques-uns. Maintenant on fuit.

— Fuir ? Nous ?

— Vana s'échappe, Gregor, dit Rovo. On ne peut pas la laisser partir.

— Ensuite, on retourne finir le boulot.

Rovo s'attendait à un sourire, le genre de confiance arrogante qu'il avait appris à voir chez Gregor, Eponi et les autres. Gregor, cependant, resta sérieux. Ce n'était pas une plaisanterie. Les agents lui avaient fait du tort, et l'homme au marteau allait s'assurer qu'ils en répondent.

Rovo ne ressentait aucune pitié pour ces pauvres bougres.

31

CIBLE PRIORITAIRE

Lorsque tu atteignais un commandement de DefenseCorp, tu avais déjà vu les décisions difficiles être prises une centaine de fois ou plus. Les choix d'abandonner des unités, lesquelles réarmer, quand battre en retraite ou avancer, et qui sacrifier dans la charge vers la victoire. Quand Aurora a endossé le manteau de Sever, les précédents et leurs fardeaux moraux lui avaient été clairement exposés.

Ça ne rendait pas les choix plus faciles pour autant.

Après qu'Eponi eut nettoyé les agents qui fuyaient la baie du *Prisa* et que Vana eut pris la fuite vers l'orbite, Aurora dut choisir entre enfiler une armure de combat pour anéantir les agents restants qui s'en prenaient à la main-d'œuvre civile de Salinity, ou s'échapper pour poursuivre Vana et ses deux otages présumés.

L'instant ou la mission.

Le fait que Vana avait déjà du sang de Kaia rendait le choix encore plus complexe. Si ses scientifiques — Anaskya, qui aurait dû être éjectée dans l'espace après Dynas — trouvaient comment répliquer ses propriétés spéciales, alors peu importerait que Vana s'échappe ou non avec l'enfant.

Aurora avait prévu de traquer l'agent une fois Kaia sauvée. Avec le soutien de Deepak, Escouade Sever aurait traqué Vana jusqu'aux confins de la galaxie pour la capturer ou la tuer, ainsi que ses plans. La véritable décision ici pesait ces vies de Salinity contre la capture immédiate de Vana, avant qu'elle ne puisse causer plus de destruction.

Vu sous cet angle, Aurora n'hésita pas. Vana était la cible, et sur son ordre, Eponi se lança à sa poursuite.

— Nous avons lancé nos deux chasseurs les plus rapides, dit Deepak, son visage flou sur le bracelet d'Aurora. On dirait que Salinity en a aussi envoyé quelques-uns avec vous ?

— Beaucoup de gens veulent Vana morte, répondit Aurora. Peux-tu localiser le transport ? Elle avait beaucoup d'agents ici. Il doit être dans le système.

— Plus pour longtemps. Deepak secoua la tête. Nous l'avons repéré à notre arrivée, et apparemment le *Nautilus* l'a effrayé.

— L'as-tu suivi ?

— Il a disparu derrière une des lunes de cette planète. J'ai des gens qui calculent les vecteurs de sortie possibles.

— Bien, dit Aurora. Préviens-moi quand tes chasseurs seront assez proches pour aider.

Elle coupa la transmission et regarda à travers le pare-brise. Le ciel sombre de Gillane Quatre montrait les premières transitions vers l'aube, la lumière des étoiles brillant intensément tandis que le *Prisa* fonçait vers l'espace. Sai et Rovo s'étaient installés aux tourelles jumelles du vaisseau, prêts au cas où Vana déciderait de se battre.

— Tu penses qu'elle les a avec elle ? demanda Eponi,

maintenant le *Prisa* stable d'une seule main. Vana ne faisait pas de manœuvres compliquées, se contentant de s'éloigner en ligne droite du système. Assez facile à suivre pour un pilote compromis. Raquel et Kaia ?

— Oui, dit Aurora. Sans eux, Vana n'a aucun atout pour négocier. On la ferait exploser sans hésiter une seconde.

— Naturellement. Cette navette de sauvetage arrive lentement derrière nous, mais si les grenades de Sai font leur travail, elle devrait être prête à s'arrimer.

— Non, répondit Aurora. La navette n'est là que si quelque chose tourne mal. Quand Vana sera en sécurité hors de l'atmosphère, Sai fera détoner les grenades. Ensuite, *nous* nous arrimerons. Nous prendrons le contrôle. Je ne laisserai personne d'autre surveiller Vana à part nous.

À part elle-même. Après le choix malheureux de Rovo, Aurora ne laisserait personne d'autre monter la garde sur Vana. Peut-être Gregor, bien qu'il puisse tuer l'agent par dépit.

Aurora n'y verrait pas trop d'inconvénient.

Normalement, atteindre l'apesanteur et sentir son corps traverser les secousses familières alors que son équilibre, sa direction et son sens général de la réalité se tordaient se perdrait dans les révisions répétées des détails de la mission, les vérifications d'armes et les taquineries dirigées vers le membre de l'escouade qui le méritait le plus. Maintenant, cependant, Aurora accueillit ce changement et l'embrassa, utilisant le signal pour confirmer que le vaisseau de Vana avait également dépassé la gravité immédiate de Gillane Quatre.

En d'autres termes, désactiver ce foutu engin maintenant ne provoquerait pas une plongée rapide dans les profondeurs de l'océan.

Eponi rapprochait le *Prisa*, le quatuor de chasseurs de Salinity restant plus en arrière avec la navette de sauvetage. Comme les gardes de sécurité à la surface, Aurora supposait que les pilotes de Salinity n'avaient pas combattu depuis des années. Peu de choses posaient plus de risques que des gens armés et inexpérimentés dans un combat, alors Aurora leur avait donné le rôle de réserve et les pilotes, faisant preuve de plus de bon sens que de bravoure, avaient accepté la mission.

— Combien de temps avant d'atteindre la portée d'attaque ? demanda Aurora, observant l'étincelle lointaine que le pare-brise du *Prisa* marquait comme le vaisseau de Vana.

— Trois minutes, dit Eponi. Elle commence à accélérer.

— Pouvons-nous suivre ?

— Plus que ça. Les gens à qui nous avons pris ce vaisseau transportaient des cargaisons à haut risque le long de routes à haut risque. Si tu veux frôler Vana, lui faire embrasser nos réacteurs, on peut le faire.

— Je garderai ça à l'esprit. Pour l'instant, approche-toi à portée et reste-y.

Pendant qu'Eponi s'occupait des moteurs, Aurora utilisa la console du copilote pour raisonner avec l'ennemi. Elle envoya un appel, transmettant une fréquence et un identifiant directement à travers le vide jusqu'au vaisseau de Vana. Si l'agent acceptait, le retour lierait la bande entre les deux vaisseaux. Aurora verrait le visage de Vana, Vana verrait celui d'Aurora, et ensemble elles pourraient discuter de qui vivrait et qui mourrait.

Vana ne fit pas attendre Aurora. La capitaine de Sever n'avait pas fini une gorgée complète du café préparé par Rovo, un truc rapide et sale destiné à donner un coup de fouet psychique, avant que le visage strict de Vana n'apparaisse.

L'agent semblait fatigué, plus âgé qu'Aurora ne s'en souvenait, même depuis le combat contre le spike la veille. Comme si ce qui avait dû être une course folle pour prendre le skiff, retourner à Kaiyo et préparer le départ avait coûté une ou deux décennies supplémentaires à la vie de l'agent. Derrière Vana, le petit cockpit visible se terminait par une porte fermée.

— Toute seule ? demanda Aurora.

— Les gens sont si difficiles à faire confiance ces jours-ci, répondit Vana. Mes scanners m'indiquent que vous vous rapprochez. Avez-vous l'intention de m'abattre ?

— Je préférerais te prendre vivante, dit Aurora. Bien sûr, cela dépend de toi. Je me contenterai très bien de tes cendres.

— Et celles de Kaia et Raquel ? Seras-tu heureuse de les envoyer dans leur vol final et éternel ?

— Ne sois pas poétique. Le seul moyen pour toi de survivre est d'éteindre tes moteurs et de te rendre. Tu ne peux pas t'échapper.

Vana haussa les épaules. — Et pourtant, je dois essayer. Faire autrement serait trahir tout ce pour quoi j'ai travaillé.

— Tu veux dire tout ce pour quoi Renard a travaillé. Tu n'es arrivée qu'à la fin, dit Aurora, utilisant ses mains pour taper rapidement un ordre d'action à Sai. Il était temps de déclencher ces grenades et d'arrêter Vana net. — Je commencerais à préparer tes excuses, Vana. Si tu as de la chance, Salinity les écoutera avant de te jeter dans une cellule pour y pourrir.

Si Aurora admirait quoi que ce soit chez l'agent — et c'était un grand si — ce serait la capacité de Vana à rester infiniment composée. À la mention du nom de Renard, à l'insinuation que Vana, tel un parasite opportuniste, s'était immiscée et avait coupé la véritable motivation derrière les combinaisons et le virus, Vana afficha un regard noir comme Aurora n'en avait jamais vu. Les lèvres de l'agent tremblèrent en un rictus, découvrant ses dents, et les yeux de Vana se rétrécirent plus que des fentes, comme des couteaux destinés à lacérer les entrailles d'Aurora.

Avant que des malédictions, des dénis ou pire ne quittent les lèvres de Vana, l'image disparut.

— C'est fait, la voix de Sai résonna à travers le *Prisa*. Elle est morte.

Aurora regarda Eponi. — Confirmé ?

— Sa vitesse n'augmente plus, et le vaisseau a commencé à tournoyer lentement. On dirait que notre homme l'a encore.

— Beau travail, Sai. Préparez-vous pour un groupe d'abordage, dit Aurora. Ramenons nos amis à la maison.

Suivant l'ordre, Aurora informa Deepak et les forces de Salinity de la situation. Ils resteraient en retrait, prêts à aider pour tout nettoyage. Pendant ce temps, tous ceux qui en avaient enfilèrent l'armure assistée. Sauf Eponi, dont le travail la maintenait dans le cockpit. Le quatuor se serra dans la chambre centrale du *Prisa* quelques minutes plus tard, les mises à jour régulières d'Eponi rythmant leurs mouvements.

L'agent qui avait fourni l'évasion par grappin de Gregor, à peine en vie, avait été menotté avec un paralyseur à une couchette.

— D'abord, mettez-vous en position, appela Eponi, sa voix passant par le canal de l'escouade. Je vais frapper l'écoutille principale en premier, donc si Vana a prévu quelque chose, vous en prendrez plein la figure.

— Merci, dit Gregor.

De n'importe qui d'autre, Aurora aurait pris ces mots

pour du sarcasme. Avec Gregor, on ne savait jamais vraiment.

Gregor se mettrait au travail, brisant l'écoutille et rompant le joint d'étanchéité du vaisseau de Vana avec suffisamment de force pour s'assurer que, si Vana essayait de séparer son vaisseau du *Prisa*, le trou de la taille d'un marteau aspirerait l'agent dans le vide. Derrière lui, Sai et Aurora aideraient à neutraliser toute force ennemie. Rovo viendrait en dernier, chargé uniquement de trouver Raquel et Kaia et de les faire sortir.

Une opération simple, qui pourrait se compliquer si Vana, comme Aurora le soupçonnait, décidait de mettre un couteau sous la gorge de ses deux prisonnières.

Dans ce cas, Sai et Aurora tireraient, acceptant le risque. Le jeu avait assez duré.

Le trio s'aligna devant le sas du *Prisa* : sa porte de rampe d'abordage juste sans la rampe activée. L'emplacement du sas sur le *Prisa* nécessitait une connexion par tunnel, déployable d'une simple pression sur un bouton ou deux depuis la console à côté de la porte. Gregor avait sa main posée, prêt à lancer, quand le trio entier sentit le *Prisa* faire un brusque écart, comme si l'engin avait été heurté.

Les jurons d'Eponi emplirent leur canal d'escouade, et Aurora fit volte-face pour se précipiter vers le centre du *Prisa*.

— Parle, Eponi, ordonna Aurora, s'appuyant sur cette autorité pour percer la frustration d'Eponi.

— Elle les a toutes les deux lancées, dit Eponi. Renard avait équipé ce truc de deux canots de sauvetage, et ils sont tous les deux partis maintenant. L'un a failli nous percuter.

Désactiver le vaisseau, d'accord, mais les canots de sauvetage, les capsules de secours, peu importe comment on les appelait, étaient conçus pour être largués manuellement.

Si Vana voulait fuir, elle pouvait certainement s'éjecter, mais on ne pouvait pas disparaître dans un de ces engins.

En bref, ça n'avait aucun sens.

— Pourquoi ? demanda Aurora sur le canal de l'escouade.

— Elle nous appelle sur une onde courte. Ça doit venir de son bracelet, dit Eponi avant que quiconque ne puisse proposer une réponse. Je vais la faire passer.

— Rovo, avertit Aurora, reste silencieux.

La recrue, sagement, ne dit rien.

— Je suis contente que vous ayez répondu, la voix de Vana passa, faible, toute trace de colère disparue de son ton. Vous manquez de temps.

— Pour te récupérer ?

— Je suis toujours là. Ce n'est pas moi qui dois vous inquiéter.

Les liens se firent entre les points. Les possibilités se multiplièrent.

— Ensemble, ou séparées ? demanda Aurora.

— Chaque petite fille doit grandir un jour, dit Vana. C'est votre choix.

Aurora ferma les yeux, coupa la communication. Le moment ou la mission.

— Eponi, quelles sont les trajectoires des canots de sauvetage ?

— Euh, opposées. Elles vont toutes les deux heurter la planète. Aucune ne remonte cependant. Elles vont frapper fort. Trop fort.

Les canots de sauvetage pouvaient être lancés manuellement, certes, mais c'étaient toujours des appareils. Les grenades de Sai feraient leur travail. Frapper une atmosphère épaisse comme celle de Gillane Quatre à cette vitesse, les choses deviendraient vraiment moches, très vite.

Si Kaia et Raquel étaient dans ces choses, elles seraient mortes en quelques minutes.

Assez de minutes, peut-être, pour que Vana redémarre son vaisseau.

— Aurora, la voix de Rovo, inflexible. Tu ne peux pas. Nous devons essayer de les sauver.

Le moment, donc.

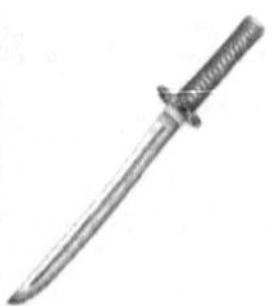

32

TIR DE LA NAVETTE

Comment se prépare-t-on à un lancement dans le vide sans attache ?

On vérifie tous ses fichus systèmes et on s'assure qu'ils sont prêts à fonctionner. Dès qu'Aurora a commencé à mettre en œuvre le nouveau plan, Sai a fait vérifier à son armure tous ses joints et renouveler la réserve d'oxygène stockée dans les poches réparties sur la combinaison. Ces équipements n'étaient pas vraiment conçus pour une exposition prolongée dans l'espace, mais ils pouvaient maintenir un soldat en vie suffisamment longtemps pour un sauvetage, ou pour en effectuer un.

Quant à ce que Sai ferait une fois propulsé à travers le vide, il n'avait pas vraiment tout planifié. Atteindre un canot de sauvetage, probablement hors service qui plus est, ne ferait qu'ajouter un corps à la liste des victimes. Malgré tout, si Sai arrivait et trouvait, disons, Kaia accrochée à l'intérieur du canot sans aucune alternative, il pourrait toujours... l'abandonner et attraper la navette de secours.

Sai savait déjà qu'il ne serait pas capable de faire ce choix.

Ce qui expliquait peut-être pourquoi Aurora l'avait choisi en premier lieu.

— Presque aligné, dit Eponi, sa voix résonnant clairement, concentrée dans le viseur de Sai. Sors de là, tueur.

— Espérons que je ne tuerai personne cette fois, répondit Sai.

Derrière lui, Gregor recula de la rampe d'embarquement et scella le compartiment. L'écoutille de cargaison inutilisée du *Prisa* se trouvait devant Sai, un petit cercle dans un sol métallique gris brillant. Au-delà, la salle des machines du *Prisa* bourdonnait. Ce n'était pas la meilleure conception de placer tout cet équipement précieux près de la rampe d'embarquement, la porte la plus facile à percer lors d'un combat.

Qui était Sai pour critiquer : DefenseCorp larguait ses soldats dans des navettes de largage tout le temps, et ces engins n'étaient guère plus que des pièges mortels en métal bon marché.

— J'ouvre l'écoutille, dit Sai en touchant la minuscule console montée sur le mur à sa gauche.

L'appareil fit son travail, confirmant qu'un joint étanche séparait Sai du reste du vaisseau. Il bipa une fois, deux fois, et une troisième fois pour s'assurer que Sai voulait vraiment ouvrir l'écoutille de cargaison sans aucune cargaison attachée. Comme Sai ne faisait aucun effort pour annuler son action, l'écoutille s'ouvrit brusquement et Sai vit les étoiles.

Les étoiles l'attirèrent vers l'avant.

Être aspiré par le vide ne ressemblait pas à une traction humaine. Il n'y avait pas de montée en puissance, pas de sensation de muscles tendus. Un instant, Sai était immobile. L'instant d'après, son corps glissait sur le sol vers l'écoutille. En sortant, Sai accrocha ses mains au bord extérieur de l'écoutille, transformant cet élan en un mouvement de balancier.

L'absence de gravité signifiait que ses jambes s'écartaient, comptant sur les efforts de Sai pour les maintenir alignées alors qu'il dansait avec ses mains sur l'anneau de l'écoutille. L'armure assistée aidait, les gants et leur prise texturée s'accrochant aux imperfections de l'écoutille et permettant à Sai de tenir bon. Contractant ses abdominaux, pliant sa taille, Sai mit sa poitrine et son ventre en contact avec la coque extérieure du *Prisa*. Ses genoux suivirent, marquant un choc silencieux. Sai releva ces genoux, gardant toujours une prise sur l'écoutille.

Voici la partie la plus difficile. S'il le faisait mal, Sai perdrait sa prise et dériverait.

S'il le faisait bien, et-

Sai refusa de trop réfléchir, roulant ses chevilles tout en relâchant ses mains. L'armure assistée suivit les commandes que Sai prononça en même temps, activant les verrous sur les bottes alors qu'elles effleuraient, semelles vers le bas, la coque du *Prisa*. L'accrochage soudain fit basculer Sai en arrière, comme si une main l'avait rattrapé alors qu'il tombait.

— Prêt, dit Sai. Vous pouvez fermer l'écoutille.

— Beau travail, répondit Aurora. Eponi peut maintenir cette position pendant encore cinq secondes. Prépare-toi et vas-y.

Sai aurait répondu avec une réplique arrogante, mais il n'y avait pas le temps. Au lieu de cela, il regarda droit devant lui et demanda à son viseur de trouver la cible. La capsule de sauvetage était trop éloignée pour une bonne visibilité, mais les échos radar du viseur la trouvèrent facilement. Avec son amplificateur cinétique chargé, le viseur aida Sai à se pencher en avant, à plier les genoux pour atteindre la position de lancement parfaite.

— C'est parti, dit Sai, puis il activa les propulseurs et se lança dans le vide.

Sai partit comme une fusée, le lancement sans friction le propulsant dans un vol libre. En dehors des simulateurs, Sai n'avait jamais été catapulté à travers les étoiles auparavant. Pas de raison, vraiment, à moins qu'une mission n'ait mal tourné.

Ou qu'il faille sauver quelqu'un.

Malgré l'urgence, malgré le risque, une fois lancé, Sai ne pouvait pas faire grand-chose à part profiter du voyage. Sans aucune propulsion, il ne pouvait pas modifier sa trajectoire. Sans rien pour s'accrocher ou rebondir, Sai dérivait. La masse de Gillane Quatre brillait d'un bleu éclatant sous lui, un arrière-plan saisissant qui effaçait toutes les étoiles sauf les plus brillantes. Derrière lui, la forme décroissante du *Prisa* scintillait tandis qu'Eponi redirigeait le vaisseau dans une plongée totale vers l'autre capsule.

En regardant droit devant lui, Sai ne pouvait pas voir l'engin de Vana, mais sur sa gauche, une paire lumineuse montrait que les chasseurs de Deepak filaient vers leur ennemi. Avec un peu de chance, ils attraperaient l'agent et la réduiraient en poussière.

— Sur la cible ? La voix d'Aurora résonna dans le viseur de Sai.

— Jusqu'ici, oui. Voyage agréable. Sai s'arrêta. Aurora, tu sais quoi dire si ça ne marche pas ?

— On n'aura pas cette conversation, Sai.

— Mais-

— Connecte-toi à la capsule. Stabilise-la. La navette de Salinity s'aligne sur ta vitesse, dit Aurora. Ce sont tes ordres. On se reverra de l'autre côté.

Le léger clic se fit entendre : Aurora avait raccroché. Elle n'avait jamais été du genre à envisager des futurs déplaisants, particulièrement ceux impliquant la mort d'un ami. Sai avait eu cette conversation maintes fois avec la capitaine, essayant de lui dire ce qu'il voulait pour sa famille, mais elle l'avait toujours repoussé, traitant toujours cela comme une éventualité dont l'heure n'était pas encore venue.

Peut-être parce qu'Aurora, elle-même, n'avait personne à qui le dire. Sai ignorait si elle avait des plans pour l'après, ce qu'il adviendrait de l'argent sur son compte, ou de tous restes qui pourraient être retrouvés.

L'armure énergétique arracha Sai à sa contemplation des étoiles, attirant son attention sur le compteur d'oxygène en baisse — il en restait encore beaucoup — et sur la distance qui diminuait similairement entre Sai et sa cible. La capsule de sauvetage n'avait pas perdu beaucoup de vitesse depuis que Vana l'avait éjectée, mais la gravité de Gillane Quatre ne pouvait être niée : la décroissance orbitale de la nacelle s'accélérait à chaque seconde, et l'entrée de la capsule dans l'atmosphère serait un désastre flamboyant si Sai ne pouvait pas la préparer pour la navette de sauvetage.

Conçues pour gérer les récupérations depuis des épaves à la dérive ou les sauvetages dans l'atmosphère de dangers isolés, d'esquifs flottants et d'autres situations relativement stables, les navettes de sauvetage étaient les vaisseaux envoyés après un engagement pour grignoter les restes et voir ce qui avait survécu. La navette de la Salinité, comme celles de DefenseCorp, ressemblait beaucoup à un cylindre couvert d'écoutilles. Chacune pouvait déployer un sas, et chacune menait à un espace central dominé par de l'équipement médical.

La navette était une grande boîte de conserve, avec

toute la maniabilité correspondante. Elle ne pouvait pas former un joint étanche avec la capsule de sauvetage, ni la rattraper alors que la petite chose tombait de l'orbite.

Pas à moins que Sai ne parvienne à réaliser un miracle.

Il voyait la capsule de sauvetage maintenant, une tache qui avait grossi jusqu'à la taille d'un esquif alors que Sai s'en rapprochait. Gris tacheté, avec le logo de DefenseCorp brillant à l'extérieur d'un éclat argenté, la capsule de sauvetage faisait tout ce que le vaisseau de Vana — de Renard — ne faisait pas, s'exhibant à tout sauveteur potentiel par tous les moyens possibles.

Sai bascula son bracelet sur une diffusion ouverte et lança un appel vers l'avant : — Ohé, ici votre futur ami, venu pour vous aider. Vous me recevez ?

Rien ne revint. Pas surprenant. Les grenades EMP de Sai auraient aussi bien grillé les systèmes de la capsule de sauvetage que ceux du plus gros vaisseau. Il allait devoir faire ça en silence.

L'impact arriva avec une nuance. Techniquement, Sai ne fonçait pas vers la capsule de sauvetage, mais plutôt sa vitesse plus lente laissait la capsule le rattraper. La différence, en mètres par seconde, signifiait que Sai pouvait toujours être écrasé comme un insecte sur le pare-brise d'un esquif s'il ne se positionnait pas correctement.

Chaque capsule de sauvetage était construite différemment pour correspondre aux besoins de son vaisseau-mère. Celle-ci ressemblait à un coin coupé en deux, avec un côté en pente à une extrémité se rétrécissant jusqu'à une pointe. Cette pointe aurait dû faire l'entrée dans l'atmosphère, servant à réduire la traînée et à dévier la chaleur loin de l'extrémité plus large, où tous les désespérés se seraient entassés. Au lieu de cela, le lancement sans énergie avait le gros bout en tête, où il finirait par s'écraser sur Gillane Quatre avec toute l'élégance d'un homme atterrissant ventre en premier dans une piscine.

Tendant la main vers sa taille, Sai tira le grappin. Le prit dans sa main droite. Utilisant des jets ciblés de ses réserves d'oxygène, chacun faisant baisser sa réserve d'air par segments crispants pour ses nerfs, Sai se positionna pour écarter ses jambes du chemin de la capsule de sauvetage. La grande chose fonçait vers lui maintenant, visant à passer en dessous d'un Sai à l'envers, de sorte que la masse bleue de Gillane Quatre s'élevait directement au-dessus de la tête de Sai. La capsule de sauvetage passerait entre les deux, et Sai laissa tomber son grappin dans cet espace.

Il devait parier que la coque de la capsule de sauvetage serait assez épaisse pour supporter le grappin. Si Sai essayait d'utiliser ses prises, tentait de s'accrocher avec ses bottes, il n'aurait qu'une fraction de seconde. Un raté l'enverrait rebondir vers une longue mort dans le vide.

— J'espère que vous passez tous un meilleur moment que moi, dit Sai, envoyant le message vers le *Prisa* alors qu'il laissait voler le grappin.

La capsule de sauvetage passa en un éclair, remplissant l'espace entre Sai et la planète, l'épéiste tendant le cou pour regarder. Le métal gris, le logo argenté brillant, et un reflet vitreux avec ce qui pourrait être un peu de teint de peau. Un indice d'un humain piégé à l'intérieur. Puis le bleu brillant de Gillane Quatre.

La secousse se fit sentir, le grappin attrapant sa proie et emportant Sai dans son sillage. Il essaya de laisser filer le câble lentement, réduisant la tension très légèrement. Cela ne fonctionna pas, la vitesse pure dévidant toute la ligne du grappin en quelques secondes. Le grappin fit tournoyer Sai, une force pas vraiment ressentie et pourtant absolument perçue par le soudain accroissement des nuages mouvants de Gillane Quatre en dessous.

Sai s'étira avec sa main droite, atteignant et saisissant la ligne du grappin. En tirant, Sai se tourna pour faire face à la capsule de sauvetage, chevauchant derrière elle comme un chasseur de l'espace avec son chien. Des morceaux de métal flashèrent autour de Sai en un nuage instantané, les débris soulevés par le contact du grappin. Sai guetta la suite, attendant que la capsule de sauvetage se froisse ou explose si le grappin exposait son intérieur au vide.

Mais, d'une manière ou d'une autre, la ligne tint bon, et la nacelle ne s'effrita pas en miettes.

Prenant sa première respiration depuis qui sait combien de temps, Sai s'offrit un léger sourire et régla la ligne du grappin pour le ramener. Sai rattrapa la pointe de la capsule de sauvetage en quelques secondes, s'agrippant à la masse alors qu'il ralentissait l'attraction du grappin. De si près, il pouvait voir à l'intérieur, pouvait voir le visage qui le fixait avec un mélange confus de panique et d'espoir.

Raquel. Meurtrie et favorisant son bras gauche, mais vivante.

33

LE PRIX

Une façon de décrire une carrière chez DefenseCorp serait de cataloguer les blessures subies pendant et en dehors des missions. Les cicatrices de Gregor, ses contusions, ses os tordus et sa tête sujette à tant de commotions racontaient une histoire avec une fin certaine : l'action finirait par le rattraper, et le corps de Gregor n'aurait plus de marge de manœuvre.

Ce jour-là, cependant, ne semblait pas être aujourd'hui. Malgré le coup qui l'avait assommé lorsque Gregor avait utilisé l'agent et son grappin pour sauver sa vie, malgré la douleur lancinante à l'épaule atténuée par le reste de baume que Sai lui avait donné — un rappel persistant de la propre bataille du spadassin contre les brûlures, Gregor avait revêtu son armure de combat et son marteau était appuyé contre le mur du *Prisa* pendant qu'il attendait le feu vert d'Eponi.

Après le saut de Sai dans l'obscurité, le *Prisa* s'était refermé, fermant l'écoutille de chargement et ouvrant à nouveau le chemin vers les moteurs du vaisseau. Gregor se tenait seul dans l'étroit couloir, Rovo étant remonté par l'escalier en colimaçon du vaisseau. Eponi et Aurora maintenaient un bavardage constant, donnant des informations sur l'emplacement du canot de sauvetage et sur leurs chances de rattraper Vana.

— On s'approche, dit Eponi. Gregor, dix secondes avant qu'on essaie de faire un joint. Si on y arrive, ouvre cette porte rapidement et fais sortir tous ceux qui sont à l'intérieur. On est assez proche de l'atmosphère pour que je ne veuille pas jouer aux dés.

Un aveu audacieux. Gregor pensait qu'Eponi parierait sur n'importe quoi à la moindre occasion. Le fait qu'elle souligne le risque signifiait qu'elle voyait un vrai danger dans le sauvetage. Non pas que les sauts atmosphériques soient à prendre à la légère. Gillane Quatre avait l'air épais, les couches de chaleur lourde qui rendaient une entrée à grande vitesse sous le mauvais angle catastrophique, et le profil du *Prisa* ne tirerait aucun avantage de la forme disgracieuse de la capsule de sauvetage qui pendait comme un parasite pointu.

— Je m'en occuperai, répondit Gregor.

Se stabilisant avec ses bras qui couvraient toute la largeur du couloir, les mains à plat sur les murs, Gregor compta dans sa tête jusqu'au bon nombre. Eponi donna le signal au bon moment, et Gregor sentit et entendit les clics lorsque le *Prisa* effectua son rendez-vous. Dehors, dans le vide, un quatuor verrouillable trouva ses partenaires sur la porte du canot de sauvetage et prit contact. Glissant l'un vers l'autre, les deux vaisseaux créèrent un joint pour garder l'air à l'intérieur.

Comme Sai, Gregor passa la main sur la console de l'écoutille de chargement, incitant les portes de séparation à se fermer de chaque côté de Gregor. Ce n'était pas exactement la procédure d'amarrage normale, mais Gregor ne voulait prendre aucun risque. Les agents de Vana pouvaient être dans le canot de sauvetage, pouvaient planifier une attaque surprise. Maintenant, tout ce qu'ils obtiendraient serait un piège rapide à l'intérieur.

Et quand Eponi éjecterait la capsule de sauvetage, elle pourrait forcer l'ouverture de l'écoutille et larguer les agents aussi.

— J'ouvre l'écoutille, dit Gregor. Tenez-vous prêts.

— Tu as ton marteau ? demanda Aurora.

— Toujours.

Gregor tenait l'arme dans sa main droite tandis que sa gauche passait à nouveau sur la console. L'écoutille du *Prisa* obéit aux ordres, s'ouvrant en spirale sous les pieds de Gregor. Une personne plus prudente aurait attendu à l'écart de l'écoutille, debout sur l'étroite bande que le *Prisa* réservait entre les deux portes d'étanchéité. Gregor préférait plonger, s'enfoncer directement dans toute embuscade avant qu'ils n'aient une chance de se préparer.

La gravité zéro ne donnerait pas ce genre d'élan à elle seule, alors après avoir passé la main, la main gauche de Gregor alla au plafond du couloir et poussa. La force aurait dû envoyer Gregor flotter dans la capsule de sauvetage. Au lieu de cela, Gregor descendit d'un centimètre ou deux avant de heurter du métal dur.

L'écoutille du canot de sauvetage ne s'était pas ouverte.

— C'est toujours fermé, dit Gregor. Tu as envoyé le signal ?

— Je n'ai pas besoin de le faire, répliqua Eponi. C'est automatique.

Quand l'écoutille du *Prisa* s'était ouverte, le vaisseau aurait dû déclencher la même réponse de la capsule de sauvetage. Deux possibilités, donc. Soit les agents à l'intérieur n'étaient pas prêts pour une embuscade et avaient verrouillé la porte de la capsule de sauvetage, soit le petit engin n'avait pas d'énergie pour répondre à la demande d'Eponi.

Les deux options offraient la même solution.

— Je vais forcer l'entrée. Gregor fit un pas sur sa droite, tournant le dos à la salle des machines du *Prisa*. Ça risque de faire du bruit.

— Fais vite, dit Eponi. Ça chauffe ici, et je ne vais pas nous sacrifier tous pour ce qu'il y a dans cette capsule.

— Tu n'auras pas à le faire.

Gregor balança son marteau, tordant le manche en le déplaçant pour envoyer une énergie cinétique ondulante, tout comme l'armure de combat, à la tête du marteau. Quand l'arme frappa, toute cette force supplémentaire submergea la pauvre écoutille du canot de sauvetage conçue pour l'accessibilité, pas pour la défense. Les plaques incurvées en forme de dents qui composaient l'écoutille résistèrent pendant une fraction de seconde avant de se plier et de se briser vers l'intérieur.

À cheval sur l'écoutille, Gregor regarda à l'intérieur du canot de sauvetage et attendit que sa visière détecte d'éventuelles menaces. D'une taille similaire au cockpit du *Prisa*, l'intérieur de la capsule était éclairé par le reflet de Gillane Quatre, une lueur bleu argenté à travers les petites fenêtres. Des sièges de crash bordaient les côtés du canot de sauvetage, s'étendant presque jusqu'à l'extrémité de la capsule où se tenait Gregor. De l'autre côté de la coque, à l'opposé des moteurs, se trouvaient probablement des trousses de secours d'urgence, des fusées de détresse, le genre de choses dont on pourrait avoir besoin si on ne brûlait pas dans l'atmosphère, par exemple.

La visière ne détecta rien de dangereux. Les yeux de

Gregor ne repérèrent pas non plus de menaces à l'ancienne. Aucun son ne provenait de l'engin mort.

— Ça a l'air vide, dit Gregor. Un leurre ?

— Confirme-le, répondit Aurora.

— Ça veut dire entrer. On a le temps ?

— Tu as cinq secondes, dit Eponi. Après ça, on perd Vana.

Le décompte mental commença dans la tête de Gregor tandis qu'il joignait ses jambes et se propulsait à nouveau du plafond. Il s'élança, passant directement par l'écoutille et dans le canot de sauvetage. Il maintint son élan jusqu'à l'extrémité du canot, avec l'intention de rebondir sur le blindage et de retourner comme une fusée dans le *Prisa* sans qu'aucun ennemi ne soit en vue.

La visière détecta le mouvement, pas Gregor. Elle fit apparaître une silhouette douteuse en bleu vif alors que Gregor se réorientait.

Une très petite silhouette.

— Elle est là, dit Gregor, en y regardant de plus près. Kaia.

— Nous sommes sur le point de ne plus être là, répondit Eponi. Sors-la de cette capsule.

Kaia était recroquevillée dans le coin de la capsule, accroupie et regardant Gregor avec des yeux inquiets. L'obscurité la recouvrait, la rendant presque invisible sauf pour cette fichue visière et ses pouvoirs impressionnants.

— Kaia, attrape le marteau, dit Gregor en se propulsant du fond du canot de sauvetage. Viens maintenant, vite !

Gregor n'avait aucun moyen de savoir si la fille répondrait à un ordre venant d'une personne entièrement revêtue d'une armure lourde, qui venait de faire irruption dans son refuge exigu et condamné. La dernière fois qu'il avait secouru Kaia, elle était isolée sur un toit, coupée de

Rovo et sur le point d'être capturée, ou tuée, par les mêmes personnes qui l'avaient envoyée dans ce voyage sans retour vers l'enfer. Cette fois-là, Kaia n'avait pas eu le choix.

Cette fois-ci, la fille fit le bon choix.

Elle sauta au moment où Gregor se propulsait vers le haut, s'élançant vers l'écoutille avec ses pieds. Kaia n'attrapa pas tant le marteau que la grande arme ne l'attrapa elle. Gregor laissa tomber la tête du marteau alors qu'il approchait de l'écoutille, avec Kaia qui s'y accrochait. Le profil plus mince permit à Gregor de passer en premier, l'homme ramenant ses genoux en sortant pour laisser de la place à Kaia.

— Saute maintenant, dit Gregor à la fille alors qu'il la tirait à travers l'écoutille, ses pieds reposant sur la tête du marteau comme une sorte de princesse. Approche-toi de cette porte.

Une fois de plus, Kaia obéit aux ordres sans poser de questions, mais ses yeux et la façon rigide dont elle lâcha le marteau montraient qu'elle n'était peut-être pas aussi confiante qu'elle en avait l'air. Pour l'instant, cependant, Gregor n'avait pas le temps de la mettre à l'aise.

— Fermez l'écoutille et partez, dit Gregor, transmettant les mots sur la fréquence de l'escouade. Kaia est à bord et en sécurité.

— Beau travail, dit Aurora, ce qui était probablement le plus grand éloge qu'on pouvait attendre d'elle.

Eponi ne parla pas, mais agit. L'écoutille de cargaison, les jambes et autres membres hors de portée, se ferma sous Gregor. Un bruit sourd suivit alors que le canot de sauvetage se déconnectait, prêt à poursuivre son voyage de désintégration. Le *Prisa* vira à nouveau, quelque chose que Gregor ressentit alors que les murs et le sol autour de lui tournaient tandis qu'Eponi remettait le vaisseau sur une trajectoire de retour vers Vana.

— Gregor ?

La voix était si faible, si calme que Gregor ne l'entendit pas au début, alors que les portes d'étanchéité qui maintenaient Gregor et Kaia enfermés près de l'écoutille de cargaison se rétractaient dans un *whoosh*.

— C'est toi ? demanda à nouveau Kaia, répétant le nom de Gregor.

Elle se tenait au centre du couloir, les mains le long du corps, le visage crispé par la question nerveuse. Quelqu'un avait attaché les cheveux de Kaia, et bien que les vêtements de sport ajustés que portait la fille ne semblaient pas être exactement à sa taille, ils étaient propres. Pas une égratignure ne marquait son visage.

— C'est bien moi, gamine, dit Gregor.

— Non, annonça Rovo, dévalant les escaliers. C'est nous qui t'avons, Kaia. Nous t'avons.

— Rovo ! Kaia se retourna aux mots de la recrue, éclatant dans ce rire spécial qui est à parts égales joie et soulagement.

Gregor observa les retrouvailles pendant un long moment, osant peut-être un sourire lui aussi, avant qu'Aurora ne lance de nouveaux ordres. Eponi avait poussé les moteurs à pleine puissance, ainsi que les armes. Ils allaient rattraper Vana, et Sever devait être prêt à faire feu.

— Mets-la en sécurité, dit Gregor à Rovo en passant.

La recrue s'arrêta de frotter les cheveux de Kaia et posa une main sur l'épaule de Gregor. — Merci.

— Ce n'est pas encore fini. Le sourire de Gregor s'élargit. Mais on s'en rapproche.

Kaia commença à demander de quoi ils se rapprochaient, et Gregor prit cela comme un signal pour continuer à monter les escaliers.

— Rovo s'occupe de notre invitée, continua Aurora alors que Gregor retournait au centre du *Prisa*. Tu prends la tourelle tribord. Je m'occupe de l'autre.

Le court trajet jusqu'à la tourelle bâbord prit plus de temps car Gregor dut se débarrasser de son armure. Les postes de tir sur un petit vaisseau comme le *Prisa* n'étaient pas conçus pour accueillir une carcasse volumineuse, mais ils pouvaient — tout juste — accueillir Gregor vêtu seulement de sa combinaison, les vêtements hyper-fins conçus pour rendre l'armure supportable.

En s'installant, Gregor saisit les commandes de visée de la tourelle des deux mains. La console s'activa à son contact, faisant apparaître des options potentielles pour réduire en poussière spatiale. Gregor vérifia l'écran, s'attendant à voir une grosse tache avec le nom de Vana dessus.

Au lieu de cela, il aperçut un pixel clignotant. Comme si la console avait un dysfonctionnement.

— Mon ciblage est en panne, dit Gregor, transmettant maintenant le message via les communications internes du *Prisa*. Il n'y a rien à viser ?

— Utilise les visuels, répondit Aurora. Renard n'a pas mis beaucoup d'armes sur son vaisseau, mais il est difficile à repérer.

— Un vrai agent.

— Un connard. Tout comme Vana, dit Aurora. Eponi, sommes-nous à portée ? Et où sont les chasseurs de Deepak ?

— Juste à notre gauche, répondit Eponi. Mais il y a de plus gros problèmes. Je crois que Vana a remis le vaisseau en marche.

— Et alors ? dit Gregor, continuant à bricoler la console.

Il pouvait, bien sûr, utiliser les fenêtres pour viser visuellement, mais aux distances utilisées dans une bataille spatiale, ce serait comme tirer sur un écureuil à travers une forêt épaisse. On peut la rattraper ?

— Ce n'est pas elle qui m'inquiète, finit Eponi avec un juron. Elle a des renforts. Le transport n'a jamais quitté le système, et il approche rapidement.

Gregor ne savait pas comment un gros vaisseau comme le transport avait pu rester caché, mais si l'engin et ses gros canons s'approchaient trop près, le *Prisa* et les chasseurs de Deepak seraient en difficulté. Gregor ne s'inquiétait pas pour lui-même, mais sa vie n'était pas la plus importante sur le vaisseau. Tous les membres de Sever avaient signé leur propre arrêt de mort en s'engageant. L'agent, enfermée dans les quartiers même de Gregor, avait fait ses propres choix pour en arriver là.

Mais si le transport détruisait le *Prisa*, alors Kaia mourrait sans que ce soit sa faute.

Gregor ne pouvait pas, ne voulait pas laisser cela arriver.

Ce choix, cependant, n'était pas le sien à faire.

34

UN OU TOUS

Avant chaque course, Eponi sortait son kart pour des tours d'essai. Elle testait les systèmes de la machine face aux conditions du monde, des températures glaciales aux vents violents en passant par les geysers crachant du feu bleu. Elle élaborait un ensemble de mouvements, les cartographiait en fonction des endroits du parcours où Eponi pourrait les utiliser, et le jour de la course, elle déployait ces astuces pour grimper les positions jusqu'à franchir la ligne d'arrivée.

Poursuivant Vana dans le *Prisa* qui filait à toute allure, avec la lune principale de Gillane Quatre se détachant en violet sur le noir de l'espace, Eponi poussa les moteurs et les armes du vaisseau. L'engin de Vana misait plus sur la furtivité que sur la défense, et Eponi connaissait déjà sa position. La meilleure et la plus simple des manœuvres ? Surpasser l'ennemi, le neutraliser avec des tirs laser ou le faire exploser avec les mêmes.

Lorsque le transport des agents contourna la lune, le parcours changea. Eponi n'avait pas fait de tours d'essai pour cette situation. Elle n'avait jamais piloté le *Prisa* au combat contre un vaisseau comme le transport, grand et couvert de lourds canons destinés à soutenir une invasion terrestre. En réalité, Eponi n'avait jamais participé à un combat spatial contre de grands vaisseaux.

DefenseCorp réservait ce plaisir à ses croiseurs.

— *Prisa*, nous ne sommes pas équipés pour affronter ce truc, dit le pilote du chasseur de tête qui se formait à côté du vaisseau de Sever. Les deux engins, mobilisés par Deepak pour aider à éliminer le vaisseau de Vana, étaient des appareils rapides, conçus pour harceler et anéantir des vaisseaux plus petits et plus lents. Tu as une meilleure idée ?

Eponi refit mentalement l'inventaire de l'armement du *Prisa*. Trois canons principaux, deux tourelles de chaque côté et un canon fixe au centre. Le vaisseau avait des options de missiles, mais les lanceurs étaient vides lorsque Sever avait volé le vaisseau sur Wexer, et personne ne voulait débourser pour les recharger. Malgré tout, les canons du *Prisa* avaient un avantage sur les chasseurs de DefenseCorp, et Eponi pouvait mobiliser un meilleur bouclier.

— On se sépare, dit Eponi. Vous deux, concentrez-vous sur le vaisseau de Vana. Nous allons taquiner le transport et attirer ses tirs, voir si on ne peut pas les séparer jusqu'à ce que vous livriez.

— Alors c'est un ordre d'élimination ?

— C'en est un, intervint Aurora sur la ligne depuis sa tourelle. Nous avons sécurisé les otages. Autant j'aimerais que Vana reste en vie, ça ne semble pas être le jeu auquel nous jouons aujourd'hui.

— Compris. Volez prudemment.

L'homme de Deepak coupa la communication, permettant à Eponi de se concentrer sur le désordre à l'extérieur.

La lune de Gillane Quatre offrait un arrière-plan menaçant. Elle masquait les étoiles, mais pas les vives lumières de navigation du transport. Le gros vaisseau s'étendait sur un demi-kilomètre et ressemblait à une aile géante. Avec assez d'espace pour contenir plus d'un millier de soldats et les livrer en toute sécurité dans une zone de combat active, le transport avait une armure et des armes à revendre. La seule chance pour le *Prisa* de faire des dégâts viendrait de l'élimination des crocs du transport.

Les tourelles, malgré leur utilité pour offrir des options de visée flexibles, ressortaient des vaisseaux à des angles évidents. Les boucliers magnétiques conçus pour diffuser l'énergie laser entrante devaient s'étirer pour couvrir les canons proéminents des tourelles, présentant une protection légèrement plus fine qu'ailleurs. Eponi balaya sa console du doigt, ordonnant au *Prisa* d'abandonner le suivi du vaisseau de Vana et de tourner ses systèmes vers le transport.

À l'extérieur de la vitre avant, une large baie vitrée donnant à Eponi la vue de sa cible, un halo bleu se forma autour de la longue silhouette du transport. Le halo comblait les espaces entre les lumières, et à l'intérieur, des cercles verts se formèrent tandis que le *Prisa* suivait l'ordre d'Eponi et repérait ces tourelles. Eponi déglutit alors qu'un carré après l'autre apparaissait.

Sever n'utilisait presque jamais l'un de ceux-ci lors de leurs missions pour DefenseCorp, étant donné qu'ils étaient souvent envoyés pour des actions secrètes derrière les lignes ennemies ou pour des tâches si ciblées qu'elles ne nécessitaient pas une invasion complète. Avoir le luxe d'autant de lasers tombant du ciel, vous couvrant et rôtissant l'opposition, devait être agréable.

— Deux minutes avant d'être à portée, dit Eponi. Je mets en évidence les tourelles. Je ne suis pas sûre que nous pourrons percer l'armure de ce truc, mais nous pourrions attirer son attention assez longtemps pour que les chasseurs fassent leur travail.

— Où veux-tu que je me mette ? demanda Rovo.

Avec Aurora et Gregor dans les tourelles et Eponi, qui pouvait encore appuyer sur la gâchette de tir avec son bras plâtré, Rovo n'avait pas de place claire où être. Eponi hésita, pas sûre d'avoir besoin de la recrue dans le cockpit avec elle.

— Reste avec Kaia, ordonna Aurora, jusqu'à ce qu'on ait besoin de toi ailleurs. Si ça se passe mal, fais ce que tu peux pour elle.

Le *Prisa* n'avait pas de canots de sauvetage. Il n'y aurait pas de plongée de dernière minute ici. C'était bien de la part d'Aurora de ne pas laisser la petite fille traverser le combat seule.

Eponi refusa de penser aux résultats possibles. Elle avait appris cela il y a longtemps. Trop se préoccuper de la façon dont une course pourrait se terminer avait tendance à gâcher le pilotage.

Au lieu de cela, Eponi baissa les moteurs, dirigeant la puissance vers les boucliers du *Prisa*. Les grenades de Sai avaient suffisamment neutralisé le vaisseau de Vana pour qu'ils puissent se rapprocher. Maintenant, le combat serait une question de pilotage sophistiqué, de survie, et de qui pourrait toucher quelque chose avec un laser brûlant.

— Choisissez vos cibles, dit Eponi. Il y en a plein.

— Difficile d'en rater un aussi grand, nota Gregor.

— Alors assurez-vous de ne pas le faire, dit Aurora.

Sur l'écran de la console devant elle, Eponi vit les deux chasseurs de DefenseCorp s'écarter du *Prisa*, s'alignant pour des passages sur le vaisseau de Vana. Encore quelques secondes, et le plaisir commencerait.

Si Eponi avait eu un dieu à qui prier, elle l'aurait fait

maintenant. À la place, elle prit la plus profonde inspiration que ses poumons pouvaient contenir — il était facile d'oublier de respirer dans un combat intense — et se concentra sur ce gros transport. Elle positionna le *Prisa* pour une course en ligne droite, son canon principal placé pour faire ce qu'il faisait de mieux.

Le doigt d'Eponi, le plâtre la démangeant à proximité, trouva la gâchette.

La console émit un gazouillis. Vif, joyeux, et annonciateur de mort. Eponi appuya sur la gâchette, supposant que Gregor et Aurora faisaient de même dans leurs tourelles. Des éclairs illuminèrent le pare-brise par en-dessous, à droite et à gauche. Les lasers allaient si vite qu'Eponi ne les vit qu'une fois que les faisceaux de lumière surchauffés étaient déjà bien loin du *Prisa*, filant vers leur cible en lignes droites et discontinues.

Le *Prisa*, sentant qu'un combat avait commencé, afficha un nouvel écran sur le pare-brise. En gardant les yeux rivés devant elle, Eponi pouvait voir l'énergie du *Prisa* comme une superposition au-dessus du vaisseau de transport et de la lune violette. Le bleu stable et ardent — réglé à la puissance maximale — sapait l'énergie comme DefenseCorp sapait la vie de ses soldats.

Après trois secondes, Eponi tira sur le manche de vol. Sever avait tiré en premier sur le transport, engageant le combat avec une intention létale. L'effet de surprise avait offert ces secondes à Sever, permettant à Eponi de faire monter le *Prisa* en arc tout en activant ses jets de manœuvre pour retourner le vaisseau. En apesanteur, être à l'envers n'avait pas grande importance pour ceux à l'intérieur du vaisseau, mais cela permettait à Eponi de garder le transport bien en vue.

La contre-attaque arriva clairement. Les canons du

grand vaisseau ouvrirent le feu, leurs tirs jaunes éclaboussants se dirigeant vers l'emplacement initial du *Prisa* et traçant une ligne vers le vaisseau d'Eponi.

— Tirez quand vous en avez l'occasion, dit Eponi, inclinant le *Prisa* dans une approche en angle. Chaque canon que vous détruisez vaut un verre de ma part.

— Bonne motivation, répondit Gregor.

— Parce que ta vie ne suffit pas ? dit Rovo.

— Coupez le bavardage, lança Aurora, faisant ce que font les commandants.

Eponi maintenait le *Prisa* en rotation. Le cargo n'avait pas la finesse d'un chasseur, mais ce mouvement cyclique, couplé aux changements aléatoires de direction d'Eponi — vers le haut, le bas, l'avant et l'arrière — signifiait que les tourelles du transport peinaient à suivre. Leurs tirs jaunes formaient une traînée néon dans l'obscurité.

— Escadrille, vous avez établi le contact ? Eponi inversa le retournement du *Prisa* tout en envoyant l'appel aux deux chasseurs, poussant le manche de vol vers l'avant pour faire plonger son vaisseau à travers le pont du transport. Ça chauffe ici.

— Nous avons engagé la cible, répondit le pilote de Deepak. Elle se fait désirer.

Tirant vers le haut, Eponi envoya le *Prisa* sous le transport, s'approchant du plus gros vaisseau autant qu'elle l'osait. La silhouette énergétique montrait que Gregor et Aurora tiraient sans relâche. Jusqu'à présent, le *Prisa* n'avait pas pris un seul coup, ce qui signifiait qu'Eponi était soit la plus grande pilote que la galaxie ait jamais connue, soit que les agents aux commandes des canons du transport étaient, eh bien, pas terribles.

— Pas le temps de jouer, dit Eponi. On ne va pas gagner contre ce truc.

Un cri vigoureux traversa la bande, la voix de Gregor déclarant victoire :

— Un pour moi.

Aurora offrit ses félicitations, mais Eponi devait se concentrer sur la danse. Elle tira le *Prisa* vers la gauche, gardant l'engin sous le transport. Se cacher en dessous maintenait la moitié des canons du gros vaisseau hors-jeu, et les autres, tirant à travers le corps du transport, devraient s'inquiéter de ne pas toucher leur propre vaisseau. Les tirs jaunes se firent maintenant sporadiques, les artilleurs décidant de jouer la sécurité.

— On revient pour un autre passage, dit Eponi alors que le *Prisa* approchait de l'extrémité d'une aile. Si vous voulez toucher une partie de ce truc, c'est le moment.

Elle pompa l'énergie des boucliers du *Prisa* vers ses canons. Le transport n'avait pas encore montré qu'il pouvait toucher quoi que ce soit. Autant causer quelques dégâts tant que c'était possible.

— *Prisa*, où êtes-vous ? Le capitaine des chasseurs passa en criant. On se fait pilonner ici !

— On colle le transport, que... Eponi s'arrêta, les yeux écarquillés.

Sever opérait seul. Eponi les avait conduits en territoire dangereux, faisant tout le nécessaire pour survivre. Vivre assez longtemps et Sever atteindrait le sol, ou distancerait la poursuite.

Sauf que maintenant, la survie n'était plus l'objectif.

Jurant, Eponi fit brusquement virer le *Prisa* à droite, se dirigeant vers l'avant du transport. Alors qu'elle faisait pivoter le *Prisa* vers l'avant, Eponi vit le bleu de Gillane Quatre, oui, mais des tirs laser dorés brûlaient à travers sa beauté. Les canons du transport déversaient un feu nourri vers le vaisseau de Vana et les chasseurs qui essayaient de l'abattre. Un cercle noir unique se détachait, le trou où volait Vana, tandis qu'autour, le transport tissait sa mort.

— On arrive ! dit Eponi. Tenez bon !

Le pilote du chasseur ne répondit pas. Il n'en avait pas besoin. Pris dans une course d'attaque, les deux chasseurs avaient le vaisseau de Vana dans leur ligne de mire. Le feu du transport les avait surpris. Pas seulement un laser isolé, mais une multitude. Eponi vit les chasseurs danser alors qu'ils rompaient et essayaient de fuir. Les canons supérieurs du transport poursuivaient les deux appareils l'un vers l'autre, les coinçant dans un cercle mortel qui se rétrécissait.

En quelques secondes, ils seraient morts.

Eponi frappa la console, drainant toute l'énergie des lasers pour l'injecter dans les boucliers du *Prisa*. Gregor poussa un cri alors que sa tourelle s'arrêtait.

— Eponi, dit Aurora. Que fais-tu ?

— Je sauve les chasseurs, répondit Eponi, faisant monter le *Prisa* alors qu'il passait sous le transport.

Les chasseurs constituaient des cibles difficiles et distantes. Les tourelles s'appuieraient sur des programmes, indiquant aux agents quand et où tirer. Ces programmes trouveraient le gros et gras *Prisa* filant à proximité une cible bien plus facile.

— Vana est juste là, dit Aurora. Sans protection. On peut frapper.

— Si on fait ça, les chasseurs meurent, répondit Eponi. Et on serait les suivants.

Aurora resta silencieuse tandis qu'Eponi faisait basculer le *Prisa* dans une retraite rapide. Les premières tourelles les repérèrent maintenant, se détournant des chasseurs en fuite pour se concentrer sur la coque juteuse du *Prisa*. Le vaisseau trembla sous les impacts qui trouvaient ses boucliers, alors que quelques rayons brûlants passaient au travers et roussissaient le métal.

— Dégagez-vous, les gars, dit Eponi en faisant zigzaguer le *Prisa* de toutes les façons possibles. On va vous couvrir.

— Merci *Prisa*, répondit le capitaine des chasseurs. On a failli se faire griller là-bas. Désolé, on n'a pas pu abattre la cible.

— On aura une autre chance, répondit Eponi. Ne vous inquiétez pas.

L'appel grésilla alors qu'un autre laser faisait mouche, et Eponi grimaça quand la console indiqua que les communications du *Prisa* avaient grillé.

— Elle va s'échapper, dit Aurora, entrant à grands pas dans le cockpit. Elle prit le siège du copilote, balayant la console du regard tandis que des lasers jaunes emplissaient le vide autour d'eux. Vana s'échappe, encore.

— Nous aussi, si tu n'as pas remarqué, répliqua Eponi. Pour le moment, en tout cas.

Voler droit à l'opposé d'un ennemi pas vraiment intéressé par la poursuite, cependant, maintenait le *Prisa* en vie. Les tirs du transport diminuèrent tandis qu'Eponi poussait les moteurs du *Prisa*, atteignant puis dépassant la portée d'attaque.

Elle avait oublié comment voler en équipe. Elle avait coûté la mission à Sever, mais elle avait préservé leurs vies.

Cela devrait suffire. Mais, quand Eponi entendit Aurora frapper la coque à côté d'elle, Eponi sut que ce n'était pas le cas.

35

AVENIRS

Kaia avait géré l'attaque et la retraite mieux que Rovo n'aurait pu l'imaginer. Il s'était enfermé avec elle et l'agent captif dans sa propre cabine sur le *Prisa*. Tout en écoutant les communications de l'escouade grâce au Bug dans son oreille, Rovo gardait son attention sur Kaia, allant même jusqu'à utiliser la console du *Prisa* pour trouver tout contenu adapté aux enfants dans la bibliothèque de divertissement du vaisseau — un défi sans doute plus difficile que d'affronter des agents en combat ouvert.

L'apesanteur empêchait les plongées et les esquives du *Prisa* de faire rouler le trio, et Rovo, une fois Kaia distraite, se tourna vers l'agent. Elle avait subi des brûlures au laser qui nécessitaient des changements de pansements, et le coup avec la tête de Gregor avait laissé un vilain bleu se former sous les cheveux courts de l'agent.

Plus inquiétant que tout le reste, cependant, étaient les taches sombres que Rovo avait trouvées sur les bras et les jambes de l'agent. Comme de l'encre renversée, les plaques étaient chaudes au toucher, semblant frissonner chaque fois que Rovo appuyait avec un doigt. Gregor avait mentionné avoir vu des infections similaires sur d'autres agents, mais se retrouver face à un cauchemar de si près...

Rovo banda les plaques. Sur Dynas, il avait failli mourir quand une infection bien plus importante avait tenté de dévorer la recrue. Gregor était venu au secours de Rovo à ce moment-là, mais les visions de la maladie noire se propageant dans son corps avaient hanté les nuits sans sommeil de Rovo depuis lors.

Il avait pensé que l'Escouade Sever avait vu la fin de cela, pensé que Dynas et son effondrement marqueraient l'anéantissement de la maladie.

— Hé, Rovo ? La voix d'Eponi dans le communicateur. Tu peux sortir. On est loin, et ils ne nous suivent pas.

Derrière la recrue, le film continuait à bavarder. Kaia riait de quelque chose. Il fixait l'agent.

— Rovo ? Aurora maintenant, inquiète.

— Elle est infectée, dit Rovo. L'agent. Elle est comme Felix. Pas aussi avancée, mais...

Le seul traitement que Sever avait détruit la maladie par exposition au vide. Le froid extrême semblait tuer le virus, à condition que l'hôte puisse survivre à l'expérience. Ils pourraient essayer de faire ça avec l'agent, pourraient essayer de...

— Alors elle va à l'hôpital, dit Aurora, tuant l'idée de Rovo avant qu'elle ne prenne son envol. Je sais à quoi tu penses, mais on ne peut pas prendre de risques avec elle. C'est notre seul lien, pour l'instant, vers l'endroit où Vana pourrait se diriger. Et, plus que ça, avec du temps et un sujet, les médecins ici pourraient être capables de trouver un remède.

— Tu as vu ce qui s'est passé avec Felix, répliqua Rovo. Tu penses que c'est sûr de la garder dans ce vaisseau ?

— Elle ne quittera pas la pièce, dit Aurora. Éloigne-toi avec Kaia. Je ne veux pas risquer une chance de découvrir où va Vana.

Si Kaia n'avait pas été dans la pièce, si elle n'avait pas regardé Rovo avec une question dans les yeux, il aurait peut-être agi différemment. Tel quel, il retira la main du pistolet toujours à sa ceinture. La fille avait déjà vu son père se faire tirer dessus, avait été l'otage d'un monstre qui voulait son sang, et avait été envoyée seule sur une trajectoire de collision avec une planète.

Kaia en avait assez vu.

— Allez, petite, dit Rovo, éteignant la console et prenant la main de Kaia. Laisse-moi te montrer tous les endroits cool du vaisseau.

— Et elle ? demanda Kaia alors que Rovo la tirait doucement vers la sortie.

— Elle a besoin de se reposer, alors laissons-la tranquille un moment.

Quand Rovo ouvrit la porte, Gregor se tenait dans le petit couloir, appuyé contre le mur. Le gros marteau était posé à côté de lui. La recrue croisa le regard de Gregor, capta le léger hochement de tête, et comprit.

L'agent, virus ou pas, ne sortirait pas.

Rovo laissa Kaia avec son père alors que le soir tombait sur Gillane Quatre. Kashmal, assisté par une pléthore de robots, s'illumina néanmoins quand Kaia entra dans la pièce. En tant que quelqu'un qui avait gardé sa fille dans un placard pendant des années, Kashmal semblait avoir changé d'avis, décidant qu'être père était, peut-être, une opportunité et non une pénalité. Pas qu'un moment dans un hôpital, même un aussi beau que le centre médical Salinity en forme de larme où ils se trouvaient, définisse un avenir parfait.

Néanmoins, Rovo avait une autre raison de quitter la pièce.

— Tu as l'air fatigué, recrue, dit Sai, affalé dans le couloir.

L'épéiste portait sa propre blouse médicale, divers moniteurs pendant de sa peau, à travers une chemise d'hôpital, essayant de s'assurer que Sai n'avait pas subi de dommages permanents. Pendant que la navette Salinity terminait le sauvetage, Sai lui-même s'accrochait à la vie dans une armure motorisée avec peu d'oxygène et encore moins de chaleur. L'homme avait l'air gris, tacheté, mais néanmoins vivant.

— C'est toi qui dis ça, répliqua Rovo. Ils te gardent pour la nuit ?

Sai rit, secoua la tête.

— Un peu de vide ne va pas me tuer.

Il inclina la tête vers le bout du couloir.

— Va lui dire bonjour.

Des hochements de tête mirent fin à la conversation, permettant à Rovo de continuer vers l'autre bout de l'unité. Là, debout à la fenêtre de sa chambre, se trouvait une autre patiente que Rovo devait voir.

— Si mauvais que ça, hein ? dit Rovo en guise de coup à la porte, s'appuyant contre l'encadrement couleur sable. Tout l'hôpital avait une ambiance de plage, comme pour dire que les patients n'étaient pas en train d'être soignés mais étaient, au contraire, en vacances délicieuses.

— Tellement mauvais, répondit Raquel, jetant un coup d'œil vers Rovo. J'aurais dû sortir il y a des heures, mais ils veulent me surveiller. S'assurer que je ne suis pas comme tous les agents.

— Quoi ?

Raquel fit un geste vers une chaise en face de son lit.

— Tu es si pressé que tu ne peux pas entrer une minute ?

— Si nous n'étions pas si amochés, nous serions déjà partis, répondit Rovo en prenant place sur la chaise.

C'était étrange, maintenant, d'être assis sans armure motorisée, sans qu'une main ne tombe sur un pistolet, sans que les yeux ne scrutent chaque sortie, chaque fenêtre à la recherche d'un agent. Ils étaient sur Gillane Quatre depuis quelques jours, mais après le *Nautilus*, après les tireurs dans les fenêtres de l'immeuble, les nerfs de Rovo s'étaient tellement tendus qu'il ne savait plus comment se détendre.

— Tu sais où elle va ? demanda Raquel, prenant sa propre place sur le lit d'hôpital.

— Deepak et Aurora en discutent, répondit Rovo en clignant des yeux, regardant attentivement Raquel sans rien voir d'étrange. Tu as dit qu'ils te gardent ici à cause des agents ?

— Pour s'assurer que je ne suis pas *comme* les agents. Raquel passa ses mains le long de ses bras. Salinity les a rassemblés. On pourrait penser qu'ils se battraient ou disparaîtraient simplement dans la foule, mais ils sont... malades.

— Je sais.

— Vraiment ? D'autres questions parsemaient l'espace entre les yeux plissés de Raquel et son léger penchement vers Rovo. Dis-moi.

— Je ne sais pas comment la maladie fonctionne, juste que c'est grave. Il faut les tenir éloignés de tout le monde, et les uns des autres, dit Rovo. C'est l'une des raisons pour lesquelles nous ne voulons pas perdre de temps à pourchasser Vana.

— Ils sont en train de mourir, Rovo. Ils meurent et ils

disent que c'est de sa faute. Que *Vana* les a fait injecter. Pourquoi ferait-elle ça si elle savait que ça les tuerait ?

— Peut-être qu'elle ne le savait pas ? Rovo secoua la tête. Je n'en suis pas sûr, mais quand nous la rattraperons, elle nous le dira.

Raquel fronça les sourcils.

— Tu ne peux pas penser qu'elle coopérera.

— On ne le saura pas tant qu'on ne l'aura pas entre nos mains, dit Rovo. Et si elle ne le fait pas, nous le découvrirons à la dure.

Le froncement de sourcils de Raquel se transforma en une ligne droite.

— C'est comme ça que vous semblez tout faire. À la dure.

— Pas par choix.

— C'est comme ça que vous allez rembourser ma planète et mon entreprise ? À la dure ?

Rovo haussa les épaules.

— Je ne sais même pas ce que ça veut dire.

Raquel regarda son bracelet, le balaya du doigt.

— Donc, selon mes calculs, vous avez causé des dégâts importants à deux appartements. Fait exploser des skiffs et laissé leurs restes sur la voie publique. Gregor et Aurora ont décimé un bâtiment en construction, et toi, personnellement, tu as fait s'effondrer une pointe climatique. Ça fait beaucoup d'argent.

— Euh, envoie la facture à DefenseCorp ?

— Oh, je le ferai. Mais toi et ton escouade avez enfreint des lois en faisant ce que vous avez fait, sans aucune autorisation officielle. Je pourrais m'occuper de ça, si tu me promets quelque chose.

La conversation avait déjà tellement dévié de tout ce

que Rovo avait pu imaginer, que tout ce qu'il put faire fut de lever les mains et de demander quoi.

— Reviens, dit Raquel. Paie ta dette envers cette planète, et envers cette petite fille.

— Pour que tu puisses me donner des ordres ?

Un sourire, bientôt partagé.

— Tu as l'air d'un homme qui a besoin d'être guidé.

Eh bien, Rovo ne pouvait pas contredire cela.

36

EXIL

Le parc scintillait en ce milieu de matinée, ses arbres aux feuilles bien taillées et son gazon tondu de près témoignant d'un propriétaire corporatif attentionné et de ses robots. Aurora était assise sur un banc métallique, les bosses texturées des lattes se réchauffant lentement à la température qu'elle avait sélectionnée sur son bracelet. Le vent jouait dans ses cheveux. Pour une fois, le corps d'Aurora se sentait naturel, plutôt que tendu par les produits chimiques qui la maintenaient éveillée et prête à donner un coup de poing de plus.

— C'est une belle planète, annonça Deepak en marchant vers Aurora le long d'un chemin bondé de passants.

L'amiral de DefenseCorp avait, comme Aurora, troqué sa tenue officielle pour quelque chose de plus décontracté. Quelque chose de plus discret, vu la campagne publique de Salinity accusant DefenseCorp des combats autour de Kaiyo. Un pull blanc impeccable, un pantalon qui semblait avoir été acheté quelques heures auparavant et enfilé à la hâte.

Aurora portait les restes du *Prisa*. Ils ne lui allaient pas très bien, mais les vêtements étaient confortables, la veste chaude. Aujourd'hui, cela suffirait.

— C'est beaucoup plus agréable quand on ne se bat pas pour sa vie, répondit Aurora.

— Je suis surpris de t'entendre dire ça. Deepak prit place à côté d'elle, croisa les jambes et regarda l'étendue verte. Ne vis-tu pas pour le conflit ?

Aurora pensait avoir une réplique cinglante, mais la question la prit au dépourvu. Pour quoi vivait-elle ? Est-ce qu'elle-

Non. Pas maintenant. Pas encore.

— Pour l'instant, Vana est la seule chose qui compte, dit Aurora.

— Mais tu as gagné. Kaia est de retour avec son père. Ton escouade est vivante. Vana ne peut pas t'enlever ça.

Ces mots sonnaient trop faciles, trop glib. Aurora avait côtoyé Deepak assez longtemps, l'avait entendu faire suffisamment de debriefings pour savoir quand l'homme voulait l'acceptation plutôt que l'introspection. Pourquoi Deepak voulait-il qu'Aurora se concentre sur la victoire, plutôt que sur la guerre ?

— Tu as envoyé deux chasseurs, dit Aurora. Deux chasseurs, rien d'autre. Même si tu devais savoir que le transport pouvait encore être dans le système.

— Nous n'étions pas proches, répondit Deepak. Et nous ne nous attendions pas non plus à ce que Vana s'enfuie quand elle l'a fait. Tu aurais pu nous prévenir.

— Une agente qui s'est battue pour sortir du *Nautilus* à travers des embuscades et des pièges, et tu dis que vous n'étiez pas préparés aux surprises ?

— Au cas où tu l'aurais oublié, mon vaisseau a failli se

déchirer pendant les combats que ton escouade a déclenchés. Nous sommes distraits.

Comme tant de leurs conversations précédentes, celle-ci ressemblait à un test. Deepak éludait. Ses réponses venaient trop facilement. Cela faisait des semaines depuis le soulèvement des agents sur le *Nautilus*. Assez de temps pour mettre en place une nouvelle chaîne de commandement, remettre les vaisseaux et leurs pilotes en état opérationnel. DefenseCorp ne tolérerait pas la lenteur, car chaque jour passé dans la tourmente était un jour sans gagner d'argent.

— Deepak, soit tu me dis la vérité maintenant, soit je me lève et je m'en vais, dit Aurora. Je ne joue pas à des jeux. Vana a failli me tuer moi et mon escouade trop de fois.

Deepak se cala contre le dossier du banc. Cette fois, quand il parla, il ne regarda pas Aurora dans les yeux : — Les chasseurs n'allaient jamais attaquer Vana. Seulement en donner l'impression.

— Explique, ou je vais te tuer ici même.

Levant sa paume gauche vers Aurora, Deepak continua : — DefenseCorp change d'avis. Vana présente une opportunité convaincante, du moins pour les dirigeants. Tu dois admettre, Aurora, que les combinaisons seraient efficaces. Combien de missions seraient plus faciles si l'ennemi ne pouvait pas voir votre approche ?

— Mais les agents se sont retournés contre nous ! Contre toute l'entreprise !

— Non, dit Deepak, une amertume réprobatrice se glissant dans sa voix. Ton escouade nous a désertés. Les agents du *Nautilus* avaient tous les droits, selon le code de DefenseCorp, de tuer ton équipe. Ensuite, tu as poussé mes troupes à combattre Renard en premier. Deepak prit une inspiration, détourna le regard. Un léger hochement de tête le ramena vers Aurora. Les dirigeants de DefenseCorp ne laisseront pas l'entreprise se diviser. Vana leur donne un moyen de la maintenir unie, et d'augmenter nos profits en même temps.

Aurora pressa ses mains à plat contre son pantalon pour s'empêcher de serrer les poings. Les arguments naissaient et mouraient les uns après les autres alors qu'elle les passait au crible du regard de Deepak. L'homme avait la grâce de montrer un peu de chagrin, et ces cernes sous ses yeux étaient maintenant assez sombres pour suggérer que Deepak n'avait pas bien dormi depuis longtemps.

— Il y a une semaine, bien après ton départ, j'ai reçu l'ordre d'intercepter votre tentative ici, poursuivit Deepak. L'Escouade Sever a été marquée. Vous êtes une menace pour le nouvel avenir de DefenseCorp.

Aurora se leva : — Alors mon escouade est en danger. Nous devons partir maintenant.

— Arrête. Le message m'est parvenu, et je ne l'ai pas transmis à travers le vaisseau, dit Deepak. Certains sont peut-être au courant, mais pas assez. Le *Nautilus* est à moi, et les gens qui s'y trouvent sont mon équipage. Ils ne bouge-ront pas sans mon ordre.

En regardant Deepak, le calme persistant de l'amiral ne servit qu'à attiser un feu. C'était pour cela que Sever s'était coupé de DefenseCorp après Dynas. L'entreprise jetterait tout par-dessus bord pour un peu plus de pouvoir, pour un peu plus d'argent, peu importe le nombre de personnes qu'elle assassinerait dans le processus.

— Donc c'est quoi, ton avertissement ? Tu nous donnes une longueur d'avance ? demanda Aurora. Où pourrions-nous aller ? Et que se passera-t-il quand Salinity décidera de nous accuser d'être des justiciers pour avoir essayé de sauver Kaia ? Nous serons recherchés partout dans la galaxie.

— Je suis désolé, Aurora. Vraiment. Te procurer l'armure, te donner cet avertissement, je risque déjà tout.

— Bien sûr. Aurora balaya le parc du regard. Elle ne remarqua personne qui les observait, mais des tireurs d'élite pouvaient être n'importe où, des robots d'enregistrement cachés dans les feuilles. Merci pour rien.

Deepak tressaillit. Aurora pensa à aller un pas plus loin, donner à l'amiral un coup qu'il méritait sûrement, mais chaque seconde que Sever restait ici, pensant qu'ils étaient en sécurité, était un moment de plus risqué.

— Attends, dit Deepak, se levant lui-même alors qu'Aurora commençait à s'éloigner. Je ne... Je ne veux plus te voir blessée.

Aurora retroussa sa lèvre, jeta un regard en arrière : — Ce n'a jamais été à toi de décider.

— Et pourtant, j'ai quand même essayé, dit Deepak en s'adaptant à son rythme. Je ne suis pas venu ici uniquement pour te prévenir.

Aurora ne répondit pas. Elle accéléra le pas. La marche du parc à la baie d'amarrage n'était pas courte, et le trajet en capsule serait surveillé, observé. Elle commença à lever son bracelet pour envoyer un message sur la bande de Sever, rappelant tous les membres à bord du *Prisa*.

— Tu as dit précédemment que tu pensais que Vana et Renard faisaient quelque chose de pire que les combinaisons, dit Deepak. J'ai entendu les rapports sur les agents ici. La maladie.

— Ouais. Vana a modifié la maladie de Dynas. Elle tuera tout le monde s'ils n'obtiennent pas une certaine dose, dit Aurora. Je suis sûre que vous l'aurez tous aussi. Pour vous garder loyaux. Vous transformer en monstres.

— Un tel plan, s'il est révélé, détruirait DefenseCorp, dit

Deepak. Les combinaisons, c'est une chose. Mais un virus meurtrier ? La galaxie ne le tolérera pas.

— Tu vas quelque part avec ça ? Parce que moi, je vais quelque part, et je n'attends plus ton aide.

— Vana a envoyé un message. Nous l'avons reçu hier. Pendant son évasion. Deepak s'arrêta de marcher, et cette fois Aurora s'arrêta avec lui, près de la bordure du parc où il se fondait dans une avenue bordée de boutiques. Le message a été envoyé à chaque amiral, à chaque haut responsable de l'entreprise. Vana les convoque à une démonstration, à une réunion. Elle veut qu'ils voient leur avenir.

— Et tu y vas ?

Deepak acquiesça. — Ils iront tous. Jusqu'au dernier.

— N'est-ce pas risqué ?

Un sourire apparut sur le visage de l'amiral, léger. — C'est plus dangereux d'être absent quand le nouvel ordre est décidé. Deepak tendit son bracelet, le passa sur un écran pour les transferts locaux. Jette un coup d'œil. Si tu veux une chance de l'arrêter, de changer tout ça, ce sera là.

Aurora n'hésita pas, touchant son bracelet à celui de Deepak. Les appareils bippèrent lorsque le transfert fut terminé à peine deux secondes plus tard.

— Tu aurais pu commencer par ça, dit Aurora, sa colère se dissipant en curiosité. Ça aurait rendu tout le reste plus facile à accepter.

— Parce que la vengeance est si importante pour toi ?

— Si ça peut me débarrasser des chiens à mes trousses, alors oui, je dirais que c'est sacrément important.

— Tu te rends compte que tous les principaux officiels de DefenseCorp, avec leurs gardes, seront là. Ils voudront tous vos têtes. Vous n'aurez aucun moyen de vous approcher.

C'était maintenant au tour d'Aurora de sourire. — Si tu croyais ça, tu ne me l'aurais pas dit.

Deepak ne pouvait pas le nier.

Sever s'entassa dans le centre du *Prisa* avec des attitudes joyeuses qui se désintégrèrent lorsqu'Aurora expliqua clairement les enjeux. Deux vies maintenant, leurs carrières chez DefenseCorp et leur brève période en tant que freelance, leur avaient été enlevées. Peu embaucheraient un groupe mis sur liste noire par DefenseCorp. Personne ne prendrait un équipage également pourchassé par le principal fournisseur d'eau de la galaxie.

— Donc tu dis que notre seul choix est d'y aller, nous cinq, contre qui sait combien ? dit Rovo. Vana aura des combinaisons, aura les plus gros et les plus méchants types de DefenseCorp qui essaieront tous de voir à quel point ils vont devenir plus forts, et on est censés combattre ça ?

— Quand tu le présentes comme ça, dit Eponi d'un ton dégoulinant de sarcasme, ça a l'air d'une mauvaise idée.

— Ou d'une excellente, ajouta Gregor.

— Tu ne proposerais pas ça si tu n'avais pas une idée, dit Sai à Aurora. Alors, quelle est-elle ?

— Facile, répondit Aurora. On fait ce qu'on a toujours fait. On entre, on élimine Vana et tous ceux qui la suivent. On trouve les preuves de ce qu'ils font, on les diffuse à toute la galaxie. On gagne.

— C'est tout ? dit Rovo.

— C'est tout, répondit Aurora, ignorant le ton du bleu. On sait où ils se réunissent, et on a un peu de temps avant que toutes nos cibles puissent traverser la galaxie pour arriver ici. Eponi va nous emmener à une station que je connais où on pourra se reposer, se cacher et élaborer un plan.

— Et si je ne veux pas y aller ? dit Rovo, attirant tous les regards vers lui. Et si je veux me retirer de tout ça ? Kaia est en sécurité. Raquel m'offre un travail ici. Peut-être que je ne veux pas gâcher ma vie.

Aurora fixa Rovo d'un regard ferme. — Si tu veux rester, personne ne te force à venir. L'escouade Sever, même si ce n'est que moi, va s'en prendre à Vana. Je ne vais pas laisser son futur gagner. Elle ne vit aucun autre membre de Sever émettre d'objections, alors Aurora s'adressa au cœur de Rovo. Kaia va grandir dans cette galaxie, bleu. Tu peux soit t'assurer que ce soit une galaxie en laquelle tu crois, soit une qui la déchirera.

Une heure plus tard, lorsqu'Eponi reçut l'autorisation du contrôle au sol de Salinity, le *Prisa* s'éleva dans le ciel brillant de l'après-midi de Gillane Quatre. Le bleu vira au violet, puis finalement au noir alors que Sever filait vers les étoiles.

Vana avait acculé Sever contre un mur.

Grosse erreur.

▭

Sur une planète en marge, l'Escouade Sever fait un dernier effort désespéré pour détruire une horde mortelle avant qu'elle ne puisse consumer la galaxie.

Continuez l'aventure de l'Escouade Sever dans *Tempête de Fureur*:

REMERCIEMENTS

Ce roman est le fruit du refus de ma famille et de mes amis de laisser mourir un rêve. Ma femme Nicole, pour m'avoir permis d'écrire tôt le matin et pour s'être assurée que je ne meure pas de faim. Mes frères et mes parents pour leurs commentaires constants, leur soutien et leur enthousiasme.

Evan Aaseng, pour avoir été un interlocuteur constant et m'avoir ramené sur terre chaque fois que mes idées allaient trop loin.

Et, bien sûr, vous, le lecteur, pour m'avoir donné une raison d'écrire.

À PROPOS DE L'AUTEUR

A.R. Knight tisse ses histoires dans une maison glaciale à Madison, dans le Wisconsin, principalement occupée par deux chats. Après s'être retrouvé pris dans l'engrenage du travail lors de la crise économique de 2008, il s'est surpris à s'évader lors de réunions ennuyeuses en voyageant dans l'espace et en vivant de grandes aventures.

Finalement, après s'être consacré aux podcasts, aux scénarios, aux nouvelles et à d'autres romans, il a trouvé une histoire dans laquelle il pouvait se plonger et des personnages à la fois divertissants et attachants.

L'Escouade Sever a encore de nombreuses aventures à vivre, ainsi que de nouvelles intrigues, de nouveaux décors et de nouvelles histoires à venir. À partir de là, A.R. Knight prévoit de sauter vers d'autres mondes et de trouver de nouvelles histoires à raconter dans les frontières illimitées de notre imagination.

Merci, comme toujours, de nous lire !

Pour plus d'informations :
www.blackkeybooks.com

À Evan

www.ingramcontent.com/pod-product-compliance
Lightning Source LLC
Chambersburg PA
CBHW020244010826
48973CB00006B/1655